괜찮아 3반

『오체 불만족』 오토다케의 첫 장편소설

괜찮아 3반

| 오토다케 히로타다 지음 · 전경빈 옮김 |

창해

차례

프롤로그

운동장 한쪽에 커다란 벚나무가 홀로 서 있다. 벚나무 가지들
이 드리우는 선선한 그늘이 아늑하기만 하다. 꽃잎들은 봄 햇살
을 가득 머금고 연분홍빛으로 반짝인다.

"지금부터 개학식을 시작하겠습니다."

사회를 맡은 교감선생님의 인사말에 이어 교장선생님이 은빛
단상에 올랐다. 짙푸른색 정장에 진주 목걸이를 한 단정한 차림
이다. 쉰 살이 넘었지만 나이보다 훨씬 젊어 보였다. 교장선생님
은 허리를 곧게 세우고 단상 한가운데로 나간 다음, 운동장에 늘
어선 500여 명의 아이들을 찬찬히 둘러보았다.

"여러분은 오늘부터 새 학년을 맞이합니다. 모두 새로운 각오
로……."

옆 친구와 수다를 떠는 아이, 앞에 서 있는 친구의 등짝을 손가락으로 쿡쿡 찔러대는 아이, 손에 든 가방을 휘휘 휘두르는 아이……. 아이들은 딴청을 부리며 교장선생님의 이야기를 한 귀로 듣고 한 귀로 흘리고 있었다. 아이들은 한 가지 말고는 아무 관심이 없었다. 곧 담임선생님 명단이 발표될 것이다. 앞으로 1년 동안 어떤 담임선생님과 지내게 될까? 아이들에게는 그것이 최고의 흥밋거리였다. 교장선생님은 그것을 해마다 겪어 왔기 때문에 술렁거리는 아이들의 마음을 아주 잘 이해했다. 그래서 아이들이 어수선하게 굴어도 크게 신경 쓰지 않았다.

교가 제창이 끝난 뒤, 단상을 내려갔던 교장선생님이 다시 올라왔다.

"자, 이제부터 마쓰우라니시 초등학교에 새로 오신 선생님들을 소개하겠습니다."

그 말이 끝나자마자 다섯 명의 선생님들이 단상 앞으로 나와 아이들을 향해 한 줄로 섰다. 그런데 갑자기 크게 웅성거리는 소리가 들렸다. 가운데 한 선생님이 보통 사람처럼 두 다리로 서 있지 않았던 것이다. 그 선생님은 아이들이 지금까지 본 적 없는 이상한 기계를 타고 공중에 붕 떠 있는 것처럼 보였다.

교장선생님이 먼저 젊은 여자 선생님을 소개했지만, 아이들의 눈은 온통 이상한 기계에 쏠려 있었다.

마침내 기계를 탄 선생님을 소개할 순서였다.

"다음은 아카오 신노스케 선생님입니다."

생김새 때문에 아이들의 호기심을 불러일으킨 남자 선생님이 이상한 기계를 앞으로 움직였다.

"우와아……."

"대단하다!"

짧은 탄성이 울렸다. 바로 앞에 소개된 여자 선생님은 단상 위에서 인사를 했지만, 기계를 타고는 단상에 오를 수 없었다. 그래서 아카오는 단상 옆에 세워 놓은 마이크로 다가갔다. 그러더니 기계 의자에 앉은 채 몸을 내밀어 마이크에 얼굴을 갖다 대고는 숨을 크게 들이마시고 나서 말했다.

"여러분, 안녕하세요!"

"안녕하세요!"

아이들도 따라서 인사했다.

짧은 머리에 누에처럼 생긴 눈썹, 살짝 꼬리가 올라간 눈이 굳은 의지를 나타내는 듯했다. 옅은 회색 정장에 연분홍색 넥타이를 매고 있었다. 아이들에게 상반신만 공중에 붕 떠 있는 것처럼 보인 것은 아카오가 전동 휠체어를 타고 있었기 때문이다. 그 이상한 기계의 정체는 버튼 한 번만 누르면 좌석이 위아래로 움직이는 특수한 휠체어였다. 좌석을 가장 높이 올리면 170센티미터쯤 되는데, 그렇게 하면 다른 선생님들과 대충 어깨를 나란히 할 수 있다. 자동으로 움직이는 전동 휠체어라서 어디든 다닐 수 있을 것 같았다.

아카오는 인사말을 이어 갔다.

"저는 오늘 이렇게 여러분과 만나게 된 것을 정말 기쁘게 생각합니다. 앞으로 여러분과 함께 공부하고 놀고 밥도 같이 먹을 거예요. 우리, 재미있는 추억을 많이 만들어봅시다."

아이들은 아카오의 한마디 한마디에 귀를 기울이며 고개를 끄덕였다.

"그런데 여러분에게 한 가지 부탁하고 싶은 게 있어요."

그러자 운동장이 조용해졌고, 아이들은 다음 말을 기다렸다.

"여러분이 보는 대로 저한테는 손발이 없습니다."

아카오가 두 팔을 앞으로 쭉 내밀었다. 그러자 소맷자락이 아래로 툭 떨어지더니 깃발처럼 펄럭였다.

"엄마야!"

"저게 뭐야?"

저학년 여자아이들이 크게 놀라 웅성거렸다.

겨드랑이까지밖에 없는 두 팔, 허벅지까지밖에 없는 두 다리…… 아카오는 그렇게 손발이 없는 상태로 태어났다. 아주 기묘하게 생긴 몸 때문에 아카오와 마주치는 대부분의 사람들은 눈을 크게 뜨며 다시 쳐다보곤 했다. 어릴 때부터 그런 일을 수없이 겪은 아카오는 이제 주변의 반응에는 아랑곳하지 않게 되었다.

아카오가 싱긋 웃으며 말을 이었다.

"그러니까 저에게는 할 수 없는 일이 많습니다. 여러분이 저와 함께 지내면서 '아, 이럴 땐 곤란하겠구나.' 하고 생각될 때는 꼭 도움의 손길을 내밀어 주세요."

마지막으로 아카오가 환하게 미소 지으며 "잘 부탁합니다." 하고 머리 숙여 인사하자, 아이들도 힘껏 박수를 쳤다.

"다음은 시라이시 유사쿠 선생님입니다."

아카오 다음으로 시라이시가 소개되었다. 전동 휠체어를 탄 아카오와 키가 거의 같아 170센티미터쯤 되었다. 시라이시는 친절해 보이는 둥근 얼굴에 곱슬머리였는데, 황갈색 안경이 잘 어울렸다. 짙푸른색 정장에 파란색 넥타이를 맨 수수한 옷차림은 남의 눈에 튀는 것을 바라지 않는 성격을 나타내는 듯했다.

"저는 아카오 선생님의 보조 교사로 이 학교에 오게 되었습니다."

시라이시가 인사하자 아이들은 이상하다는 표정을 지었다.

'아, 그렇구나. 그런데 보조 교사가 무슨 뜻이지?'

시라이시는 아이들의 기색을 알아차리기라도 한 듯 곧바로 설명을 덧붙였다.

"조금 전에 들은 대로 아카오 선생님은 할 수 없는 일이 많아요. 그것을 도와주는 것이 제 역할이랍니다."

머릿속에서 보조 교사라는 말에 '물음표'를 떠올리고 있던 아이들의 얼굴에 미소가 떠올랐다. 시라이시는 어려서부터 상대방이 어떤 기분인가, 어떤 불안을 느끼는가를 재빨리 알아차렸다. 그리고 그에 따라 적절하고 재빠르게 행동하는 법을 알고 있었다.

새로 온 다섯 선생님의 소개가 모두 끝나자 운동장 분위기는 다시 들떴다. 교감선생님이 묵직한 발걸음으로 단상에 올라왔다.

"그럼 올 한 해 동안 여러분이 함께할 각 반의 담임선생님을 발표하겠습니다."

그 한마디에 운동장은 아이들의 온갖 소리로 아수라장이 되었다. "조용히, 조용히 하세요!" 하는 교감선생님의 외침도 아무 소용이 없었다. 아이들이 다시 차분해지는 데는 꽤 시간이 걸렸다. 이윽고 발표가 시작되었다.

"1학년 1반, 후지카와 노조미 선생님."

"1학년 2반……."

교감선생님이 한 반씩 발표할 때마다 기쁨의 탄성이 터지거나 탄식이 흘러나왔다. 그 가운데는 "와, 난 담임선생님이 안 바뀌었어!" 하고 기뻐하는 아이들도 있었지만, "에이, 이번엔 다른 선생님이야." 하고 실망하는 아이들도 있었다. 아이들이 저마다 드러내는 솔직한 감정이 그 안에 담겨 있었다.

어느덧 고학년 담임선생님이 발표되었다.

"5학년 1반, 아오야기 히데코 선생님."

"5학년 2반, 곤노 다카시 선생님."

교감선생님은 약간 뜸을 들였다.

"5학년 3반, 아카오 신노스케 선생님. 보조 교사로 시라이시 유사쿠 선생님."

아이들은 아까보다 더 크게 웅성거렸다. 아이들의 관심은 모두 5학년 3반으로 쏠렸다.

그런데 정작 5학년 3반 아이들은 멍한 상태였다. 분명 흥미는 있다. 어쩐지 기쁘다는 생각도 든다. 하지만…….

"괜찮을…까?"

5학년 3반 맨 뒷줄에 선 남자아이의 중얼거림이 스물여덟 명, 같은 반 아이들의 속마음을 잘 드러냈다.

아카오는 불안감이 섞인 아이들의 표정을 놓치지 않았다. 한껏 높인 전동 휠체어 위에서 가만히 5학년 3반 아이들을 바라보며 아이들 하나하나의 마음에 다 전달되도록 힘 있게 같은 말을 되새겼다.

"괜찮아, 괜찮다니까!"

1장
일반적이지 않은 선생님

마쓰우라 시는 도쿄 신주쿠 역에서 급행열차로 40분쯤 걸리는 곳에 있다. 도시의 중심에서 남북으로 달리는 마쓰우라 강은 밝은 봄 햇살을 받으며 느릿느릿 흐른다. 강의 양 기슭에는 잘 정비된 산책로가 이어져 있다. 그 길에는 엷은 초록색, 회색 벽돌이 번갈아 깔려 있다. 또 길옆으로는 철책이 죽 늘어서 있으며, 군데군데 2인용 나무 의자가 놓여 있다. 강변을 따라 경쟁하듯 꽃을 피운 벚나무가 잔잔한 수면 위로 꽃잎을 흩뿌리고 있었다.

4월이라고는 하지만, 일곱 시를 갓 넘긴 이른 아침의 바람은 아직 차갑다. 서둘러 전철역을 향해 걷는 사람들의 어깨가 아직 움츠린 모습이다.

"어제 개학식 때는 좀 긴장했던 것 같아."

"바짝 얼어 버린 건 아니고?"

"그 정도는 아니야. 하지만… 아이들의 웃는 얼굴을 보니까 좀 마음이 놓이더라."

"뭐든 새로 시작하기는 쉽지 않은 것 같아."

시라이시가 아카오를 처음 만난 것은 20년 전이었다. 시라이시는 손발이 없는 아카오의 모습을 처음 본 날을 지금도 생생히 기억하고 있었다. 등에 맨 책가방 끈을 손으로 꼭 움켜쥔 채 놀라서 물끄러미 바라보기만 했다.

"이 주변만 해도 옛날에는 아주 울퉁불퉁한 길이었잖아. 그런데 지금은 다니기가 정말 좋아졌어."

거우 20센티미터 정도밖에 안 되는 짧은 팔로 휠체어를 자유롭게 조작하며 아카오도 옛일을 되새기고 있었다.

"넌 초등학생 때부터 이 길을 다닐 때마다 '치질 걸리겠어, 치질!' 그랬잖아."

시라이시가 아카오의 말투를 흉내 내며 웃었다.

"맞아, 그랬지. 휠체어로 이렇게 울퉁불퉁한 길을 다니는 게 어떤 건지 넌 모를 거야."

"무슨 말을 그렇게 하시나? 나도 알아. 그러니까…'너도 그게 어떤 맛인지 알아야 해.' 하면서 네가 나를 몇 번이나 휠체어에 억지로 태웠잖아."

"어? 그런 일이 있었어?"

시라이시는 '또 그런다.' 하는 표정으로 싱긋 웃고는 어깨를 으쓱했다.

두 선생님은 초등학교 때부터 친구였다. 사는 집이 가까워 학교를 오갈 때나 수업이 끝난 뒤 늘 함께 지냈다. 체육 시간에 옷 갈아입기, 공예 시간에 조각칼 쓰기도 함께했다. 특히 음악 시간에 리코더를 불 때는 시라이시가 손가락을 움직이고 아카오가 숨을 부는 식으로 연주해서 큰 박수를 받곤 했다. 한마디로 아카오 곁에는 늘 시라이시가 있었다.

"아카오한테 늘 큰 도움을 주고 있구나, 정말 애쓴다."

초등학교나 중학교 때 담임선생님들은 늘 똑같은 말로 시라이시를 칭찬하곤 했다. 하지만 그때마다 시라이시는 마음속으로 되뇌곤 했다.

'사람들은 잘 몰라.'

원래 시라이시는 내성적인 성격 탓에 늘 자신감이 부족했다. 그런 그에게 언제나 1, 2등을 다툴 만큼 공부 잘하고, 학급 임원을 도맡아 하는 아카오는 대단히 빛나는 존재였다. 아니, 빛나는 정도가 아니라 신비롭게 느껴졌다. 손발이 아예 없는 절망적인 상황에서 어쩌면 그렇게 구김살 없이 행동하는지 이해하기 어려웠다. 더욱이 뛰어난 리더십을 발휘하며 온갖 어려움에 맞서는 아카오의 태도에 시라이시는 늘 감탄하곤 했다.

'아카오의 적극성과 리더십은 어디서 나오는 걸까?'

아카오와 알고 지낸 지 20년이나 되었지만, 시라이시는 아직까지 그 답을 찾지 못했다. 하지만 아카오에 대해 생각하다 보면 이상하게 시라이시에게도 에너지가 용솟음쳤다. 고등학교에 진학하면서 각자 다른 길을 걷게 되었지만, 2년 전 봄에 자그마한 맨션을 얻어 함께 생활하자고 제안한 쪽도 시라이시였다.

아카오가 약간 흥분한 목소리로 말했다.

"그런데 말이야, 시라이시, 정말 우리가 선생님이 된 거 맞아?"

마쓰우라 강을 가로지르는 다리 가운데 가장 큰 구로사키 다리가 보였다. 여기서 마쓰우라니시 초등학교까지는 아무리 천천히 걸어도 5분이 걸리지 않는다. 시라이시 선생님은 아카오의 상기된 얼굴을 힐끗 보고는 일부러 심드렁하게 대답했다.

"넌 선생님이지만, 난 아니야. 어디까지나 널 보조하는 역할이거든."

그러자 아카오는 좀 더 흥분해서 큰 소리로 말했다.

"그게 무슨 상관이야! 어쨌든 아이들한테 '시라이시 선생님!' 하고 불릴 텐데 말이야."

시라이시는 멋쩍게 웃으며 얼버무렸다.

"하기는 그렇기도 하네……."

대학을 졸업한 뒤 아카오는 초등학교 때부터 장기였던 컴퓨터 기술을 활용해 프로그래머로 일했다. 비장애인들처럼 손가락으로 키보드를 두드릴 수는 없었지만, 작은 스틱 모양의 짧은 팔로도 원하는 키를 정확히 치고 다음 키로 재빨리 옮겨 갈 수 있었다. 짧은 팔이 키보드 위를 붕붕 날아다니며 자판을 치는 모습은 마치 춤을 추는 것처럼 보였다.

'이 일을 평생 해야 하는 걸까?'

아카오가 그런 의문을 품기 시작한 것이 1년 전의 일이다. 무슨 특별한 계기가 있었던 것은 아니었다. 다만 회사에 취직해서 5년 동안 매일같이 컴퓨터만 쳐다보고, 오로지 키보드만 두드려 대는 따분한 일상에 지치기 시작한 것이다. 아카오는 깊은 어둠 속으로 빠져드는 것처럼 불안했다. 그때마다 마음속에서 솟구치는 생각이 있었다.

'뭔가 사람 냄새 나는 일을 하고 싶어.'

마음 한구석에 자리 잡은 생각은 날이 갈수록 커졌다.

한편, 시라이시는 대학을 졸업한 뒤 마쓰우라 시청 교육위원회에서 일하게 되었다. 마쓰우라 시에서는 시장의 권한으로 '독자적인 교사 채용'을 준비하고 있었다. 이것은 시 예산으로 시장이 교사를 채용할 수 있게 하는 제도다. 그동안 시의회와 조정을 거쳐 제도상으로는 제법 꼴이 갖추어졌지만, '어떤 사람을 교사로 채용할 것인가?'에 대해서는 이렇다 할 결론을 내지 못하고 있었다. 은퇴한 국가대표 럭비 선수, 유명한 학원의 인기 강사……. 회의에서는 다양한 대상자가 거론되었지만, 모두가 예산 또는 교사자격증 같은 게 걸림돌이 되곤 했다.

그러던 중 갑자기 시라이시의 머릿속에 친구 아카오의 얼굴이 떠올랐다. 대학 시절에 아카오가 "초등학교 선생님이 되고 싶다."고 입버릇처럼 말하던 일이 떠올랐던 것이다. 시라이시는 회의가 끝나자마자 서둘러 휴대전화를 꺼내 들었다.

"여보세요? 아카오, 너 대학 다닐 때 분명히 교사자격증 땄지?"

"응, 일단 따 두기는 했는데, 아무 소용이 없어. 초등학교 교사 채용 시험을 보러 가면 실기에 피아노나 수영이 있더라고. 손발이 없는 나는 아예 응시도 할 수 없었어. 그런 교사는 필요 없다는 거겠지."

"만약 교사 채용 시험이 논문과 면접만으로 가능하다면 어때?"

아카오는 중증 장애인이지만 조금도 기죽지 않고 사회 활동을 해 왔다. 선생님이 되어 그 경험을 아이들에게 가르친다면 정부가 추구하는 '살아가는 힘의 양성'이라는 신조에 걸맞은 일이 될 것이다. 시라이시의 제안에 교육위원회에서도 긍정적으로 검토하기 시작했다.

칠판에 수업 내용은 어떻게 적을 것인가? 과학실의 실험 기구는 어떻게 다룰 것인가? 아이들이 우유병을 깨뜨릴 경우 유리 조각을 누가 치울 것인가?

아카오는 시라이시와 번갈아 가며 '교육위원회와의 대화'에 몇 번이고 참석했다. 전동 휠체어를 탄 교사 앞에 발생할 수 있는 모든 상황을 미리 생각하고 이에 대한 해결책을 찾아보았다. 그 결과 보조 교사를 두어 아카오를 돕는다면 대부분의 문제를 해결할 수 있으리라는 결론을 내렸다. 이 결론에 따라 보조 교사로는 아카오의 사정을 속속들이 잘 아는 시라이시가 뽑히게 된 것이다.

"자, 마침내 시작이야."

아카오가 어깨를 쭉 펴며 말했다.

"응, 그러네. 내가 너와 함께 일하게 되리라고는 생각도 못했어."

시라이시가 아카오를 바라보며 말하자, 아카오가 고개를 끄덕였다.

"정말 고마운 일이야. 네가 내 꿈을 이룰 수 있게 해 주었어."

시라이시는 얼굴을 붉히며 말했다.

"새삼스럽게 무슨 말을 하는 거야. 그나저나 빨리 가야겠어. 새
학기 첫날부터 지각했다간 무슨 말을 들을지 모르잖아."

"그렇지."

아카오가 휠체어의 스위치를 바꾸자 속도가 빨라졌다.

"핫, 고속 모드는 따라잡기 만만치 않은데!"

두 사람은 연분홍 벚꽃 터널 속을 함께 달렸다.

마쓰우라니시 초등학교는 마쓰우라 강 서쪽의 한적한 주택가
에 자리 잡고 있다. 전 학년이 3학급씩 편성되어 있고 전교생은
524명이다.

시의 22개 초등학교 가운데 장애인을 배려하는 '배리어 프리
(barrier-free)'가 잘 진행되는 곳은 네 학교뿐이었다. 그 가운데서
도 8년 전에 시설을 고친 마쓰우라니시 초등학교에는 엘리베이터
가 잘 갖춰져 있었다. 그뿐 아니라 체육관, 수영장, 운동장을 모두
휠체어로 이동할 수 있게 슬로프가 설치되어 있었다. 체육관 옆
에는 공간이 넓은 휠체어용 화장실까지 있어 아카오에게는 더할
나위 없이 좋은 환경이었다.

회색빛 정문을 통과해 널찍한 운동장을 오른쪽에 두고 가다보
면, 수위실 바로 옆에 교직원용 현관이 나왔다. 그곳을 통해 학교
건물 안으로 들어가 교장실을 지나면 오른쪽에 교무실 문이 보였

다. 아카오는 교무실 문 앞에서 숨을 크게 들이켰다.

시라이시가 왠지 무뚝뚝한 느낌이 드는 문을 스르륵 열자, 아카오는 자연스럽게 휠체어를 밀어 넣으며 활기차게 인사했다.

"좋은 아침입니다!"

이미 전체 선생님들 가운데 절반 이상의 얼굴이 보이는데, 반응이 제각각이다. 4월 1일 첫 출근을 하고 벌써 일주일 가까이 지났지만, 이렇게 착 가라앉은 교무실 분위기가 아카오에게는 아직 낯설었다.

시라이시가 스프링코트를 벗겨 주자 아카오는 교무실을 쓱 둘러보았다. 교무실 앞쪽의 커다란 칠판 앞에는 하이타니 교감선생님이 앉아 있다. 홀쭉한 몸매에 가느다란 눈매는 약간 치켜 올라가 있고, 깔끔하게 다듬은 머리에는 백발이 드문드문 섞여 있다. 깐깐한 성격을 보여주듯 책상 위의 서류는 언제 보아도 깔끔하게 정리되어 있다. 매일 아침 일찍 출근하는지 아카오가 출근할 무렵에는 언제나 머그컵 속의 커피가 절반 이하로 줄어 있다.

교감선생님 자리 외에는 학년별로 자리가 나뉘어 있는데, 선생님들은 그것을 모둠이라고 불렀다. 각 학년별 담당 교사들이 한 동아리로 앉아 있는 걸 가리키는 말이다. 아무래도 같은 학년을 맡은 선생님들끼리 의논할 일이 많기 때문에 되도록 가까이 자리를 잡아야 편하다. 음악이나 공예를 담당하는 선생님은 '전과專

科'라고 불리는데, 전과도 모둠을 이루고 있다.

5학년 모둠은 교무실 문을 들어서면 바로 입구 쪽에 있다. 맨 앞자리가 아카오, 그 옆이 시라이시의 자리다. 아카오의 맞은편에는 학년 부장을 맡은 아오야기 선생님, 그 옆에 2반 담임을 맡은 곤노 선생님이 자리를 잡았다.

아카오가 자리에 앉는데, 대각선 너머 곤노 선생님이 작은 목소리로 말을 걸어 왔다.

"저, 이번 금요일에 시간 있나?"

입가에 미소를 띠며 잔을 기울이는 시늉을 한다. 180센티미터의 큰 키에 검게 그을린 피부, 보슬보슬한 갈색 머리, 날렵한 점퍼를 입은 모습이 한눈에도 운동선수처럼 보인다. 나이는 아카오나 시라이시보다 약간 위로 서른을 갓 넘겼을까.

어쨌든 곤노 선생님의 제안에 아카오는 깜짝 놀랐다. 4월 초는 선생님들이 가장 바쁜 때다. 아이들의 비상 연락망, 학년별 통신문과 학급별 통신문 등 작성해야 할 서류가 산더미 같다. 거기에 한자 연습과 산수 연습 등 앞으로 사용할 교재를 준비하는 일만으로도 시간이 빠듯하다. 교실 안 책상 배치도를 따져 봐야 하고 게시물도 준비해야 하니 숨 돌릴 틈이 없을 지경이다. 그렇게 바쁜 가운데 '한잔하러 가자'고 제안하는 곤노 선생님의 쾌활한 성격은 교무실 분위기와 영 안 어울렸다. 하지만 바로 그 튀는 성격이 아카오에게는 구원의 손길처럼 느껴졌다.

"다른 약속 없습니다, 좋아요!"

아카오가 곤노 선생님에게 오케이 사인을 보낼 때, 뒷문이 열리더니 또각또각 구두 소리가 다가왔다. 5학년 학년 부장을 맡은 아오야기 선생님이었다. 아침 일찍 출근해 교실에서 일을 하다 오는지 두 팔로 끌어안은 플라스틱 상자 안에는 여러 가지 서류가 빼곡 담겨 있다.

검은 머리핀으로 흐트러짐 없이 고정시킨 머리, 화장기 없는 얼굴, 하늘색 니트 스웨터에 하얀 블라우스를 입은 모습이 전형적인 초등학교 선생님으로 보였다. 아오야기 선생님의 그런 모습에서 원리 원칙을 중시하는 분위기가 짙게 풍겼다.

아오야기 선생님이 자리에 앉자, 방금 전까지 살갑게 말을 걸던 곤노 선생님의 얼굴에서 웃음기가 싹 사라졌다. 시치미를 뚝 떼고는 컴퓨터만 바라보았다. 곤노 선생님의 재빠른 변신에 아카오는 감탄했다.

"안녕하세요!"

아카오는 마주 앉은 아오야기 선생님에게 가볍게 머리를 숙여 인사했다.

"아, 안녕하세요."

아오야기 선생님은 살짝 눈을 올렸다 내릴 뿐 표정의 변화가 별로 없었다. 5학년 선생님 모둠에서는 한동안 곤노 선생님이 치는 키보드 소리만 울렸다.

그렇게 조용하던 가운데 아오야기 선생님이 불쑥 말을 꺼냈다.

"나는, 납득할 수가 없어요."

"예?"

아카오는 아오야기 선생님이 바라보는 것을 확인하고서야 자신에게 말하고 있다는 걸 알아차렸다. 아오야기 선생님이 계속 말했다.

"어제 개학식에서의 인사말 말이에요. 곤란하겠구나 생각될 때는 도와달라고 하셨잖아요. 아카오 선생님이 할 수 없는 일이 있다는 건 인정해요. 하지만 그것 때문에 시라이시 선생님이 배치되어 있는 게 아니겠어요? 우리는 교사예요. 어째서 아이들에게 도움을 받아야 하죠?"

그렇게 말하더니 아오야기 선생님은 자리에서 벌떡 일어나 구두 소리를 내며 교무실 밖으로 나가 버렸다. 아카오는 어떤 대꾸도 할 수 없었다. 등 뒤로 문이 세게 닫히는 소리를 들으며 자리에 앉아 멍하니 창밖을 바라보았다.

수업 시간을 알리는 종소리가 울렸다. 곤노 선생님이 노트북을 덮고는 출석부를 옆구리에 끼고 일어서서 아카오의 어깨를 가볍게 치며 말했다.

"자, 가자고. 아이들이 기다려."

아카오와 시라이시는 학교 건물의 가장 안쪽에 있는 엘리베이터를 타고 3층 버튼을 눌렀다. 어제는 개학식만 치르고 일찌감치 아이들과 헤어졌기 때문에 오늘이야말로 아이들과 처음으로 인사를 나누는 날이다.

5-3.

나무 이름패가 걸린 교실 앞에 다다른 두 사람은 서로 눈을 맞추고 고개를 끄덕였다. 시라이시가 문을 열었다.

"여러분, 안녕!"

아카오가 교실 안으로 들어서며 큰 소리로 인사를 건넸다. 그리고 교탁 앞에서 휠체어를 멈추고 천천히 아이들 쪽으로 몸을 돌리니 한 사람 한 사람의 표정이 잘 보였다. 앞으로 1년을 어떻게 보낼 것인가에 대한 기대로 눈을 반짝이는 아이들, 이제까지 본 적 없는 이상한 몸을 계속 쳐다봐도 괜찮은지 몰라 눈길이 춤추는 아이들, 휠체어를 탄 장애인이 정말 담임 노릇을 제대로 할까 불안해하는 듯한 아이들……. 복잡하고 다양한 시선이 아카오에게 꽂혔다. 아카오는 아이들의 시선이 아무렇지도 않다는 듯 자신감 넘치는 큰 목소리로 말했다.

"그럼, 지금부터 출석을 부르겠다. 모두 큰 소리로 대답하도록!"

아이들이 신기한 듯 담임선생님의 얼굴을 바라본다. 아카오가 출석을 부른다면서 출석부에는 손을 대지 않았기 때문이다.

"아라키 신고."

"예? 예!"

"안도 교코."

"예."

아카오는 한 사람 한 사람의 얼굴을 확인해 가면서 웃는 얼굴로 계속 이름을 불렀다. 아직 자기소개도 하지 않았는데 이름이 불린 아이들은 놀라면서도 기뻐하고, 그러면서도 부끄럼을 타는 기색이 역력했다.

"와다 쇼타."

"예!"

스물여덟 명의 이름을 한 명도 틀리지 않고 모두 부르자, 아이들 사이에서 자연스럽게 박수가 터져 나왔다.

"선생님, 대단해요!"

아카오는 이전 담임선생님에게서 빌린 소풍 단체 사진을 토대로 열심히 외워 아이들의 얼굴과 이름을 정확하게 모두 맞혔다. 한 사람이라도 틀리면 아이가 상처를 입게 된다. 스물여덟 명의 이름과 얼굴을 완벽하게 외울 자신이 없다면 도저히 할 수 없는 일이었다.

아카오는 아이들에게 자기소개를 했다. 마쓰우라 시에서 태어나고 자랐다는 것, 올해 9월로 스물여덟 살이 된다는 것, 시라이시 선생님과는 초등학교 때부터 친구이고 2년 전부터 한집에서 살고 있다는 것, 태어나면서부터 손발이 없었고 전동 휠체어를 탄 지 벌써 20년이나 되었다는 것, 취미는 여행이고 특기는······.

"사람 이름 외우기!"

맨 앞에 앉아 활기차게 소리친 남자아이의 목소리에 온 교실이 왁자해졌다. 아카오는 빙긋 웃으며 고개를 끄덕였다. 그리고 아이들을 둘러보며 말했다.

"나한테 물어보고 싶은 게 있니? 뭐든 좋아."

막상 아카오가 물어보라고 하니 아이들은 갑자기 곤란한 표정을 지었다.

'네가 물어봐.'

'에이, 안 되겠어. 네가 물어보는 게 좋을 것 같아.'

아이들은 서로의 표정을 살펴 가며 시선만으로 대화를 나누었다. 아이들은 담임선생님의 몸을 신기하게 생각하면서도 고학년답게 그것에 대해 직접 물어보는 것은 어려워했다.

그런 분위기를 확 바꿔 놓은 아이는 아까부터 절묘하게 치고 들어오던 맨 앞의 남자아이였다.

"선생님, 애인 있으세요?"

아카오는 기다렸다는 듯 웃으며 대답했다.

"그래, 있어."

갑자기 교실 안이 벌집을 쑤셔놓은 것처럼 야단법석이었다.

"우와, 그래요? 어떤 분이에요?"

"어떻게 만났어요?"

"연예인 가운데 누굴 닮았어요?"

방금 전까지만 해도 초상집 분위기처럼 가라앉아 있더니 언제 그랬냐는 듯 저마다 활기찬 얼굴로 연예부 기자처럼 질문을 쏟아냈다. 아카오는 얼굴이 벌겋게 달아올라 적당히 얼버무렸다.

"그, 글쎄… 그건 다음 기회에, 천천히……."

그때 1교시가 끝났음을 알리는 종이 울렸다.

5학년 3반의 1년은 이렇게 시작되었다.

앉을 자리 정하기, 특별활동 부서 나누기, 학급 목표 정하기 등 새 학기에는 학급 회의에서 결정해야 할 일이 매우 많다. 하지만 수업이 시작되었는데도 아카오는 창밖을 내다볼 뿐 학급 회의를 시작할 생각이 없어 보인다.

"아, 예쁘다."

아카오가 무심결에 내뱉은 말에 아이들도 일제히 창밖으로 시선을 돌렸다. 창밖에는 푸른 하늘 아래 봄 햇살을 맘껏 즐기는 벗

나무가 서 있었다.

"꽃구경 하지 않을래?"

'꽃구경'이라는 말에 아이들은 창밖으로 눈을 돌렸다가 얼른 담임선생님을 바라보았다. 그런데 정작 담임선생님은 장난스러운 표정을 짓고 있다.

"자, 꽃구경 하고 싶은 사람?"

몇몇 남자아이들이 "예!" 하고 기세 좋게 손을 들었다. 여자아이 몇 명도 재미있을 것 같다며 손을 들기 시작했다. 그러자 얌전한 아이들도 슬금슬금 손을 들었다. 마침내 스물여덟 명의 손이 모두 올라갔다.

"좋아, 그럼 다음 시간에는 꽃구경을 하자!"

교실 한구석에 있던 시라이시는 전날 있었던 일을 곰곰이 생각하며 아카오와 아이들을 바라보고 있었다.

"내일 있을 학급 회의 말이야, 운동장에 돗자리를 깔고 벚꽃 아래서 할까 해. 그럼 꽃구경도 할 수 있잖아."

개학식을 끝내고 집으로 돌아가는 길에 아카오가 갑자기 말을 꺼냈다. 시라이시는 깜짝 놀라서 되물었다.

"뭐? 운동장에서 학급 회의를? 그런 얘기는 들어본 적도 없는데?"

아카오는 눈을 반짝이며 말했다.

"그래도 벚꽃 아래서 꽃구경을 하며 학급 회의를 연다는 거, 생각만 해도 재미있지 않아?"

"글쎄, 그렇긴 하지만……."

망설이는 시라이시에게 아카오가 거침없이 말했다.

"시라이시, 기억해? 내가 4학년 때 학급 임원을 했던 일."

시라이시는 머리를 긁적이며 기억을 더듬었다.

"4학년 때? 넌 초등학교 내내 임원을 했으니 특별할 건 없는데?"

"아, 그런가? 아무튼 그때 담임선생님께 말씀드릴 게 있어서 교무실로 찾아간 적이 있었어. 운동장에 나가 벚꽃 아래서 학급 회의를 열고 싶다고 말이야."

시라이시가 흥미로운 듯 재촉했다.

"그랬더니, 그랬더니 뭐라고 하셨어?"

"그게, 좀 시시한 대답이었어. '잘 생각해 봐. 일반적으로 생각할 때 무리가 아닌가!' 였지."

"과연 선생님다운 대답이셨군."

고개를 끄덕이는 시라이시에게 아카오가 물었다.

"그 뒤로 내 가슴속에는 한 가지 의문이 계속 남아 있었어. 왜 일반적으로 생각하면 무리라는 걸까?"

시라이시는 곰곰이 생각하다가 더듬더듬 대답했다.

"그것은 말하자면, 음, 그러니까… 정말 왜 그럴까?"

아카오는 기다렸다는 듯 말했다.

"그렇잖아. 모이는 곳이 어쨌든 학교 안이고, 비가 오지 않는다면 아무 문제도 없잖아. 그러고 보면 세상의 '일반적'이라는 기준이 오히려 이상한 경우가 있지 않을까? 일반적이지 않으니 안 된다! 일반적으로 이러니까 이렇게만 해라!"

시라이시는 아카오의 말이 어쩌면 맞을지도 모른다는 생각이 들었다.

"나는 남들의 기준으로 보면 중증 장애인이야. 그러니까 '장애인은 일반적으로 이렇다.'라는 세상의 판단에 묶여 버리면 아무것도 할 수 없게 돼. 생각해 봐. '일반적으로'라면 휠체어를 탄 손발 없는 장애인이 초등학교 선생님을 할 수 있을까?"

"못하지."

시라이시는 솔직하게 대답하며 웃었다.

"그렇지? 어차피 나는 출발 지점부터 일반적일 수 없는 사람이야. 그러니까 내 교사 생활에도 애초에 일반적이라는 기준을 가져서는 안 된다고 생각해. 나는 앞으로 아이들을 위한 것인가 아닌가만 생각할 거야."

아카오의 말에 시라이시는 잠깐 생각에 잠겼다가 천천히 입을 열었다.

"네 생각은 잘 알겠어. 하지만 학교는 무엇보다도 일반적인 것을 중시하는 곳이야. 나는 교육위원회에서 일하면서 그 점을 아주 잘 알게 됐어."

아카오는 깜짝 놀란 얼굴로 대답했다.

"지금 무슨 말을 하는 거야? 그러니까 너까지 나한테 일반적인 잣대를 지키라고 말하는 거야?"

시라이시는 손사래를 치며 얼버무렸다.

"아니, 그런 뜻은 아냐. 기본적으로는 네 생각에 찬성해. 하지만 그것을 억지로 밀어붙이다가는 얼마 못 가 네가 힘들어질지도 몰라. 진심으로 아이들을 생각한다면 사전 작업을 잘해서 원만하게 일을 처리할 필요가 있다는 거지."

아카오는 고개를 갸웃거렸다.

"사전 작업이라면… 말하자면 학년 부장한테 말을 잘하라는 거지? 꼭 기숙사 사감 같은 분위기인데, 꽃구경하며 학급 회의를 열겠다는 말은 어림없지 않을까?"

"아마 그렇겠지? 학년 부장에게는 이야기해 봤자 헛수고가 될 가능성이 커. 그러니까 거기는 건너뛰고 더 윗사람과 의논해 보는 게 어떨까?"

아카오는 먼 곳을 바라보며 중얼거렸다.

"그럼 교장선생님?"

"맞아. 그분이라면 네 생각을 이해해 주실지도 몰라."

아카오는 아이처럼 기뻐하며 말했다.

"알았어. 내일 아침 일찍 교장실로 직행하지, 뭐."

아카오의 지시에 따라 아이들이 부산스럽게 움직이기 시작했다. 수위실 옆 창고에서 커다란 깔개를 가져오는 아이들도 있고 체육관 창고에서 화이트보드를 끌어 내오는 아이들도 있었다. 그런가 하면 검은색만으로는 잘 보이지 않는다며 교무실에서 빨강, 파랑 보드마커를 빌려 오는 순발력 있는 아이도 있었다.

"선생님, 꽃놀이하려면 과자라도 좀 사 와야 하지 않나요?"

이렇게 적극적으로 나서는 아이도 있었다. 10분 만에 준비가 모두 끝나고, 벚꽃 아래 스물여덟 명의 아이들이 자리를 잡았다. 아카오가 아이들을 둘러보며 말했다.

"좋아, 그럼 이제 학급 회의를 시작하자. 사회를 맡을 사람?"

"예, 저요!"

1교시 때부터 애인 있느냐는 질문으로 분위기를 왁자하게 만들었던 사와무라 요스케가 맨 먼저 손을 들었다. 단정한 얼굴 생김새에 머리카락은 갈색이었다. 축구 유니폼을 입은 것으로 보아 운동을 좋아하는 아이 같았다. 우스갯소리로 반 아이들을 웃길

만큼 머리가 좋고, 이런 자리에서 빨리 손을 드는 적극성도 두드러진다. 아카오는 요스케가 3반의 중심이 될 것이라는 예감이 들었다.

"저도요!"

요스케에 이어 손을 든 아이는 안도 교코였다. 눈에 확 띌 만큼 예쁘장한 얼굴에 긴 생머리, 어쩐지 화사한 분위기가 감돌아 남자아이들에게 인기가 좋을 것 같은 아이였다.

요스케와 교코의 사회로 시작된 학급 회의에서는 '5학년 3반의 학급 목표'를 정하기로 했다.

'서로 돕는 학급', '협력하는 학급', '싸우지 않는 학급' 등 다양한 의견이 나왔다. 하지만 4학년 때도 그와 비슷했다는 반대 의견이 만만치 않아 좀처럼 의견이 모아지지 않았다.

둥글게 둘러앉은 아이들을 가만히 지켜보던 아카오는 아이들 뒤쪽으로 천천히 돌아갔다. 그리고 한 여자아이에게 다가가 작은 목소리로 말을 걸었다.

"어때? 너도 의견을 내 볼래?"

그러자 나카니시 아야노가 표정의 변화 없이 뒤를 돌아보았다. 회색 스웨터에 회색 치마, 까만 머리카락을 검은색 리본으로 단정하게 묶은 모습이었다. 손에는 초등학생이라면 좀처럼 읽지 않을, 작은 글자가 빼곡한 문고본이 펼쳐져 있었다.

"저런 일에는 흥미 없어요."

뜻밖의 대답에 아카오는 조금 놀랐다. 방금 들은 말의 참뜻을 헤아려 보려고 아야노를 바라보았지만, 아야노는 자기와 상관없다는 듯 눈길을 다시 책으로 돌렸다.

"선생님한테 버르장머리 없이!" 하고 큰 소리로 아야노를 야단치는 것도 한 방법일 것이다. 그러나 아카오는 아야노의 모습이 왠지 짠하게 느껴졌다. 초등학생이라면 누구나 벚꽃 아래서 열리는 학급 회의를 즐거워할 것이다. 그런데 아야노는 그냥 독서에만 빠져 있다. 아카오는 목소리를 낮춰 조심스럽게 말했다.

"그래, 억지로 말할 필요는 없어. 하지만 책은 덮으렴. 너도 5학년 3반 학생이잖아."

아야노는 대답도 하지 않고 책을 덮었다.

"다른 의견은 없습니까?"

의견이 하나로 모이지 않아 초조함을 느낀 사회자의 외침에 몸집이 자그마한 남자아이가 손을 들었다.

"저는 '모두모두 웃는 얼굴'이 좋을 것 같습니다. 자기만 즐거우면 좋은 게 아니라 우리 반 모두 즐겁게 지내는 게 좋지 않을까요? 그런 반을 만들 수 있다면 좋겠습니다."

"우와, 과연 똑소리다!"

누군가가 큰 소리로 외치자 아이들이 웃음을 터뜨렸다.

안경을 끼고 있는 구도 기미히코는 성실해 보이는 남자아이다. 아버지가 대학에서 경제학을 가르친다고 했다. 그래서인지 아이들은 기미히코가 아버지처럼 똑똑하다고 '똑소리'라는 별명을 붙여 주었다. 실제로 책을 많이 읽는 아이 특유의 풍부한 지식과 초등학교 5학년으로는 생각되지 않을 만큼 논리적인 말솜씨가 그 별명과 잘 어울렸다.

"그럼 우리 반의 학급 목표는 기미히코가 제안한 '모두모두 웃는 얼굴'로 정하도록 하겠습니다. 좋습니까? 찬성하는 사람들은 손을 들어 주세요."

"예!"

웃으며 손을 든 아이들의 머리 위에는 화사한 꽃 이파리가 푸른 하늘 가득 수놓아져 있었다.

"도대체 무슨 생각으로 그러시는 거예요?"

하루 일과를 무사히 마치고 교무실에서 쉬고 있던 아카오의 귀에 화가 난 음성이 파고든다. 아오야기 학년 부장이다.

"에, 그게……."

우물쭈물하는 아카오의 말을 자르며 아오야기 선생님이 무뚝뚝한 목소리로 다그쳤다.

"벚꽃 아래서 뭘 한 거죠?"

"아, 꽃구경입니다. 꽃구경이긴 하지만, 벚꽃 아래서 학급 회의를 연 거죠. 학급 목표를 정했습니다."

되는대로 대답을 주워섬기는 아카오를 바라보는 아오야기 선생님의 표정이 더 험악해졌다.

"그걸 꼭 운동장에서 할 필요가 있나요? 학급 회의를 벚꽃 아래서 진행하다니, 선생님은 거기에 어떤 교육적 의의가 있다고 생각하세요?"

"교육적인… 의의요? 특별히 그런 것까지는……. 바깥을 내다보니 벚꽃이 하도 예뻐서 학급 회의를 교실에서 하는 것보다 벚꽃 아래서 하는 게 좋겠다고 생각했을 뿐입니다."

우물쭈물 대답하는 아카오를 향해 아오야기 선생님은 더욱 거세게 따졌다.

"그렇게 멋대로 수업을 진행하면 곤란합니다. 1반, 2반은 하지 않는데 3반만 운동장에서 학급 회의를 열다니요? 기본적으로 같은 학년 아이들에게 똑같은 교육 방식을 취하지 않으면 거북한 일이 생깁니다."

그러자 아카오는 의아한 얼굴로 되물었다.

"거북한 일이라뇨?"

"그렇게 학급별로 멋대로 수업을 진행하면 곧바로 학부모들의 불만이 쏟아집니다. '저 반에서는 하는데, 왜 우리 애 반에서는 하지 않는가?' 하고 항의가 들어와요. 그런 불만을 처리하는 것도 학년 부장인 제 일이 되고요."

이쯤에서 아카오는 미리 준비해 둔 듯한 대답을 내놓았다.

"아, 죄송합니다. 하지만 교장선생님은 그렇게 해도 된다고 말씀하셨습니다."

아오야기 선생님은 기가 막힌다는 듯 말했다.

"어쨌든 너무 제멋대로 행동하지 않도록 주의하세요. 일반적으로 생각해 보면 알 수 있잖아요. 나 참, 꽃구경을 하면서 학급 회의를 열다니요?"

아오야기 선생님이 또각또각 구두 소리를 내며 교무실을 나서자, 그 모습을 지켜보던 시라이시가 아카오에게 윙크를 보내며 웃었다.

"후후훗, 일반 잣대로는 그렇게 하지 않는다는 거지?"

"그렇지, 일반적으로는."

아카오는 '후유' 한숨을 내쉬고는 책상 위의 컴퓨터에 얼굴을 묻었다.

그날 밤, 아카오는 피곤에 지친 몸으로 침대에 올라 휴대전화를 어깨와 목 사이에 끼웠다. 그리고 짧은 팔 끝으로 능숙하게 버튼을 눌렀다. 컴퓨터 키보드와 마찬가지로 버튼을 잘못 누르는 일은 거의 없다. 신호음이 세 번 울린 뒤 상냥한 목소리가 들려왔다.

"아, 아카오, 오늘 어땠어?"

"글쎄, 그냥저냥… 아무튼 피곤하네. 하루가 정말 길었어."

"그럴 거야. 정말 수고 많았어."

사쿠라이 하루나와는 사귄 지 2년이 되었다. 하루나도 마쓰우라 시내에 있는 한 유치원에서 선생님으로 일하고 있다. 잘 아는 선배를 통해 소개 받았는데, 하루나의 부드럽고 상냥한 성격에 반해서 본격적으로 사귀게 되었다.

전화기 너머에서 하루나의 목소리가 들렸다.

"아이들의 반응은 어땠어?"

"그게 말이야, 처음에는 아이들도 긴장했지만, 하루나 덕분에 잘 넘어갈 수 있었어."

"응? 내 덕분이라니?"

"한 녀석이 묻더라고. '선생님, 애인 있으세요?' 그래서 내가 있다고 했더니 애들이 아주 좋아하더라고."

"후후, 정말? 그럼 나한테 한턱내야겠는걸?"

하루나의 목소리를 들으니 아카오는 몸이 따뜻해지는 것 같았다.

"아함, 졸립다. 이제 그만 자야겠어."

"그래, 잘 자. 내일 또 열심히 하는 거예요, 아카오 선생님!"

"그래, 고마워."

4교시 수업을 마치는 종이 울리자, 몇몇 남자아이들이 소리를 지르며 벌떡 일어났다.

"야호, 급식이다!"

"아, 배고파!"

급식 당번은 서둘러 하얀 앞치마를 두르고 교실 안으로 배식대를 끌어오랴 식기와 반찬을 준비하랴 분주하다. 다른 아이들은 배식대 옆에 줄을 서서 잡담을 하며 자기 차례를 기다린다. 5학년 3반이 되고 나서 처음 하는 급식이지만, 아무래도 고학년이어서 줄을 서는 데 시간이 오래 걸리지 않는다. 쭉 늘어선 아이들은 급식 당번의 지시를 기다린다.

교실에는 4~5명씩으로 이루어진 모둠 여섯 개가 만들어진다. 앞줄에 1~3모둠, 뒷줄에 4~6모둠이 앉는다. 칠판 앞에 놓인 교탁에는 아카오가 앉는다. 시라이시 선생님은 교실 앞문 옆에 책상을 두고 거기에서 반 전체를 살펴보기로 했다.

"잘 먹겠습니다!"

카레라이스의 부드럽고 고소한 냄새가 코끝을 간질인다. 아카오는 오른팔과 뺨 사이에 숟가락 자루 부분을 끼우고 둥근 플라스틱 접시에 얼굴을 파묻고 밥을 먹으려 했다. 그런데 갑자기 교실 안이 조용해지는 게 느껴졌다. 문득 고개를 들자 그때까지 가만히 담임선생님을 바라보고 있었을 아이들의 시선이 후닥닥 흩어졌다. 아카오는 그게 아주 재미있었다.

"하하하, 모두 괜찮아. 그렇게 신경 쓸 것 없어. 손이 없는 선생님은 어떻게 밥을 먹을까 궁금한 게 당연하지. 자, 잘들 봐 둬!"

아카오는 다시 오른팔과 뺨 사이로 숟가락을 고쳐 들고, 카레라이스 밑으로 파고 들 듯 접시에 얼굴을 묻었다.

"이렇게 하고 숟가락을 움직이는 거야. 숟가락 자루 부분을 위에서 가볍게 누르면, 봐, 시소처럼 접시 속 반대편 부분이 이렇게 들어 올려지는 거지."

아카오는 설명을 해 가며 여러 번 시범을 보였다. 적당량의 카레와 하얀 쌀밥이 담긴 은색 숟가락의 끝부분이 휙 들어 올려진다.

"우와, 굉장하다!"

호기심에 숨죽이고 바라보던 요스케가 자기도 모르게 탄성을 질렀다. 아카오는 다시 설명을 덧붙였다.

"그런 다음에는 이렇게 얼굴을 가까이 해서, 음음, 맛있게 먹으면 되는 거야."

밥을 조금도 흘리지 않고 먹는 날랜 솜씨를 보고는 아이들이 자연스럽게 박수를 쳤다. 하지만 20년 넘게 이렇게 식사를 해 온 아카오는 아이들의 박수가 쑥스럽기만 했다.

"자, 모두 빨리 먹자! 맛있는 카레라이스가 다 식어 버리겠어."

오후 5시. 창문으로 비쳐 드는 석양에 스물여덟 개의 책상이 오렌지 빛으로 물들어 간다. 몇 시간 전만 해도 시끌시끌하던 교실에 지금은 아카오의 목소리만 울리고 있다.

"그게 좀 그렇더라고."

아카오는 오늘 있었던 일을 되새겨 보았다. 급식 시간에 아이들이 아카오가 밥 먹는 것을 보고 박수를 보낸 다음의 일이다. 시라이시가 아카오의 자리로 살짝 다가와 우유 뚜껑을 열어 주고는 아무 일 없었던 것처럼 자기 자리로 돌아간 것이다.

"아니, 좀 그랬다니? 하지만 옛날부터 쭉……."

시라이시는 말끝을 흐렸다. 손이 없는 아카오는 우유병 뚜껑을 따지 못한다. 그래서 초등학생 때부터 한 팀을 이루어 밥을 먹을 때면 늘 시라이시가 아카오의 우유병 뚜껑을 따 주었던 것이다.

아카오가 답답한 듯 목소리를 높였다.

"물론 친구로서 그렇게 해 주는 건 아무 문제가 없어. 뭐랄까, 아주 고마운 일이지. 하지만 지금은 보조 교사의 입장이잖아."

"아, 그런 뜻이야?"

이해가 빠른 시라이시는 아카오가 무슨 말을 하고 싶어 하는지 금세 알아차렸다. 아카오는 시라이시의 반응에 조금 누그러져서 말을 계속했다.

"아이들이 도저히 도와줄 수 없는 일은 부탁하면 안 되겠지. 하지만 우유병 뚜껑을 따는 일 정도는 누구나 할 수 있잖아? 손발이 없는 담임선생님을 만난다는 건 아이들에게 흔치 않은 경험이야. 그래서 되도록 아이들이 나한테 도움의 손길을 내밀게 하고 싶어. 그런 일을 거듭 경험하다 보면 누군가가 곤란을 겪을 때는 도와줘야 한다는 마음을 키울 수 있지 않을까?"

"음… 그것도 그렇군."

가볍게 눈을 감은 채 이야기를 듣던 시라이시는 긍정의 한숨을 내쉬었다. 그리고 눈을 떠 아카오를 바라보았다.

"너는 하나도 안 변했구나."

시라이시의 갑작스러운 말에 아카오가 조금 놀라며 물었다.

"뭐가?"

"개학식 다음 날에 5학년 학년 부장 선생님한테 한 소리 들었잖아. 아이들에게 도와달라니, 그게 무슨 소리냐고. 그런데도 너는 아이들에게 '어제 개학식 때도 말했지만, 선생님은 할 수 없는 일이 많아. 그럴 때는 여러분이 도와주기를 바란다.'고 다시 말했지."

아카오는 얼굴을 붉혔다.

"사람의 생각이라는 게 그렇게 간단히 바뀌지 않잖아."

시라이시도 고개를 끄덕였다.

"하긴 그럴 거야. 그렇긴 하지만, 보통 사람이라면 여간해서는 그렇게 하기 어렵지. 특히 얼굴을 맞대고 '나는 납득할 수 없다.' 고 하는 잔소리를 들은 다음인데 말이야."

그때 미소 띤 얼굴로 시라이시를 바라보던 아카오가 "나는 납득할 수 없어요." 하고 약간 코맹맹이 소리로 아오야기 선생님의 말투를 흉내 냈다. 뜻밖에도 많이 비슷하다는 느낌이 들었는지 시라이시도 껄껄껄 웃었다. 시라이시는 아카오의 등을 툭 치면서 말했다.

"그러니까 네가 변하지 않았다고 생각하는 거야. 넌 자신이 옳다고 생각한 것은 절대 꺾지 않아. 옛날부터 그랬어."

아카오는 웃으며 되받아쳤다.

"그게 가끔 잘못되어 홍역을 치르기도 하고. 그렇지?"

시라이시는 아카오의 어깨에 팔을 두르고 말했다.

"하하하, 그래서 널 보고 있자면 위태위태하다니까."

아카오는 다시 진지한 얼굴로 시라이시를 바라보았다.

"아무튼 열심히 해 보겠다는 마음이 커."

시라이시도 진지한 얼굴로 돌아와 약속했다.

"나는 되도록 나서지 않을게. 아이들이 마음껏 선생님을 도와줄 수 있게 기회를 만들어 보자. 그런데 지난 20년 동안 해 온 습관이 있으니까 나도 모르게 얼른 손길을 뻗을지도 몰라. 그럴 때는 다시 얘기해 줘."

"응. 정말 고맙다. 자, 시라이시 선생, 아카오의 보조 교사는 네가 아니면 아무도 할 수 없다니까."

2장
실내화가 없어졌어요!

"선생님, 큰일 났어요! 큰일 났어요!"

수업을 시작하기 직전의 정신없는 아침 시간이었다. 교무실 문이 활짝 열리더니 한 아이가 숨이 턱밑까지 차올라 아카오를 찾았다. 학급 회의 때 과자라도 좀 사 와야 하지 않느냐고 했던 아라키 신고였다. 신고는 앞니가 튀어나온 일본의 유명한 개그맨을 많이 닮았는데, 툭툭 던지는 말솜씨로 3반을 웃음바다로 만들곤 했다.

아카오가 싱긋 웃으며 신고에게 주의를 주었다.

"교무실에 들어올 때는 먼저 인사를 해야지."

"아, 죄송합니다. 근데요, 선생님, 정말 큰일 났어요!"

"무슨 일인데? 또 숙제라도 잊어버리고 온 거야?"

"그런 게 아니에요. 저, 뚱띠의 실내화가 사라졌어요!"

'뚱띠'라면 학급에서 가장 덩치가 큰 야마베 코지를 가리키는 말이다. 아이들은 덩치가 큰 코지를 놀리려는 속셈으로 뚱띠라 불렀다. 아카오는 아이들이 그렇게 부르는 걸 별로 좋아하지 않았지만, 정작 코지가 그걸 싫어하지 않는 것 같아 그냥 내버려 두었다. 신고가 허겁지겁 보고를 막 마쳤을 때, 당사자인 코지가 교무실에 나타났다.

"저… 선생님, 안녕하셨어요?"

아카오에게 코지의 첫인상은 매우 인상적이었다. 코지가 맨 가방이 다른 아이들의 가방과 비슷한 크기인데도 상당히 작아 보였기 때문이다. 푸른색 운동복의 가슴 부분에 있는 로마자 로고는 옆으로 잔뜩 퍼져 있어서 원래의 크기보다 크게 보였다.

코지가 신고보다 늦게 나타난 것은 틀림없이 성질 급한 신고가 "내가 선생님께 말씀드리고 올게!" 하며 먼저 뛰쳐나왔기 때문일 것이다. 아카오는 코지를 가까이 불렀다.

"코지, 어서 와. 선생님도 들었어. 실내화는 아직 못 찾았니?"

"예, 아침에 학교에 와서 갈아 신으려고 보니 없더라고요."

풀이 죽어 있기는 하지만 그래도 느긋해 보인다. 게다가 빙글빙글 웃기까지 한다. 자기 실내화가 없어졌다는데도 마치 남의 일 같다. 어쩌면 이런 성격이 반 친구들이 모두 '뚱띠, 뚱띠!' 하고 친근하게 대하게 하는 코지의 매력 포인트인지도 모른다.

"그렇구나, 놀랐겠네. 알았어. 나도 곧 교실로 갈 테니까 두 사람은 먼저 돌아가 기다리고 있어. 아, 코지는 양말만 신으면 위험하니까 잠깐 밖에서 신던 신발을 신도록 해. 대신 엘리베이터 앞 매트에다 신발에 묻은 흙을 잘 털고 가도록! 알겠지?"

아카오의 지시를 받은 두 아이는 인사를 하고 교무실을 나섰다.

'이게 뭐야. 내가 진짜 깐깐한 선생 노릇을 하고 있잖아!'

얼마 전까지만 해도 프로그래머 생활을 하던 사람이 지금은 아이들에게 모범 답안 같은 훈계를 하고 있다. 이러는 모습이 자신과는 왠지 잘 어울리지 않는다고 느껴졌다.

아무튼 새 학기가 시작된 지 2주째, 5학년 3반에 첫 사건이 일어났다.

조회 시간에 아이들에게 사정을 물어보았지만 별다른 일은 없었다. 혹시나 싶어 자기 실내화와 코지의 실내화를 바꿔 신은 아이가 없는지 살펴보게 했지만 그것도 아니었다.

"선생님, 코지의 실내화는 우리들 거하고는 비교도 안 되게 커요. 그러니까 바꿔 신을 리 없어요!"

기미히코가 논리적으로 차분하게 말했다.

"시간이 지나면 찾게 되지 않을까요?"

학급 회의 사회를 맡았던 요스케가 맨 앞줄에서 말했다. 요스케는 반 분위기를 이끌어 가는 역할을 잘하고 있다. 어쩌면 그럴지 모르겠다고 생각한 아카오는 평소대로 수업을 시작했다. 쉬는 시간에 아이들이 피구를 하다 공에 맞았네, 안 맞았네 하며 티격태격하는 것을 말리다 보니, 3교시쯤에는 코지의 실내화에 대해 까맣게 잊고 말았다.

그렇게 4교시 수업이 끝나고 급식 시간이 되었다. 오늘의 메뉴는 미트소스 스파게티. 아이들에게 인기 있는 먹을거리가 나오면 추가 배식을 놓고 한바탕 소란이 인다. 식사 시간 종료 10분 전까지 기본 배식을 다 먹은 아이들끼리 가위바위보를 한다. 거기서 이긴 사람에게만 추가로 음식을 더 주는 것이다. 이것은 예전부터 정해 놓은 규칙이었다.

"스파게티, 더 먹을 사람?"

일찌감치 자기 것을 다 먹고 이제나저제나 때를 기다리던 신고가 그 말을 듣자마자 잰걸음으로 튀어나왔다. 그 뒤로 남자아이 대여섯 명이 더 나와서 작은 원을 이루었다.

'아니?'

아카오는 평소와 조금 다른 분위기에 고개를 갸웃했다. 이제까지 추가 배식 가위바위보에 빠진 적이 없던 코지가 잠자코 자리에 앉아 있었던 것이다. 더구나 코지의 접시에는 스파게티가 절반가량 남아 있었다.

'아니, 쟤가…….'

아카오는 뭔가 이상하다는 것을 느꼈다.

"선생님, 뚱띠가요, 실내화가 없어져서 밥맛이 없나 봐요."

요스케의 말이 예사롭게 들리지 않았다. 아카오의 접시 위에도 아직 스파게티가 많이 남아 있었지만 더 먹을 수가 없었다. 결국 음식을 남긴 채 식기를 반납하고 말았다.

"그러니까 코지는 어제 집에 갈 때 엘리베이터 앞에서 실내화를 갈아 신고 교문을 나섰어. 그런데 아침에 학교에 와 보니, 신발장에 있어야 할 실내화가 안 보였다는 거지?"

곤노 선생님은 팔짱을 끼고 곰곰이 생각하며 말을 이었다.

"어제 요스케와 신고가 코지와 함께 갔으니까, 분명 신발장에 실내화 넣는 걸 보았을 테고."

휠체어 위의 아카오는 아침에 아이들에게 들은 이야기를 떠올리며 고개를 끄덕였다.

아담한 상담실 한가운데에는 길이가 2미터쯤 되는 책상 두 개가 있고, 파란색 시트를 깐 의자 여섯 개가 책상을 둘러싸듯 놓여 있다. 유리창이 붙어 있는 철제 로커에는 과거 수년 동안의 회의

록이나 행사 자료가 가지런히 정리되어 있었다. 상담실이라는 이름이 붙어 있지만, 개인 면담용으로 사용되는 경우는 드물었다. 대개는 교사들이 모여 논의하는 자리로 이용되었다.

차르륵차르륵…….

옆방 인쇄실에서 프린트물이 대량으로 쏟아지는 소리가 들려왔다. 3반에서 실내화 분실 문제가 생겼을 때 원래대로라면 학년 부장과 먼저 상담해야 한다는 것은 아카오도 잘 알고 있었다. 하지만 항상 무뚝뚝한 표정으로 자기 생각만 강요하는 아오야기 선생님과는 아무래도 상담을 하고 싶지 않았다. 그에 비해 부임하자마자 같이 한잔하자며 친근감을 보여준 곤노 선생님이야말로 교육 현장 경험이 없는 아카오에게는 친형님 같은 존재였다.

곤노 선생님을 팔짱을 낀 채 고개를 끄덕이며 말했다.

"얘기를 종합해 보면 말이야, 실내화는 어제 하교 시간 이후부터 오늘 등교 시간 전에 없어진 거야. 그러니까 어제 방과 후가 아니면 오늘 아침 일찍 어느 순간이지."

아카오는 웃으며 물었다.

"꼭 탐정 같으신데요?"

"후훗, 그런가? 자기 제자를 대상으로 조사하는 건 좀 그렇지만 말이야."

곤노 선생님의 말에 아카오는 가슴이 조금 답답해졌다.

"역시 3반 아이들 가운데 누가 그런 것이겠죠?"

곤노 선생님은 아카오 선생님의 등을 툭 치며 말했다.

"열에 아홉은 그렇다고 봐야지. 물론 그걸 인정하긴 싫겠지만. 하지만 너무 상심하진 마. 이런 일은 어느 반에서나 생길 수 있는 거고, 신학기에는 더더욱 흔하니까. 아이들이 담임을 시험해 보는 거라고나 할까?"

아카오는 조금 당황해서 되물었다.

"담임을 시험한다고요?"

"그래. 우리 담임은 어디까지 가면 화를 내나, 이런 문제를 어떻게 해결하나……. 어떤 면에서는 아이들이 무의식적으로 그렇게 한번쯤 시험해 보려는 거지."

아카오는 반 아이들의 사랑스런 얼굴을 떠올려 보았지만, 아이들이 자기를 시험하고 있다고는 도저히 생각할 수 없었다.

"그런데 자네는 후속 조치를 어떻게 취했나?"

아카오는 곤노 선생님의 질문에 어떻게 답해야 할지 몰라 허둥지둥했다.

"아, 그게, 그러니까… 아무것도……."

"아니, 아무것도?"

무심결에 곤노 선생님의 목소리가 높아졌다.

"부끄럽지만, 조회 시간에 아이들과 이야기 나누고 난 뒤 실내화 건에 대해서는 완전히 잊어버렸어요. 급식 때 코지가 뜻밖에도 추가 배식을 받으러 나오지 않는 걸 보고 깜짝 놀랐을 뿐입니다."

곤노 선생님은 아무 말이 없었다. 그 모습에 아카오는 자신의 대응이 많이 어설프지 않았나 하는 생각이 들었다.

"역시 서툴렀던… 거죠?"

어렵사리 던진 아카오의 질문에 곤노 선생님은 한숨을 내쉬고는 한마디 했다.

"이런 일은 말이야, 초기 대응이 중요해. 그날 안에 해결하게 되면 상처가 커지지 않고 아물어. 그런데 해결하지 않은 채 시간을 보내다 보면 상처가 점점 커지게 되고, 심한 경우에는 교실 붕괴라는 최악의 사태에 이르기도 하는 거야. 그렇다고 협박을 하는 건 아니고, 정말 그런 점까지도 염두에 둬야 해."

아카오는 이제까지 자기와는 전혀 상관이 없다고 여겨온 '교실 붕괴'라는 단어에 정신이 번쩍 들었다. 자기 반 교실에서 뜻밖에 그런 문제가 발생할 수도 있다는 생각이 든 것이다. 더욱이 이번 사태는 자신의 미숙함으로 인해 그 길로 이어지는 문을 연 것 아닌가!

곤노 선생님이 말을 이어 나갔다.

"게다가 실내화가 없어진 코지는 오늘 하루 종일 담임인 자네에 대해 어떤 생각을 했겠나?"

아카오는 고개를 숙이며 중얼거렸다.

"글쎄요, 저 같으면 어떻게든 문제를 해결해 주기를 바랐겠
죠."

"그렇지. 그런데 정작 담임선생님은 아무 해결책도 내놓지 않
고, 심지어 그 일 자체를 잊어버렸다고 한다면……."

그렇다면 코지뿐 아니라 반 아이들 모두의 믿음을 오늘 하루 종
일 까먹은 셈이 될지도 모른다.

아카오의 마음속에서 천진난만하게 미소를 띠고 있는 아이들.
그런데 생각을 바꿔 다시금 아이들의 얼굴을 떠올리니 이번에는
누구 한 사람 미소를 짓지 않는다. 스물여덟 명 모두 말이라도 맞
춘 듯 우울한 빛이 잔뜩 낀 얼굴로 그를 바라본다. 아카오는 풀 죽
은 목소리로 인생 선배에게 물었다.

"곤노 선생님, 저는… 우선 뭘 어떻게 해야 할까요?"

"먼저 알아 둬야 할 것은 답이 하나가 아니라는 점이야. 열 명
의 교사가 있다면 열 가지 접근 방법이 있다는 거지."

아카오는 고개를 주억거리며 곤노 선생님의 말을 들었다.

"아, 그렇군요."

"예를 들어 아오야기 선생님이었다면 어떻게 할 것 같나?"

"아, 아오야기 선생님 말씀입니까? 글쎄요, 어떻게 하셨을까
요?"

"몇 년 됐지. 아오야기 선생님이 맡은 반에서 필통이 없어졌어. 그때 그 자리에서 당장 모든 학생의 가방을 검사했는데, 그래도 나오지 않으니까 다음에는 로커까지 다 뒤졌지. 그것도 각자 자기 것을 뒤진 게 아니라 서로 다른 사람의 것을 뒤지게 했어. 자기 것을 자기가 뒤지게 하면 없다고 말할 거라고 생각한 거지."

아카오는 얼굴을 찌푸리며 말했다.

"정말 철저했군요. 하지만 듣기만 해도 좀 심한 것 같은데요."

지난 벚꽃 아래 학급 회의에 대해 교육적 의의가 뭐냐는 꾸중을 들었는데, 아오야기 선생님의 방법이야말로 교육적으로 문제가 있는 게 아닐까, 아카오는 생각했다.

"그렇지? 아마도 지나치다고 생각하는 사람이 많을 거야. 그런데 필통이 없어졌을 때 가장 곤란한 사람은 누구일까?"

"필통 주인이겠죠."

"그래. 그렇다면 조금이라도 빨리 필통을 찾아 돌려줘야겠지. 그것까지 생각하면 아오야기 선생님의 방법이 틀렸다고는 못하지."

곤노 선생님의 말대로 그것 또한 하나의 방법일지 모른다. 하지만 그 방법을 따라할 생각은 조금도 없었다. 아카오는 곤노 선생님의 표정을 살피며 물었다.

"곤노 선생님이라면 어떻게 하시겠어요?"

"나라면? 나라면 말이지, 먼저 그 필통 주인이 얼마나 곤란한지, 또 얼마나 상심했는지 아이들에게 아주 강하게 호소할 거야. 그런 다음 '자, 모두 함께 찾아보자.'고 권유하는 거지. 아마도 그러면 대개는 필통이 나타날 거야."

"정말요?"

"어떤 물건을 감췄다고 해도 아직 초등학생이야. 양심에 호소하면 금방 태도를 바꾸지."

아이들을 범인 다루듯 몰아세우는 아오야기 선생님, 아이들에 대한 믿음으로 해결책을 찾는 곤노 선생님……. 정말 개성에 따라 얼마나 큰 행동의 차이를 보이는가를 깨닫는 순간이었다.

곤노 선생님의 말이 이어졌다.

"그런데 참 재미있는 게 있어."

"뭔데요?"

곤노 선생님은 두 사람만 있는 자리인데도 목소리를 낮춰 말했다.

"대개 '여기 있어요.' 하고 물건을 발견하는 아이가 그 물건을 숨긴 경우가 많다는 거지."

"예?"

아카오의 목소리가 자기도 모르게 높아지자 곤노 선생님은 목소리를 낮추라고 눈짓을 보냈다.

"생각해 봐, 자기가 감췄으니 어디에 있는지 가장 잘 알 거 아냐."

"아, 그런가요……."

아카오가 나가기 좋게 먼저 문을 열어 주고, 곤노 선생님은 문에서 '사용중'이라는 명패를 '비어 있음'으로 바꾸어 놓았다.

"곤노 선생님, 말씀 감사합니다."

인사를 마치고 돌아선 아카오의 머릿속이 복잡해졌다. 아오야기 선생님이나 곤노 선생님처럼 다른 교사들은 나름대로 해결책을 내놓고 아이들 문제를 풀어 나간다. 그러나 자신은 해결의 실마리조차 찾지 못한 채 손을 놓고 있지 않은가. 게다가 아이들에게 시험을 당하는 처지라는 생각까지 겹치고 보니 공연히 가슴만 두근거렸다. 아카오는 자신이 꼭 바람 빠진 풍선 같다는 생각이 들었다.

"미안해, 코지……."

아카오는 마치 앞에 코지가 있는 것처럼 중얼거렸다. 아침나절 교무실에서 마주한 코지의 웃는 얼굴은 사실 평소의 모습이 아니었다. 하지만 아카오는 괴로운 마음을 자기 방식대로 전하는 코지의 사인을 제대로 읽지 못했다. 아카오는 자신이 맡은 '5학년 3반 담임선생님' 자리가 얼마나 어려운지 새삼 깨달았다.

다음 날, 3반 교실이 무척 소란스러웠다. 평소에도 얌전한 편은 아니었지만, 이렇게 복도까지 소리가 들릴 만큼 시끄러운 적은 거의 없었다.

시라이시가 문을 열자, 어제와 마찬가지로 신고가 앞으로 나서며 급하게 말했다.

"선생님, 큰일 났어요!"

그때 신고의 뒤에서 천천히 칠판 앞까지 걸어 나온 아이는 지바 사토코였다. 아카오의 시선이 어깨를 잔뜩 움츠린 채 서 있는 자그마한 사토코의 발치로 향했다. 사토코는 하얀 바탕에 빨간 줄이 들어간 실내화가 아니라 밖에서 신는 신발을 신고 있었다.

"실내화가 어떻게 된 거야?"

사토코가 갑자기 울음을 터뜨렸다.

"아침에 학교에 왔더니 신발장에 실내화가 없었어요!"

"알겠다. 모두 자기 자리로 돌아가! 할 이야기가 있어."

휠체어를 교탁 앞으로 옮기면서 아카오는 머릿속으로 곤노 선생님에게 들은 이야기를 재빨리 되새겨 보았다. 여기서 자신이 해야 할 일은 무엇일까. 아이들에게 무슨 이야기를 해 줘야 할까.

'그래, 역시 나는 곤노 선생님의 방식을 따라야 해.'

아오야기 선생님처럼 하면 당장에는 코지나 사토코에게 위안을 줄 수 있을지 모른다. 하지만 아카오는 아이들에게 가방을 뒤집어 보라고 할 생각이 전혀 없었다.

아카오는 실내화가 없어져 두 사람이 아주 슬퍼하고 있다는 것, 즐거워야 할 학교생활이 불안해져 버렸다는 것, 사라진 실내화는 두 아이의 부모님이 사랑의 마음으로 마련한 것이라고 아이들에게 진지하게 이야기했다. 아이들은 야단이라도 맞는 것처럼 고개를 푹 숙이고 있었다. 아카오는 목소리를 높였다.

"무엇보다도 우리 모두 벚꽃 아래서 결정했잖아, 학급 목표를!"

아카오의 말에 아이들이 동시에 고개를 들었다. 칠판 위에는 아이들이 색색의 포스터물감으로 모조지에 가득 차게 써 넣은 학급 목표가 붙어 있었다.

모두모두 웃는 얼굴

아카오는 말을 계속했다.

"지금 5학년 3반에는 웃지 못하는 사람이 둘이나 있어. 우리가 서로 도와주어야 해. 그래서 그 애들도 웃을 수 있게 해야지. 좋아, 지금부터 모두 한마음이 되어 찾아보자."

하지만 6교시가 끝났는데도 두 아이의 실내화는 끝내 나타나지 않았다.

'양심에 호소하면 반드시 응답이 온다.'

곤노 선생님의 말을 곰곰 되씹어 보았지만, 아카오의 마음은 괴롭기만 했다.

"그랬나? 거참, 생각보다 뿌리가 깊은지도 모르겠군."

아카오의 이야기를 들은 곤노 선생님은 팔걸이가 달린 회색 의자에 파묻혀 긴 다리를 꼬고 앉았다. 그러고는 팔짱을 끼고 가만히 생각하다가 다시 입을 열었다.

"그렇다면 아무래도 차노 선생님과 상의해 보는 게 좋겠어."

차노 도쿠지 선생님은 6학년 학년 부장을 맡은 베테랑 선생님이다. 50대 중반의 나이지만 아이들 가르치는 일을 천직으로 여기는 분이다. 풍부한 경험과 따뜻한 마음씨를 가진 차노 선생님은 모든 선생님들에게 존경을 받았다. 특히 젊은 선생님들은 학급에서 풀기 어려운 문제가 생기면 학년에 상관없이 차노 선생님과 의논하곤 했다.

아카오는 곤노 선생님의 말을 들으며 6학년 모둠 쪽으로 눈길을 돌렸다. 안경을 썼다 벗었다 하며 서투르게 컴퓨터 키보드를 똑딱거리고 있는 차노 선생님이 보였다.

'아이들 상대로는 최고지만 기계치이신가 보다.'

컴퓨터 앞에 앉은 차노 선생님의 모습은 교장선생님과 교감선생님에게 깊은 신뢰를 받는 중진 교사로 보이지 않는다. 그런 소박한 모습이 오히려 아카오를 슬며시 미소 짓게 했다.

그날 밤, 아카오는 시라이시와 함께 역 앞에 있는 음식점에서 엄청난 연기에 뒤덮여 있었다. 붐비는 상점가에서 한 구역 들어가 있는 아늑한 가게 안에는 마침 금요일이기도 해서 손님이 꽤 많았다. 차노 선생님이 오랜 단골인지 주문도 하기 전에 차가운 생맥주와 맛깔스러운 안주가 함께 나왔다.

와이셔츠 소매를 팔뚝까지 걷어 올려 털이 수북한 팔을 드러낸 차노 선생님은 단숨에 생맥주를 3분의 1가량 들이켜고는 잘 익은 꼬치 안주 쪽으로 손을 뻗었다. 그러고는 가게 안에 흐르는 옛날 노래를 같이 흥얼거리며 맛있게 안주를 먹었다. 아카오는 담당 학년이 다른 차노 선생님과 별로 이야기를 나눠 본 적이 없었다. 그래서 어떻게 이야기를 꺼내야 할지 몰라 망설이고 있었다.

"미안, 미안. 오늘은 부득이한 약속이 있어서 그 자리에 못 가겠네!"

곤노 선생님은 마침 다른 약속이 있어서 함께하지 못했다. 혼란스러운 아카오의 마음을 아는지 모르는지, 차노 선생님은 첫 잔을 다 비우고는 점원에게 한 잔을 더 주문했다. 그러더니 아무 예고도 없이 곧바로 본론을 꺼냈다.

"그런데 두 사람에게 공통점 같은 것이 있나?"

갑작스러운 질문에 아카오는 첫 피해자인 코지와 자그마한 사토코의 얼굴을 교대로 떠올렸다.

"글쎄요, 이렇다 할 게 없는데… 굳이 말하자면 특징이 없는 게 특징이라고 할까요. 둘 다 자기주장을 내세우는 성격이 아니라서 누군가에게 미움을 살 일이 없는 아이들이에요."

"그래? 그렇다면 걔들이 미움을 사서 그런 일이 생긴 건 아니겠군."

아카오의 식판에 있던 꼬치구이를 시라이시가 집어 아카오의 얼굴 앞으로 갖다 댔다. 그러자 아카오는 능숙하게 고개를 돌려 닭고기 꼬치를 입으로 떼어 먹었다. 차노 선생님은 벌써 두 잔째 맥주를 마시고 있었다.

"그러니까 범인의 목적을 알 수 없다는 거죠."

아카오가 무심결에 내뱉는 말에 차노 선생님은 맥주잔을 아무렇게나 내려놓고는 잠깐 생각에 잠겼다가 곧 입을 열었다.

"아카오 선생, 범인이라는 말을 쓰면 안 될 것 같은데?"

"예?"

착 가라앉은 목소리가 베테랑 교사의 감정 변화를 잘 드러냈다.

"실내화를 숨긴 행위는 물론 칭찬받을 일이 못 돼. 하지만 그렇게 한 아이도 결코 좋아서 그런 것은 아니라고 생각지 않나?"

"좋아서 그런 게 아니라고요?"

"그렇지. 그 아이도 분명 스스로 해결할 수 없는 마음의 문제를 안고 있을 수 있네. 그것이 실내화를 숨기는 행위로 드러난 것일

뿐이고. 말하자면 아이가 보내는 에스오에스(SOS)일 수도 있는 거지. 아마 그 아이도 뭔가로 괴로워하고 있을 거야. 그런 아이에 대해 범인이라는 표현을 쓰는 건······."

음식점에서 나와 차노 선생님과 헤어진 아카오와 시라이시는 다시 가까운 선술집에 들어갔다. 평소 술을 잘 마시지 않는 아카오가 시라이시를 술집으로 끌고 간 것이다. 매우 드문 일이었다.

"미안해. 미안해. 모두한테 미안해."

계속 같은 말만 되풀이하며 휠체어를 갈지자로 몰 정도로 취한 아카오를 보며 시라이시는 '오늘 밤엔 저럴 수밖에 없겠구나.' 하고 생각했다.

바로 2주 전까지만 해도 꽃 터널을 이루던 마쓰우라 강은 이제 완전히 초록빛으로 바뀌었다. 나른하게 졸음이 몰려오는 흐릿한 봄날, 강물은 여전히 유유히 흐르고 있다. 한 주의 시작인 월요일인데도 아침 햇살을 받은 아카오의 얼굴은 아직 피곤해 보였다. 아카오는 지난주에 차노 선생님과 나눈 대화를 떠올려 보았다.

차노 선생님은 이렇게 물었다.

"어때, 해답을 찾았나?"

"아니요, 아직······."

아카오는 지난 이틀 동안 차노 선생님이 낸 숙제에 매달려 지냈다.

"차노 선생님, 저는 어떻게 하면 좋죠? 아오야기 선생님은 철저하게 조사해서 해결하셨어요. 곤노 선생님은 아이들의 양심에 호소해서 진실을 알아내셨고요. 저는 어떻게 해야 할까요? 저는 도저히 아오야기 선생님처럼 할 수는 없어요. 이제 어쩌면 좋을지……."

"마음 가는 대로 하면 되지 않겠어?"

"예?"

"냉정하게 들릴지 모르겠지만, 그 이상은 아카오 선생이 스스로 대답할 수밖에 없어. 내가 맡은 반이 아니라 아카오 선생의 반이니까 말이야. 아이들은 묵묵히 바라보고 있어. 담임이 이런 문제를 어떻게 대하고, 어떻게 해결하는지. 그러니까 이 일은 실내화 분실이라는 한 건으로 끝날 문제가 아니라는 거지. 올 1년 동안의 학급 운영과 관계가 있다고."

"아, 곤노 선생님께서도 그러시더군요. 아이들이 시험하는 것일 수도 있다고요."

"시험을 당한다고 생각하면 기분이 썩 좋지 않지만, 거꾸로 이게 기회라고 생각하면 어떻겠나? 나는 이런 학급으로 만들고 싶다, 너희들은 이렇게 해 주었으면 좋겠다, 하는 진심을 전할 수 있는 절호의 기회라고 말일세."

"기회란 말씀인가요?"

"그렇지. 그러니까 좀 힘들더라도 곰곰이 생각해 보게. 스스로 해답을 찾는 게 옳아. 아카오 선생이 스스로 내놓은 해답을 가지고 아이들과 승부를 겨뤄 보는 거야."

차노 선생님의 말은 어느 모로 보나 타당한 지적이었다.

이렇다 할 답을 찾지 못한 채 보내는 주말이 아카오는 편치 않았다. 눈을 감으면 언제나 똑같은 이미지가 떠오르곤 했다. 스물여덟 명의 아이들이 교실에서 물끄러미 담임선생님을 바라보고 있다. 하지만 담임선생님은 이마에 진땀을 흘리며 애매한 미소만 짓고 있을 뿐이다. 그저 곤란하다는 듯 아이들의 시선을 피하고 있다. 그런 장면이 주말 내내 몇 번씩이나 되살아나곤 했다.

구로사키 다리 근처에서 좌회전을 하면 휠체어의 타이어가 갑자기 무거워지는 느낌이 든다. 학교와 수백 미터쯤 떨어진 단독주택에서 개가 짖어 댄다. 휠체어의 모터 소리를 듣고 아카오가 지나갈 때마다 반갑다고 컹컹 짖는 소리도 오늘만은 기분 좋게 들리지 않는다.

회색빛 교문이 아카오 앞으로 쑥 다가왔다.

교실 문을 열고 들어가자 시끌벅적하던 분위기가 순식간에 가라앉았다. 지난주처럼 신고가 뛰쳐나와 "선생님, 큰일 났어요!" 하고 외치지도 않았다. 우선 코지와 사토코에 이은 세 번째 피해자가 나오지 않아서 다행이라는 생각이 들었다.

칠판 앞까지 휠체어를 끌고 와 아카오는 코지와 사토코의 발로 시선을 돌렸다. 두 사람 모두 새 실내화를 신고 있다. 아이들의 부모님에게 편지를 보내서 협조해 달라고 했었다. 천천히 교실을 둘러보니 스물여덟 명의 아이들이 가만히 아카오를 바라보고 있었다. 그것은 지난 주말에 몇 번씩이나 아카오의 머릿속을 떠돌던 상황이었다.

"내가 너희한테 사과할 일이 있어."

뜻밖의 말에 아이들은 서로 얼굴을 마주보았다. 교실 한쪽에서 그 말을 들은 시라이시는 '이제 해답을 찾은 건가?' 생각하며 다음 말을 기다렸다.

아카오는 힘겹게 다음 말을 이어갔다.

"5학년 3반의 학급 목표는 모두모두 웃는 얼굴이지. 그런데 지금 우리 반에는 실내화가 없어져서 웃지 못하는 친구가 둘이나 있어. 그래서 지난 금요일에 우리 모두 힘을 합쳐 하루 종일 찾아보았고. 쉬는 시간에도, 점심시간에도 쭉 찾아봤지만 두 사람의 실내화는 보이지 않았어."

남자와 여자가 조를 나눠 화장실도 뒤져 보고, 쓰레기장과 체육관 창고 안쪽까지 샅샅이 살펴보았다. 하지만 어디에서도 실내화를 찾았다는 소리는 들리지 않았다.

"모두가 코지와 사토코를 위해 최선을 다했어. 하지만 나는… 아무것도 못했어. 실내화를 찾아서 두 사람에게 웃는 얼굴을 돌려주는 것이 담임의 일인데 그걸 못하고 있는 거지. 정말 미안하다, 코지. 미안하다, 사토코."

그렇게 말하면서 아카오는 휠체어 좌석에서 굴러 떨어지지 않을까 걱정스러울 정도로 머리를 깊숙이 숙였다. 담임선생님에게 뜻밖의 말을 듣자 몸집이 큰 코지는 머리를 긁적거렸고, 자그마한 사토코는 시선을 내리깔았다.

아카오는 말을 계속했다.

"이게 내가 너희들한테 미안한 일이야. 그런데 선생님이 너희들한테 미안한 게 또 하나 있어."

평소에는 책상 위의 연필이나 지우개를 만지작거리거나 옷에 달린 지퍼를 올렸다 내렸다 손장난을 치며 담임선생님의 이야기를 듣던 아이들이 이때는 모두 집중해서 듣고 있었다.

"코지와 사토코의 실내화를 생각해 봐. 갑자기 그 실내화에 발이 생겨 저 혼자 어디로 사라지지는 않았을 거야. 누군가가 어디로 가져갔다고 생각할 수밖에 없지. 나는 도무지 왜 그랬는지 모르겠구나. 하지만……."

아카오는 잠깐 말을 멈추고 천천히 교실을 둘러보았다.

"사실 실내화를 감춘 누군가도 그 이유를 알고 싶어 하지 않을까? 자기가 왜 그런 행동을 했는지, 지금 무슨 일로 고민하고 있는지 말이야."

아카오가 말을 멈추었을 때 3반 교실에서는 아무 소리도 나지 않았다. 이웃 5학년 2반에서 곤노 선생님이 치는 기타 반주에 맞춰 아이들이 즐겁게 노래 부르는 소리가 들려왔다.

아카오는 지금까지보다 약간 목소리를 높여 아이들에게 말했다.

"그러니까 내가 너희들한테 미안하다고 하는 거야. 실내화가 없어져 마음 상한 코지와 사토코한테 미안할 뿐 아니라, 실내화를 가져가 버린 아이의 괴로움을 알지 못하고 어떻게든 해결해 주려 하지 않은 것도 미안해. 미안하고 안타깝고… 미안해, 정말 미안해."

눈가에 눈물이 맺힌 채 다시금 휠체어 위에서 고개를 숙이는 담임선생님의 정수리를 아이들은 그저 묵묵히 바라보고 있었다.

"설마 그렇게 하리라고는 생각도 못했어."

교무실로 돌아오자 시라이시는 아카오의 어깨를 힘껏 끌어안았다.

"하아……."

열변을 토하고 온 아카오는 정작 담담한 표정이었다.

"아직 답을 찾지 못했다고 하더니, 어떻게 된 거야? 멋진 해답을 찾아낸 거 아냐!"

시라이시의 말을 흘려 넘기며, 아카오는 힘없이 휠체어 좌석에 등을 기댔다.

"사실 준비된 게 아니었어. 교실에 들어가서 그 자리에 설 때까지 내 머릿속에는 정말 아무 생각도 없었어. 하지만 거기에 서서 아이들의 얼굴을 보고 있자니 자연스럽게 할 말이 떠올랐어. 아니, 떠올랐다기보다 입을 떼니 말이 나왔다는 게 맞겠다."

"그것이 '미안하다'는 말이었구나."

"응. 결국 지난 이틀 동안 기를 쓰고 해답을 찾아보려 했지만, 생각하면 생각할수록 머릿속에 떠오르는 것은 아이들 볼 낯이 없다는 것이었어. 담임이 내가 아니었다면 쉽게 해결해서 아이들을 힘들게 하지 않았을 텐데… 그런 생각을 하다 보니 나도 모르게 미안하다는 말이 튀어나온 것 같아."

말투로 보아 아카오는 자신이 아이들 앞에서 보인 행동이 옳은 것인지에 대해 아직 결론을 내리지 못한 듯했다. 하지만 시라이시는 그 자리에 있었던 사람으로서 솔직히 느낀 바를 말해 주기로 마음먹었다.

"나는 잘했다고 생각해. 아이들의 마음속에 네 생각이 틀림없이 잘 전달되었을 거야."

"그래, 고마워……."

다음 날 아침, 신고가 한달음에 교무실로 달려와 코지와 사토코의 실내화를 찾았다고 알렸다. 아카오는 이번 일에 대해 조언을 많이 해 준 선배 선생님들에게 얼른 그 소식을 전했다. 곤노 선생님은 "그거 참 잘됐군." 하고 기뻐했지만, 경험이 많은 차노 선생님의 반응은 좀 달랐다.

"음… 일단 잘된 일이긴 하지만, 마음이 놓이지는 않네."

그렇게 말하며 조금 걱정스러운 표정을 지었다.

차노 선생님이 왜 복잡한 표정을 지었는지는 다음 주가 되자마자 금세 알게 되었다.

3장
그게 정말 이상한 거니?

"나카니시 아야노! 아니, 아야노는 오늘도 안 나온 건가?"

"선생님, 벌써 사흘째예요. 무슨 일이 있는 게 아닐까요?"

벚꽃 아래서 문고본에 푹 빠져 학급 회의에는 전혀 관심을 보이지 않았던 아야노는 실내화가 발견된 그 다음 주부터 결석을 하기 시작했다. 아야노의 어머니에게서 "배앓이 때문에 결석합니다." 라는 연락을 받긴 했지만, 사흘이나 결석을 하는 걸 보면 뭔가 이유가 있을지도 모르는 일이었다. 실내화가 발견되면서 아이들 사이에서는 실내화 사건이 해결되었다. 하지만 아카오는 왠지 계속 마음에 걸렸다.

아이들이 모두 집에 돌아가고 아무도 없는 교실에서 아카오는 휴대전화를 꺼내 들었다. 원래 보호자와 전화 통화를 할 때는 교무실 전화로 하게 되어 있지만, 아카오의 앞자리에 아오야기 학년 부장이 앉아 있다는 게 문제였다. 지금 한 이야기는 이렇게 했어야 한다는 둥 그때 그 회의는 잘못되었다는 둥 늘 꾸중만 듣게 되니 아무래도 교무실에서는 전화 통화를 하고 싶지 않았다.

휴대전화를 책상 위에 놓고 짧은 팔로 전화번호를 누른 뒤, 다시 휴대전화를 오른쪽 어깨와 오른쪽 뺨 사이에 끼워 넣고 수화기 부분을 귀에 갖다 댔다.

"여보세요?"

"아, 안녕하세요? 저는 마쓰우라니시 초등학교에서 아야노의 담임을 맡고 있는 아카오입니다."

"안녕하세요! 담임선생님이시군요."

휴대전화 너머에서 들려오는 목소리에는 약간 피곤함이 배어 있었다. 그것이 왠지 초등학생다운 발랄함이 보이지 않는 아야노와 비슷하다는 느낌이 들었다.

"아야노는 좀 어떤가요?"

"저, 그게… 배가 아파 학교에 못 가겠다고 하는데, 제가 보기에는 식욕이 떨어지거나 열이 심하지는 않습니다. 집에서도 자기가 좋아하는 책만 읽고 있네요."

"아, 그런가요?"

역시 몸이 아파 결석을 한 건 아닌 모양이다. 아픈 것은 분명히 마음이다. 어쩌면 실내화를 숨긴 일 때문일지 모른다는 생각이 들었지만, 지금은 그것을 추궁하기보다는 아야노를 고민 속에서 건져 주는 것이 먼저였다.

"어머님, 제가 지금 좀 찾아뵈도 되겠습니까?"

"지금요? 물론 상관없습니다만……."

도중에 말이 끊기고, 어머니와 딸 사이에 뭔가 대화가 오가는 듯한 분위기가 전해졌다. 그러더니 어머니가 죄송하다면서 딸의 생각을 대신 말했다.

"하지만 아야노가 계속 틀어박히려고만 해서 만나보실 수 있을는지 모르겠네요."

"그건 상관없습니다. 그럼 30분 뒤에 뵙겠습니다."

아야노의 집은 학교에서 걸어서 15분쯤 걸렸다. 지어진 지 20년은 지난 것 같은 4층짜리 맨션이었다. 신축 당시에는 눈부실 정도로 하얗게 빛났을 외벽이 오랜 세월 비바람에 씻겨 지금은 완전히 색이 바래 있었다. 갈색 얼룩이 묻은 우편함에 적힌 '302호 나카니시'라는 주소를 확인하고는 유모차와 세발자전거 따위가 엉켜 있는 건물 한구석에 휠체어를 세웠다. 그리고 아카오는 시라이시에게 안겨 아야노의 집으로 갔다.

초인종을 누르자 문이 살짝 열리고, 40세 전후로 보이는 여성이 얼굴을 내밀었다. 부스스한 앞머리에 듬성듬성 새치가 섞여 있는 모습이 전화 통화를 하며 느낀 대로 매우 지쳐 보였다.

"처음 뵙겠습니다. 제가 아카오입니다!"

팔다리가 없다고는 하지만 35킬로그램이나 되는 몸무게를 지탱하느라 애를 쓰는 시라이시의 팔에 안겨 아카오는 되도록 밝게 인사했다. 아야노의 어머니가 살짝 미소를 띠며 문을 열어 두 사람을 맞았다.

아야노의 어머니는 넓지 않은 거실에 비해 다소 커 보이는 식탁으로 두 사람을 안내했다. 노란색, 흰색의 체크무늬 식탁보가 깔려 있었다. 시라이시는 다리로 의자를 뒤로 뺀 뒤 거기에 아카오를 앉혔다. 그러고는 크게 숨을 내쉰 뒤 이마의 땀을 닦고 아카오 곁에 앉았다.

"이것 좀 드세요."

아야노의 어머니는 시원한 보리차를 두 사람 앞에 내려놓고 테이블 맞은편에 앉았다. 그 옆에는 상냥하게 웃는 소녀가 앉아 있었다.

"아, 얘는 아야노의 언니 요시미입니다. 올봄에 중학교 2학년이 되었죠."

"요오지미에여, 안녀하세여."

조금 알아듣기 어려운 말투에 표정 변화가 별로 없는 얼굴. 요시미는 다운증후군을 앓고 있었다.

아카오와 시라이시는 요시미를 향해 빙긋 웃으며 인사를 건넸다.

"요시미, 반가워. 나는 아야노의 담임 아카오라고 해."

"나는 아카오 선생님을 돕는 시라이시야. 나도 잘 부탁해."

요시미는 기쁘게 고개를 끄덕거리고는 찬장에서 미키마우스가 그려진 육각형 상자를 꺼내더니 그 속에서 쿠키를 집어 두 사람에게 내밀었다.

"우와, 고마워."

얇은 비닐에 싸인 과자를 받아든 아카오는 정말 기뻐하는 모습을 보였다. 아무래도 좀 무거워질 수밖에 없는 가정방문인데, 요시미의 천진난만한 행동 덕분에 분위기가 훈훈해졌다.

어머니는 장애가 있는 큰딸을 자연스럽게 대하는 아카오와 시라이시를 보고 안심했는지 처음보다 많이 부드러워진 표정으로 입을 열었다. 어머니의 설명을 듣던 아카오가 물었다.

"자매가 성격이 정반대라는 거죠?"

담임이 된 지 이제 겨우 3주째지만, 어머니가 하는 말을 금세 이해할 수 있었다. 아야노는 똑똑하고 공부도 열심히 했지만, 학급 내에서는 약간 붕 떠 있는 존재였다. 쉬는 시간에 친구들과 수다를 떠는 일도 없었다.

그러나 언니 요시미는 아무래도 공부 면에서는 기대하기 어렵지만, 어디서든 그 자리에 있는 것만으로 주위를 환하게 만드는 신비로운 힘이 있었다. 자신이 설정한 테두리 안에서만 살아가는 동생과는 크게 차이가 났다.

"아야노도 전에는 그런 아이가 아니었어요."

어머니는 아야노가 안에 있을 것으로 짐작되는 방의 하얀 문을 바라보며 말했다.

"아야노는 플루트를 좋아했어요. 아, 제가 조금 다룰 줄 알거든요. 그래서 플루트가 집에 있었죠. 시험 삼아 불어 보게 했더니 흥미를 갖더군요."

"아, 그래요? 그건 몰랐네요. 그런데 지금도 열심히 하나요?"

"아니요, 지난해 여름부터 갑자기 딱 그만두었답니다. 그 전까지는 간단한 곡이기는 해도 다양하게 연습해서 제 앞에서 보여주곤 했는데……. 그러던 애가 플루트를 침대 밑에 처박아 놓은 지 6개월이 넘었어요."

어머니는 많이 아쉬워하며 눈을 내리깔았다. 아카오는 어머니의 표정을 살피며 조심스럽게 물었다.

"지난해 여름에 무슨 일이라도 있었나요?"

"모르겠어요. 아야노 아빠는 사춘기여서 그럴 거라고 하는데, 사실 한 가지 마음에 걸리는 일이 있어요. 지난해 여름에 온 가족

이 동물원에 간 적 있었거든요."

"동물원이요?"

"예, 우리 가족 넷이 동물원에 갔는데, 요시미가 코끼리 우리 앞에서 움직이지 않고 딱 멈춰 선 거예요. 제 맘에 들었는지 팔을 움직여 가며 줄곧 코끼리를 흉내 내고 있었죠."

그때 곁에서 듣고 있던 요시미가 기분 좋은 듯 오른팔을 쭉 펴고 다시금 코끼리 흉내를 냈다.

"그때 주위에 있던 아이들이 모두 크게 웃어 댔는데, 얘는 그게 무슨 뜻인지 몰랐죠. 자기 모습이 좋아서 그런 거라고 생각했는지 계속 코끼리 흉내를 냈던 거예요."

그런데 그날 밤 집에 돌아온 아야노는 저녁도 안 먹고 제 방에 틀어박히더니 아침이 될 때까지 나오지 않았다.

"그전에도 공부하는 걸 싫어하지 않았지만, 2학기부터는 마치 사람이 변한 것처럼 공부만 했어요. 의욕적이라고 하면 듣기 좋을 수도 있지만, 부모의 눈에는 뭔가에서 달아나려고 몸부림을 치는 것 같아 안쓰럽고……."

아야노는 그날 이후 웃지 않게 되었다. 식탁에서 학교 이야기를 한 적도 없다. 독서량은 눈에 띄게 늘었다. 생각해 보면 모든 것이 그날을 이후로 벌어진 일이었다며, 어머니는 한숨을 내쉬었다.

그때 아카오가 갑자기 뭔가 알겠다는 표정을 지으며 말했다.

"어머니, 다시 오겠습니다."

"예?"

아카오의 말에 놀란 것은 시라이시도 마찬가지였다. 정작 아야노는 만나지도 못했고, 어떻게 하겠다는 행동도 보이지 않았기 때문이다. 아카오는 어리둥절해하는 두 사람의 눈길에 아랑곳없이 의자 위에서 몸을 비틀어 하얀 문을 향해 말했다.

"아야노, 다시 올게. 선생님은 너를 도와주고 싶어도 솔직히 어떻게 하는 게 좋은지 아직 모르겠어. 그러니까 오늘 어머니께 들은 이야기를 곰곰이 생각해 보고 다시 올게. 하지만 아야노, 괜찮아. 틀림없이 괜찮을 거야."

아카오는 그렇게 말하고는 다시 몸을 틀어 어머니에게 머리를 숙였다. 당황해서 머리를 숙이는 어머니 옆에서 요시미는 계속 즐겁게 코끼리 흉내를 내고 있었다.

"틀림없이 그렇지?"

"응, 그럴 거야……."

아야노의 집에서 나와 학교로 돌아가는 길에 두 사람은 아야노의 어머니에게 들은 이야기를 곱씹고 있었다. 코지와 사토코의 실내화를 숨긴 사람은 분명 마음의 균형감이 무너진 아야노였을 것이다. 그런데 "너희 모두에게 힘이 되어 주지 못해서 미안하다"는 담임선생님의 진심 어린 말에 마음이 움직여 실내화를 살짝 신발장에 가져다 놓았다. 하지만 그렇게 해도 마음속에 낀 먹구름은 걷히지 않았다. 그래서 아야노는 학교에 나오지 않게 된 것이다.

"역시 요시미 때문이라고 봐야겠지."

아카오는 천진난만한 얼굴로 쿠키를 건네던 요시미의 얼굴을 떠올렸다.

"응. 동물원 사건이 아야노에게 트라우마(trauma : 오랫동안 정신 장애를 남기는 충격)로 자리 잡은 거겠지. 언니가 가족들에게는 당연히 소중한 존재지만, 일반 사회에서는 이질적 존재라는 것을 눈앞에서 경험했으니까. 분통이 터졌는지, 부끄러웠는지는 모르겠어. 하지만 언니에 대한 관점이 그전과는 뚜렷이 달라진 게 분명해."

시라이시도 고개를 끄덕이며 대답했다.

"아마 그런 것 같아."

"자기 언니가 장애인이라는 엄연한 사실을 절감한 거지. 자기가 좋아하는 언니가 다른 사람들에게 웃음거리가 되는 현실이 초등학교 5학년 여자애에게는 아주 충격적인 장면이었을 거야."

다른 사람의 마음을 잘 헤아린다는 것이 어릴 적부터 시라이시의 특징이었다. 아카오는 친구의 그런 능력을 깊이 믿고 있었다.

"하지만 이해가 안 가는 게 있어."

학교 교직원들도 자주 이용하는 우체국 모퉁이에 이르렀을 때 아카오가 고개를 갸웃거렸다. 어머니의 이야기로는 아야노가 마음을 닫아 버린 것은 지난해 여름이다. 얼굴에서 웃음기가 사라지고 오직 공부만 열심히 하는 아이로 변했다지만, 특별히 문제가 될 만한 행동을 일으킨 적은 없었다. 4학년 때 담임선생님도 아야노를 특별히 살펴봐야 할 학생으로 기록하지 않았다. 그렇다면 어째서 반 친구의 실내화를 감추는 행동을 하게 된 걸까.

"난 알 것 같은데?"

시라이시가 조금 염려스러운 얼굴로 입을 열었다.

"그게 뭔데?"

"그건 말야, 추측이기는 하지만……."

말을 꺼리며 시라이시는 아카오의 얼굴을 살폈다. 아카오는 조바심 나는 얼굴로 시라이시를 다그쳤다.

"괜찮아. 말해 봐."

시라이시는 잠깐 생각에 잠겼다가 어렵게 입을 열었다.

"그래. 그건 네가 장애인이기 때문이 아닐까?"

"뭐라고?"

"동물원 사건이 있은 뒤 아야노한테 장애는 가장 피하고 싶은 키워드였을 거야. 그러니까 되도록 뚜껑을 덮은 채 지내고 싶었을 것 같아. 마음속으로는 언니를 정말 좋아하지만, 지금은 그걸 받아들이지 못해. 그래서 언니한테서, 장애로부터 달아나려고 열심히 공부를 했지. 그런데 갑자기 나타난 사람……."

"흠… 장애인 담임이었단 말이지?"

한숨을 뒤섞어 결론을 말하는 아카오를 시라이시가 미안함이 섞인 얼굴로 바라보았다. 시라이시의 생각이 옳다면 아야노가 필사적으로 도망쳐 온 길을 아카오 자신이 틀어막아 버린 것이 된다.

"시라이시, 내가 어떻게 하면 좋을까. 하룻밤 자고 나면 손발이 생기는 것도 아니니 내가 장애인이라는 사실은 변할 수 없어. 하지만 담임으로서, 선생님으로서 어떻게든 아야노를 도와주고 싶은데……."

그날 밤 아카오는 책상에 앉아 편지를 쓰기 시작했다. 평소 잘 다루는 컴퓨터로 글을 쓰는 게 편하기는 하지만, 아카오는 직접 쓰기로 작정했다. 짧은 오른팔과 왼쪽 뺨 사이에 펜을 끼운 뒤, 상반신을 흔들어가며 한 자 한 자 정성스럽게 편지지를 메워 나갔다.

나카니시 아야노에게

아야노가 학교에 나오지 않아 나는 슬픈 나날을 보내고 있어.

나는 5학년 3반 친구들을 모두 사랑하기 때문에 한 사람이라도 없으면 아주 슬프단다.

아야노에게는 분명 학교에 나오지 않는 이유가 있을 거라고 생각해. 어쩌면 선생님이 원인일지도 모르겠구나. 그렇다면 정말 미안하다. 나한테는 모든 친구들을 웃음 짓게 하는 게 중요한 일인데, 도리어 너희를 괴롭게 만드니 말이야.

그래도 아야노가 학교에 나왔으면 좋겠구나. 오늘 5교시에는 교과목을 바꾸어 도덕 수업을 할 거야. 나한테 한 번만 기회를 주지 않을래? 아야노가 그 수업을 꼭 들어 주었으면 한다. 기분이 썩 내키지 않는다면 5교시만 듣고 집으로 돌아가도 좋아.

스물일곱 명의 반 친구들과 함께 교실에서 너를 기다릴게.

아카오 신노스케

다음 날 아침 아카오는 평소보다 좀 더 일찍 집을 나섰다. 그리고 아야노의 집에 들러 전날 밤에 쓴 편지를 어머니에게 건네주고 학교로 갔다.

"선생님, 아야노가, 아야노가 왔어요!"

사흘이나 연달아 결석했던 아야노가 교실에 모습을 드러낸 것은 오후 청소 시간이 끝날 무렵이었다. 몇몇 여자아이들은 며칠 만에 나타난 아야노 곁으로 모여들었다. 이윽고 5교시 수업 시작을 알리는 종이 울렸다. 아카오가 칠판 앞으로 나서며 말했다.

"좋아, 시작하자!"

그 말에 따라 시라이시가 칠판의 오른쪽 끝에 수업 주제를 써 나갔다. 그것을 본 아이들은 뜻밖이라는 반응이었다.

그게 정말 이상한 거니?

"그래. 너희 모두 평소에 생활하면서 '저거 이상한데' 하고 생각하는 일이 있지? 하지만 그것이 정말 이상한 건지 모두 함께 생각해 보았으면 해."

아카오가 설명했지만, 아이들은 말뜻을 쉽사리 이해하지 못했다. 아카오는 아이들을 둘러보며 물었다.

"너희 가운데 혹시 애인 있는 사람 있니? 꼭 우리 반 애가 아니더라도 좋아하는 친구가 있는 사람?"

쑥스럽게 서로 바라보며 싱글거리는 아이들 사이에서 한 아이가 용기 있게 나섰다.

"예! 있습니다!"

역시 요스케였다. 3반의 리더 격인 요스케의 고백에 용기를 얻었는지 몇몇 아이들이 발그레한 얼굴로 잇달아 손을 들었다.

"요스케, 네가 좋아하는 사람이 여자애니?"

"선생님, 무슨 말씀이세요? 당연한 거 아닌가요!"

"그런가? 당연한 건가? 자, 교코는 어때? 아까 손을 들던데, 상대방이 남자애니?"

학급 회의에서 요스케와 함께 사회를 맡았던 교코도 뜻밖의 질문에 당황한 표정을 지으며 당연한 것 아니냐고 중얼거렸다.

"모두 남자는 여자를, 여자는 남자를 좋아한다고 하지만, 세상에는 그런 사람만 있는 건 아니란다. 남자가 남자를, 여자가 여자를 좋아하는 사람들도 있어. 너희들은 그런 사랑에 대해 어떻게 생각하지?"

그 말을 신호로 시라이시는 들고 있던 종이를 아이들에게 나눠주었다. 어느 시점에서 그 종이를 나누어 줄지, 어떤 말을 무슨 색 분필로 칠판에 써야 하는지 등은 모두 아카오가 교과별로 미리 준비한 공책에 자세히 적혀 있었다.

아이들에게 나눠 준 종이에는 "남성이 남성을, 여성이 여성을 좋아하는 것이 이상하다고 생각하는가?"라고 적혀 있었다. 그리고 "그렇게 생각한다·그렇게 생각하지 않는다" 가운데 어느 한쪽에 동그라미를 하고, 그 이유를 적게 되어 있었다. 그것은 아카오가 아야노에게 편지를 쓴 뒤 컴퓨터로 작성한 것이었다.

담임선생님의 지도를 받으며 아이들은 글을 쓰기 시작했다. 아카오는 휠체어를 천천히 움직여 아이들이 어떤 내용을 적고 있는지 살펴보았다. 대부분의 아이들이 "이상하다고 생각한다" 쪽에 동그라미를 했다. 그것은 아카오가 미리 짐작한 상황이기도 했다. 그렇게 생각하는 주된 이유로는 "남자가 남자를 좋아한다고 하니 기분이 찝찝하다." "드라마나 만화를 볼 때 여자가 남자를 좋아하는 것이 일반적이니까." 등이 있었다. 유일하게 "이상하다고 생각하지 않는다."에 동그라미를 한 아이는 "좋아하는 애가 있어요." 하고 맨 먼저 손을 든 요스케였다. 아카오는 요스케에게 그 이유를 말해 보라고 했다. 요스케는 대답했다.

　"뭐, 저라고 그걸 좋아하는 건 아니지만, 아무한테도 피해를 끼치지는 않잖아요. 사람이 사람을 좋아하는 거니까 남자든 여자든 상관없는 것 아닌가 싶어요."

　같은 반 아이들의 신뢰를 받는 요스케가 그렇게 말하자 몇몇 아이들이 납득이 간다는 표정으로 고개를 끄덕거렸다.

　"자, 그럼 2번을 읽어 볼래?"

　2번 항목에는 "(　　　)의 몸은 이상하다고 생각하는가?"라고 적혀 있고 마찬가지로 "그렇게 생각한다 · 그렇게 생각하지 않는다" 가운데 어느 한쪽에 동그라미를 한 다음 그 이유도 함께 적게 되어 있었다.

"이 (   )에는 어떤 말이 들어갈 수 있을까?"

아카오의 질문에 아이들은 잠깐 아무 말 없었지만, 곧 똑소리 기미히코가 손을 들었다.

"아카오… 선생님?"

"맞았어! 모두 보다시피 선생님의 몸은 다른 사람과 아주 달라. 선생님의 이런 몸을 너희들은 이상하다고 생각하니? 자, 선생님을 앞에 두고 이상하다고 쓰기가 어려울지도 모르겠다만, 지금은 수업 시간이니까 생각나는 대로 적어 보렴."

그렇게 말하고 아카오는 아이들 사이로 옮겨 다녔다. 이번에는 "그렇게 생각한다."와 "그렇게 생각하지 않는다."가 각각 절반쯤 섞여 있었다. 아이들이 의견 쓰는 것을 둘러본 아카오는 조금 뒤 각자의 의견을 말해 보게 했다.

"역시 이상한 거 아닌가요? 팔다리가 없으니까요. 처음 보고 정말 깜짝 놀랐어요!"

"깜짝 놀랐어요. 하지만 선생님을 매일 만나면서 아무렇지도 않게 됐어요!"

"선생님은 할 수 없는 일이 많지 않나요? 우유 뚜껑도 못 따고, 귤 껍질도 못 벗기고… 게다가 화장실도 혼자 못 가시잖아요."

"하지만 할 수 있는 일도 많으세요. 혼자 밥도 먹고, 글씨도 쓰고요. 선생님은 저보다 글씨를 훨씬 잘 쓰시는걸요."

"예, 그럴지도 몰라요. 하지 못하는 게 있어서 이상하다고 하면, 저는 피아노도 못 치고 고무줄놀이도 잘 못해요. 철봉 거꾸로 매달리기는 말할 것도 없고요. 그렇다면 내 몸도 이상한 거 아닌가요?"

"듣고 보면 그렇긴 하지만, 역시 손발이 없는 건 일반적이지 않잖아요?"

"그런데 일반적이지 않아도 좋은 거 아닌가요? 선생님은 선생님이고. 잠깐, 그러고 보니 이상하다는 게 뭔지 잘 모르겠는데……."

아카오는 가만히 듣기만 했다. 때때로 창가에 앉은 아야노를 살펴보았다. 아카오는 특별히 반 아이들의 논의에 끼어들려 하기보다는 아이들의 의견을 묵묵히 듣고만 있었다.

"일반적이라는 말의 뜻이 참 어렵지? 아까 나온 애인 이야기에서도 그렇고 선생님의 몸에 대한 이야기에서도 '일반적이지 않으니까 이상해!'라는 의견이 많았어. 자, 그렇다면 일반적이라는 게 도대체 뭘까?"

담임선생님의 새로운 질문에 아이들은 열심히 머리를 굴렸다.

"음, '대부분의 경우에는'이라고 말할 때 쓰는 말?"

"모두가라든지……."

그러다 마침내 기미히코가 역시 똑소리답게 마무리를 지었다.

"이렇게 말하면 알기 쉽지 않을까요? 예를 들어 우리 3반에 외국인이 한 사람이면 일본인이라는 것이 일반적이 됩니다. 하지만 거꾸로 외국인 속에 일본인이 혼자 있으면 외국인이라는 것이 일반적이 됩니다. 그러니까 그런 경우에는 '일본인=외국인'이 되는 거죠."

"그렇다면 수가 압도적으로 많은 게 일반적이 되는 거군요!"

요스케가 소리쳤다. 그러자 아카오는 "그렇다면⋯." 하면서 다음 질문을 던졌다.

"자, 일반적이지 않은 사람의 입장은 어떻게 될까? 모두 다르기 때문에 이상한 거고 혼자만 그러니까 안 된다? 그런 이야기일까?"

그 말에 대해서는 아이들 사이에서 반론이 줄을 이었다.

"그것은 말도 안 돼요. 다른 사람들과 달라도 특별한 건 아니라고 생각해요. 그 사람은 그 사람이니까요!"

"그 사람이라고 좋아서 모두와 다른 게 아니니까 어쩔 수 없는 거죠."

"지금 얘기대로라면 선생님의 몸도 전혀 일반적이진 않지만, 선생님은 선생님이죠! 선생님이 못 될 이유가 없어요!"

고개를 끄덕이며 아이들의 의견 하나하나를 듣던 아카오는 마지막 정리를 위해 입을 열었다.

"너희 모두 장애인이라는 말을 들어 본 적이 있을 거야. 선생님도 장애인 가운데 한 사람이야. 하지만 세상에는 선생님처럼 손과 발에 장애가 있는 사람뿐만 아니라 눈이 보이지 않거나 귀가 들리지 않는 사람도 있지. 그것 말고도 사람마다 생각이나 행동은 모두 다르단다. 그래서 남들하고 다른 사람이 세상엔 얼마든지 있는 거야."

아야노는 조용히 귀담아 듣고 있었다.

"장애인뿐만이 아니야. 아까 기미히코가 외국인 이야기를 했지만, 피부색이 다를 수도 있고 언어와 종교가 다를 수도 있어. 다시 말해 사람들마다 차이가 있을 수도 있는 거란다. 바로 그게 원인이라고 할까? 우리는 어떤 사람이 많은 사람들과 다르다고 해서 '이상하다'거나 '일반적이지 않다'고 바보 취급을 할 때가 있어. 우리는 그런 행동을 어떻게 봐야 할까? 자, 오늘 수업에서 너희가 느낀 점을 3번에 적어 보렴."

지금까지와는 전혀 다른 분위기에서 아이들은 열심히 답을 쓰고 있었다. 아카오는 교실을 쭉 둘러보다가 아야노 옆으로 다가갔다. 앞 질문에는 아무것도 쓰지 않고 비워 두던 아야코가 지금은 열심히 글을 쓰고 있다.

언니는 다운증후군을 앓고 있어요. 밖에 나가면 웃음거리가 되는 일도 있습니다. 지금까지는 어쩔 수 없다고 생각했지만, 언니가 바보 취급을 당하는 것은 정말 분합니다. 다른 사람들과 달라도 언니는 언니죠. 나의 소중한 언니. 언니, 미안해……

다음 날 아침 맑은 얼굴로 인사하며 교무실로 들어선 아이는 바로 아야노였다. 건강한 얼굴을 보여준 것이 얼마만인지 몰랐다. 그전까지 먼저 인사하는 법이 없었던 아야노의 변화에 아카오는 자신도 모르게 얼굴이 붉어졌다.

"선생님, 이거 엄마가 드리래요."

아카오가 뭐라 대꾸하기도 전에 아야노는 "전 갈게요!" 하고 밝게 인사하고는 경쾌한 발걸음으로 교실로 향했다. 아카오는 그 모습을 바라보다 네잎클로버 무늬가 찍혀 있는 알림장을 펼쳐 보았다.

이번에 여러 가지로 걱정을 끼쳐 드려서 죄송합니다. 아야노가 어제 학교에서 돌아오더니 오랜만에 플루트를 꺼내 가족 앞에서 연주해 주었답니다. 오늘은 몸 상태도 좋다며 학교에 가겠다더군요. 아무쪼록 앞으로도 잘 부탁합니다.

나카니시 올림

어머니의 글이 적혀 있는 알림장에는 아야노가 쓴 듯한 편지도 끼워져 있었다. 시라이시가 편지를 꺼내 주자 아카오는 서둘러 편지를 읽어 내려갔다.

　선생님, 정말 죄송합니다.
　저는 언니를 무척 좋아합니다. 지난해 여름, 언니가 동물원에서 남들에게 웃음거리가 되었을 때 정말, 정말 분해서 제 방에 틀어박혀 얼마나 울었는지 몰라요. 그런데 그때부터 왠지 언니와 함께 있는 게 너무 괴로웠답니다.
　하지만 어제 수업에서, 그것은 제가 언니를 일반적이지 않다고 생각하기 때문이라는 것을 알게 되었어요. 언니는 그냥 언니로 좋은 건데, 다른 모든 사람과 달라도 아무 관계없는 건데……. 그래서 언니에게 그동안 정말 미안하게 굴었다고 생각했습니다.
　제가 열심히 공부하는 까닭은 의사나 변호사가 되어 돈을 많이 벌고 싶기 때문입니다. 아빠, 엄마가 언제까지 건강하게 지내실지 모르잖아요. 그래서 제가 열심히 돈을 벌어 언니를 보살펴 주려고요. 별로 좋아하지 않던 공부도 언니를 위해서라고 생각하면 더 용기를 낼 수 있더라고요. 그건 언니에게 고마워하고 있어요.

선생님, 지난번에 저희 집에 오셨을 때 "아야노, 괜찮을 거야."
하고 말씀해 주셨잖아요. 그때 정말 기뻤어요. 선생님, 앞으로도
많이많이 사랑해 주세요.

아야노 올림

편지를 다 읽고 나니 때맞춰 수업 시작을 알리는 종이 울렸다.

"어라, 아카오! 아이들 앞에서 창피할지 모르니 그거 닦아."

시라이시가 건네주는 손수건을 아카오가 짧은 팔로 받아 물기
어린 눈가를 닦는데 코끝이 찡했다.

"시라이시, 갈까? 오늘도 열심히 해야지!"

높아진 휠체어가 윙, 하는 독특한 모터 소리를 내며 교무실을
빠져나갔다.

4장
넘버원이 되고자 해야

"야, 뚱띠, 여기야!"

요스케와 함께 3반에서 운동을 가장 잘하는 축에 드는 고헤이는 상대방에게 둘러싸여 있는 덩치 큰 코지의 뒤로 돌아가더니 가볍게 오른손을 올려 패스하라는 신호를 보냈다. 코지가 소리 나는 쪽을 돌아보고 공을 보내자, 고헤이는 두 발 뒤축을 자유롭게 내디디는 능숙한 스텝으로 상대방의 방어 지역을 헤집고 나아갔다.

"야아, 고헤이! 역시 대단해!"

고헤이의 재빠른 드리블에 신고를 비롯한 아이들은 고헤이가 상대 팀이라는 것도 잊은 채 감탄하기에 바빴다.

수비수를 다섯 명까지 제쳤을 때, 빠른 발로 골문 앞까지 달려온 선수는 상대 팀의 주장 요스케였다. 고헤이와 요스케는 누구나 인정하는 둘도 없는 친구 사이다. 만능 스포츠맨인 두 사람은 서로를 맞수로 여기면서도 부지런히 함께 기량을 닦고 있는 3반의 중심이었다.

5학년 3반 남자아이들이 축구를 할 때는 이렇게 고헤이와 요스케가 각 팀 주장을 맡아 가위바위보를 한다. 그래서 이기는 쪽이 먼저 자기 편 선수를 지명하는 방식으로 팀을 가른다.

그렇게 결정된 양 팀의 주장이 지금 공을 다투고 있다. 고헤이는 오른쪽으로 왼쪽으로 몇 번씩이나 상반신을 틀며 페인트 모션을 취하지만, 요스케는 좀처럼 거기에 말려들지 않는다.

"고헤이, 이쪽이야!"

이때 엄청나게 큰 소리로 외치며 맹렬하게 골문 앞으로 쇄도해 오는 사람이 있었다. 소리가 어찌나 큰지 3반 남자아이들뿐만 아니라 가까이에서 피구를 하던 4학년 학생들까지 뒤를 돌아보았다. 그 목소리의 주인공은 바로 아카오였다.

보통은 휠체어를 탄 채 수업을 하지만, 운동장이나 체육관에서 아이들과 놀 때는 휠체어에서 내려와 맨몸으로 승부를 겨룬다. 그것은 아카오가 초등학생 시절부터 어떻게든 친구들과 함께 놀고 싶어서 용기 있게 휠체어에서 내려와 맨몸으로 부딪치며 훈련을 해 왔기 때문에 가능한 일이다.

아카오는 땅바닥에 엉덩방아를 찧듯 주저앉은 자세를 취하고 짧은 두 다리로 버티고 서서 그 작은 몸을 전진시킨다. 그렇게 해서 엉덩이를 끌고 가듯 나아가는 움직임을 '달린다'고 표현하기는 어렵지만, 조금이라도 빨리 앞으로 나아가려는 그의 의지만은 강렬하게 전해진다.

아이들도 처음에는 그런 모습에 넋을 빼앗겼다. 자기들의 허리께에서 담임선생님의 얼굴이 왔다 갔다 했기 때문이다. 처음에는 축구공과 함께 걷어차지나 않을까 쭈뼛거렸지만, 한 달쯤 지나자 그런 염려는 완전히 잊어버렸다. 이제는 팔다리 없는 담임선생님과 함께하는 축구가 더없이 즐거운 일이 되었다.

"선생님!"

고헤이에게서 절묘한 패스가 날아왔다. 아카오는 짧은 다리를 필사적으로 내뻗었다. 감색 양복 아랫단에 살짝 맞은 공은 날아오던 궤도를 바꿔 골문 안으로 빨려 들어갔다. 고헤이를 필사적으로 방어하던 요스케의 발도 그것을 막지 못했다.

"우와와아아아!"

"야호! 선생님, 나이스 슛!"

귀중한 득점 골을 터뜨린 아카오와 멋진 패스를 연결한 고헤이에게로 같은 팀 아이들이 몰려왔다. 고헤이가 자기 팀의 득점에 좀 기뻐하는 정도였다면, 아카오는 그야말로 좋아서 펄쩍펄쩍 뛰었다.

"지금 골은 '선생님 골의 특별규칙'을 적용하니까 2점이야. 그러니까 이걸로 3대 2 역전!"

지난 4월 아카오가 "선생님도 축구 경기에 끼워 줘!" 했을 때, 아이들은 "선생님은 우리만큼 세게 차지 못하니까……." 하면서 "선생님이 슛을 해서 골인되면 2점으로 한다"는 특별 규칙을 생각해 냈다. 그래서 이날처럼 아카오의 단 한 번의 슛으로 순식간에 전세가 역전되는 게임도 적잖았다.

"와, 경기 끝났다!"

아카오를 중심으로 한 원이 풀어지려 할 무렵, 점심시간이 끝났음을 알리는 종이 울렸고 그와 동시에 고헤이 팀의 승리가 확정되었다.

"쳇! 1분만 먼저 끝났으면 우리 팀이 이기는 건데!"

"선생님, 너무하세요! 우린 어린이 팀인데, 그렇게 하시면……."

"맞아요! 선생님은 어른이시잖아요!"

요스케 팀의 남자아이들이 푸념을 하자 아카오는 얼굴 가득 웃음을 머금고 받아넘겼다.

"하하하! 선생님은 어른이고 싶지 않아. 원하는 것은 오직 우리 팀의 승리!"

"정말 우리 선생님은 이상한 분이야!"

아카오는 아이들을 둘러보며 말했다.

"왜? 마음에 안 들어? 선생님은 지는 게 죽기보다 싫거든! 자, 이젠 청소할 시간이다, 청소!"

아이들의 웃음소리를 뒤로하고 아카오는 벚나무 아래 세워 둔 휠체어에 훌쩍 뛰어올랐다. 땀으로 범벅이 된 이마에 5월의 상쾌한 바람이 기분 좋게 와 닿았다.

이곳 초등학교에서는 매년 5월 마지막 주 토요일에 운동회가 열린다. 4월 마지막 주에 운동 종목이 발표되고, 4월 말부터 5월 초까지 약 1주일의 골든위크가 있다. 이 휴가가 끝나면 각 종목의 연습이 본격적으로 시작된다. 이래저래 5월은 학교 전체가 운동회로 바빠지는 시기다.

"너희들이 3, 4학년일 때는 80미터였지? 하지만 이젠 5학년이 되었으니 올해부터는 100미터를 뛰어야 한다."

아카오의 말에 온 교실이 시끌벅적해졌다.

"100미터는 무리예요. 중간에 지쳐 쓰러지는 거 아닌가요?"

"걸음이 느린 우리한테는 지옥이라니까요. 하고 싶은 사람만 하게 하면 좋을 텐데……."

"선생님, 달리다가 힘들면 잠깐 쉬어도 되죠?"

코지의 익살스런 엄살을 포함한 대부분의 말이 자신없는 말투였다. 아카오는 운동회의 꽃이라고도 할 100미터 달리기에 아이들이 이렇게 자신 없는 태도를 보이는 이유를 알 수 없었다.

"모두 무슨 말을 하는 거야? 이때야말로 지는 건 말이 안 된다는 강한 마음으로 해야!"

조금이라도 분위기가 달아오르게 말해 보지만, 아이들에게는 아무 효과가 없다.

"진다고 무슨 일이 생기나요?"

"이겨 봤자 상을 타는 것도 아닌데요, 뭐."

"맞아, 맞아! 1등한테 닌텐도DS 게임팩이라도 나눠 준다면 땀나게 뛸 텐데!"

아이들의 이야기를 듣는 아카오의 속이 부글부글 끓어올랐다. 아이들은 담임선생님의 얼굴빛이 변하는 것을 알아차리지 못한 채 계속 시끄럽게 떠들었다.

"하지만 마지막 경기만은 정말 재밌을 거야. 5학년 전체에서 가장 잘 뛰는 아이들만 뛰어서 5학년 달리기 짱을 결정하는 거니까."

"야, 올해도 우리 5학년 달리기 짱은 고헤이겠지? 뭐니 뭐니 해도 입학하고 나서 작년까지 4년 동안 쭉 짱이었으니까!"

신고가 마치 자기 일인 양 자랑스러워한다.

"하지만 올해는 어떻게 될지 몰라. 1반에 새로 전학 온 노다 유야라는 애가 엄청 빠르대."

"응, 정말? 그럼 고헤이의 강력한 적수가 나타난 거야?"

"고헤이, 절대 지면 안 돼! 우리가 응원할게."

5학년 학생이면 빠짐없이 모두 참가하는 경기인데도 아이들은 마치 남의 일인 양 떠들어댔다. 아카오는 아이들의 반응에 감정이 상해서 한마디 했다.

"자자, 여기 봐! 우리가 응원한다니? 너희 모두가 참여하는 운동회야. 물론 친구를 응원하는 것도 좋지만, 먼저 자기가 1등을 하도록 노력해야 하지 않을까?"

하지만 아카오의 지적이 허무하게 아이들은 여전히 김빠진 반응만 내놓았다.

"그놈들 참, 무슨 생각을 하는 건지……."

"운동회 말이야?"

"응, 도대체 의욕이 안 보이잖아. 보고 있자니 속이 부글부글 끓어."

강기슭의 산책로를 걷는 두 사람의 머리 위로 은색 보름달이 빛나고 있었다. 퇴근길에 아카오는 100미터 달리기에 대해 어정쩡한 태도를 보이는 아이들에게 느낀 감정을 시라이시에게 숨김없이 털어놓았다. 시라이시가 빙긋 웃으며 말했다.

"옆에서 보니까 엄청 화가 난 것 같던데? 난 슬며시 웃음이 나오더라."

"웃을 일이 아니잖아!"

"미안, 미안!"

시라이시는 아카오의 흥분을 가라앉히려고 농담을 던진 것인데, 오히려 불난 데 기름 부은 격이 되고 말았다. 아카오는 얼굴이 벌게지도록 흥분해서 목소리를 높였다.

"요즘 보면 신문 같은 데 자주 실리잖아. 순위를 매기지 않는 운동회라고 하나? 피니시라인 직전 손에 손을 잡고 함께 들어오는 걸 무슨 자랑거리라도 되는 것처럼 말하더라고. 우리 학교에서도 그렇게 한다면 정말 싫겠다 싶었는데, 100미터 달리기를 한다고 해서 내심 아주 기분이 좋았거든."

시라이시는 조용히 맞장구를 쳐 주었다.

"하기는 교무실에서 듣자니까 상당히 전통적인 경쟁 방식으로 운동회를 치를 모양이야."

"그런데 정작 아이들이 그런 태도를 보이니 결국 마찬가지 아니겠어? 딱히 이겨야겠다는 의욕이 없어. 다들 꽁무니나 빼고 앉았고. 꼴찌가 되는 것을 아무렇지도 않게 생각해. 그렇다면 순위를 매긴다는 게……."

시라이시가 아카오의 말을 자르고 끼어들었다.

"정말 그렇게 생각하는 거야?"

"응?"

아카오가 휠체어 운전을 멈추고 그를 돌아보았다. 시라이시가 강기슭에서 멈춰 선 채 중얼거리듯 말했다.

"걔들도 실은 꼭 이기고 싶고 꼴찌가 되기는 싫은 것 아닐까? 하지만 '지고 싶지 않아.' 또는 '1등이 되고 싶어.' 같은 소원을 입 밖에 낼 용기가 없는 건 아닌가 하는 생각이 들어."

아카오가 되물었다.

"용기?"

"뭔가에서 1등이 되겠다고 생각하면 반드시 노력을 해야 하잖아. 하지만 아무리 노력해도 1등을 할 수 없게 되면 아이들은 상처를 입어. '나는 여기까지밖에 안 되나 봐.' 하면서 스스로 한계를 짓게 되지. 그러니까 아이들이 '그렇다면 처음부터 1등 따위는 목표로 삼지 않겠다.'고 하는 것도 이상한 일만은 아닌 것 같아서."

"듣고 보니 그럴 수도 있겠지만, 그렇게 했다가는……."

"그래, 성장이 없겠지. 하지만 성장하지 못하는 대신 상처도 입지 않아. '나는 그냥 마음을 먹지 않았을 뿐이야. 마음만 먹으면 언젠가 뭐든 할 거야.' 하고 생각하는 거지. 그러면 꿈이나마 계속 꿀 수 있으니까."

"그걸 꿈이라고 할 수 있어? 그냥 도망치는 거지."

아카오가 내뱉듯 말했지만, 얼굴에는 뭔가 안타까움의 빛이 감돌았다.

"너무 그러지 마."

시라이시의 말에 아카오는 갑자기 미안한 마음이 들었다.

"너한테 뭐라고 하려던 것은 아닌데……."

시라이시는 아카오를 똑바로 쳐다보며 말했다.

"난 말이야, 바로 그런 애였어. 너도 내가 운동을 못했던 거 알잖아. 하지만 어렸을 때는 그걸 인정하기 싫어서 '난 마음을 먹지 않아서 그런 것뿐'이라고 스스로 위안을 삼았어. 상처 입는 게 두려웠던 거야. 그래서 그런 아이들의 마음을 조금은 알 것 같아."

평소 익숙한 둥근 얼굴이 달빛을 받아선지 창백하게 보인다. 아카오는 대답할 말을 찾지 못했다. 시라이시는 계속해서 말했다.

"하지만 지금은 후회하고 있어. 좀 더 노력했다면 좋았을 거라고. 운동뿐만 아니라 여러 가지가 다 그래. 공부도 그렇고, 연애도 그렇고……. 넌 참 대단했어. 우리보다 할 수 없는 일도 많고, 시도하기에 부담스러운 일도 많았는데, 어쨌든 넌 부딪쳐 봤잖아."

"그런 거 없는데!"

진지하던 시라이시의 얼굴에 웃음이 감돌았다.

"기억해? 중학생 때, 모두 무리라고 말했지만, 그 당시 우리 학교에서 가장 인기가 많았던 여자애한테 용감하게 대시했다가 차였던 일······.”

아카오의 얼굴이 벌게지더니 항의라도 하듯 목소리가 높아졌다.

“야, 지금 그런 얘기할 상황이 아니잖아. 공연히 옛 상처를 건드리지 말라고!”

“하하, 농담이야, 농담! 그러니까 네가 아이들의 뒤를 떠받쳐 주었으면 해. 상처 입는 게 두려워서 도전을 꺼리는 아이들의 뒤를 말이야.”

“알았어. 어떻게 하면 좋을지 좀 더 생각해 보자.”

두 사람은 강기슭의 산책로를 다시 나란히 걷기 시작했다.

“아, 아카오 선생님, 늦어져서 죄송해요. 이거 이달의 노래예요!”

음악 담당 미도리카와 요코 선생님이 막 출근한 아카오를 발견하고는 노랫말이 크게 적혀 있는 인쇄물을 건네주었다. 미도리카와 선생님은 교사 경력은 6년째지만 나이가 대략 아카오와 비슷한 매력적인 여성이었다. 아카오에게는 교무실에서 마음 편하게 이야기를 나눌 수 있는 선생님 가운데 한 사람이었다.

“감사합니다. 그런데 이달의 노래는 뭔가요?”

“아, 〈세상에 하나뿐인 꽃〉이에요. 아세요? 스마프(SMAP)의 노래……."

"그럼요, 정말 멋진 곡이죠. 저도 아주 좋아해요."

그때 웬일인지 아오야기 학년 부장이 두 사람의 대화에 끼어들었다.

"난 가사도 아는 걸요. '넘버원이 아니어도 좋아. 온리원을 목표 삼자!' 하는 메시지잖아요. 교육적으로도 아주 훌륭하다고 생각해요."

학년 부장이 정말 가사가 교육적이라고 생각하는 건지, 단지 스마프의 유명 멤버인 기무라 타쿠야를 좋아하기 때문인지는 알 수 없었다. 하지만 이 곡을 정말 좋아한다는 것만큼은 분명했다. 자기 교실에 그 곡의 가사를 빨리 붙이겠다며 서둘러 교무실을 빠져나갔기 때문이다.

5학년 3반 교실에도 곧바로 〈세상에 하나뿐인 꽃〉의 노랫말이 붙었다.

"어? 이 노래 나도 알아."

"나도 텔레비전에서 본 적 있어."

아이들의 반응도 좋은 편이어서, 조회가 끝나자마자 함께 불러 보기로 했다. 미도리카와 선생님에게 받은 디스크를 한 아이에게 주고 플레이를 누르게 하니 전주가 흘러나왔다.

"꽃집 앞에 늘어선 수많은 꽃을 보고 있었어……."

2003년에 발표되어 크게 인기를 얻은 노래인 만큼 아카오나 시라이시에게는 정겹게 느껴졌다. 아이들 가운데는 아마 이 노래를 처음 듣는 아이도 있을 것이다. 어느덧 메시지가 담긴 클라이맥스 부분이 나왔다.

"넘버원이 되지 않아도 좋아. 원래가 특별한 온리원……."

이 곡이 인기를 얻었던 것이 벌써 몇 해 전이었고, 아카오도 분명 좋은 곡이라고 생각했던 기억이 났다. 하지만 교사가 된 지금 이 곡을 다시 들으니 목 안의 가시처럼 뭔가 걸리는 게 있었다.

'정말 넘버원이 되지 않아도 좋은 걸까?'

"곤노 선생님, 어떻게 생각하세요?"

"아, 넘버원에 대해서 말인가?"

실내화 사건 때 차노 선생님과 함께 갔던 적 있는 음식점에서였다. 아카오는 그때 이후 왠지 이곳에 오면 마음이 편해져서 가끔 곤노 선생님과 함께 이곳에 와서 아이들 교육에 관한 이야기를 나누곤 했다. 곤노 선생님은 말투가 조금 가벼워서 불성실한 사람으로 보일 수도 있지만, 아이들을 향한 시선에는 투철한 교육관이 담겨 있었다. 아카오는 그런 곤노 선생님의 철학에 감동 받곤 했다. 그래서 이번에도 과거의 인기곡에 대한 자신의 느낌을 이야기하고 곤노 선생님의 의견을 듣고 싶었다. 곤노 선생님은 잠시 생각에 잠겼다가 대답했다.

"사실은 나도 그 곡을 별로 좋아하지 않아."

"역시 그렇군요! 그런데 왜……."

"그 노래는 우리 세대들에게 딱 어울리는 노래거든!"

"그게 무슨 말씀이신가요?"

곤노 선생님은 아카오를 바라보며 진지한 표정으로 대답했다.

"생각해 봐. 30대가 되면 그때부터 능력이 눈에 띄게 커지지도 않고 새로운 재능을 개발하는 경우도 거의 없어. 이런 말을 붙이기는 좀 그렇지만, 하여튼 한계상황에 처한 거라고 생각해."

"음, 별 볼일 없어진다는 얘기로 들리네요."

"현실이 그렇다는 거지. 그럴 때 '1등 따윈 안 돼도 좋아. 너는 그냥 너대로 좋으니까.' 하는 말을 듣는다면 어떻겠어?"

"왠지 구원을 받은 것 같겠는데요."

"그렇지. 그 곡이 그렇게까지 인기가 높았던 이유는 바로 거기에 있다고 생각해."

곤노 선생님은 벌써 두 잔째인 맥주를 3분의 1가량 꿀꺽꿀꺽 들이켰다. 그러고는 입가에 묻은 거품을 손등으로 쓱 문질렀다. 아카오는 질문을 계속했다.

"그럼 선생님도 마음의 위안을 받을 수 있을 텐데 왜 좋아하지 않으세요?"

"그게 아이들한테도 좋은 노래일까 하는 생각 때문이지. 앞서 얘기한 대로 이제 우리는 한계상황이야. 하지만 아이들은 다르지. 아이들은 아직 넘버원이 될 가능성이 충분해. 그런데도 '넘버원이 되지 않아도 좋아.'라니! 처음부터 도망치는 것을 배워서 뭘 어떡하게? 나는 그렇게 생각한 것뿐이야."

아카오는 고개를 끄덕이며 곤노 선생님을 바라보았다.

"역시 아이들은 넘버원을 목표로 삼아야 하는 거죠?"

"결과적으로 1등이 되는 게 중요하다고 생각하진 않아. 하지만 1등이 되려고 노력하는 것은 소중한 거 아닌가? 그 노력이 자신의 능력을 키워 줄 테고. 반대로 아무리 노력해도 바라는 걸 얻지 못하는 경험 속에서 좌절도 느껴 볼 수 있는 거고."

"좌절… 말입니까?"

"나는 좌절의 경험이 아주 중요하다고 생각해. 물론 상처 입는 게 괴롭긴 하지만, 인간은 좌절을 반복하면서 배워 나가는 게 아니겠어? 자신이 어떤 인간인지, 어떤 걸 잘하고 어떤 걸 못하는지 하는 것도 알 수 있게 되고."

열변을 토하던 곤노 선생님은 남은 맥주를 단숨에 들이켜더니, 가까이 있는 점원을 불러 세 번째 잔을 주문했다.

아카오는 곰곰이 생각해 보았다. 자신도 장애인으로 태어나 수많은 좌절을 겪어 왔다. 어렸을 때부터 축구를 아주 좋아했지만 남들처럼 할 수는 없었다. 텔레비전 음악 방송을 보고 색소폰을 연주해 보고 싶었지만, 손가락이 없어 어쩔 도리가 없었다. 하지만 자신이 할 수 없었던 그 많은 일들이 조금씩 꿈의 궤도를 수정하게 해서 지금의 교사라는 직업으로 나아가게 된 것이다.

세 잔째 맥주로 목을 축이고 곤노 선생님이 다시 입을 열었다.

"하지만 지금 우리의 교육 현실은 정반대로 나아가고 있어. 아이들을 어떻게 하면 상처 입히지 않을까, 어떻게 하면 좌절을 경험하지 않게 할까 하고. 이건 마치 '너는 그냥 너대로 좋아!' 하고는 비닐하우스에 가둬 놓고 온실 재배를 하는 듯한 느낌이야. 이렇게 하다가는 도리어 아이들의 앞날에 먹구름이 끼고 말 거야."

곤노 선생님과 헤어져 돌아오는 길에 시라이시가 말을 꺼냈다.

"오늘 곤노 선생님이 하신 이야기는 지난번에 네가 한 이야기하고 관련이 꽤 있는 것 같아."

술에 취해 불그레한 얼굴로 아카오도 고개를 끄덕였다.

"나도 그런 생각이 들어. 상처 입는 게 두려워서 도전조차 할 수 없다는 이야기 같은 거 말이야. 하지만 관점을 바꾸면 '아이들이 상처 입지 않도록 도전을 시키지 않는다.'가 되지 않을까? 학교가, 교사가!"

"맞아, 그렇게 볼 수도 있겠다."

"시라이시, 이제 그 노래에 대한 내 해답을 찾은 것 같아. 마지막 목표로 삼아야 하는 것은 역시 온리원이라고 할 수 있어. 하지만 온리원이 되려면 반드시 넘버원을 목표로 하는 시기가 필요하다고 생각해."

"그렇겠지. 자, 이제 어떻게 아이들의 눈을 '넘버원'으로 향하게 할지 담임으로서 네 멋진 솜씨를 보여 줘!"

"그래, 그러려면 좀 더 생각을 해야겠지."

아카오의 눈은 굳은 의지를 드러내고 있었다.

세 반이 처음으로 함께하는 100미터 달리기 연습 날. 조금 전까지 이겼다 졌다 하며 분위기가 고조되어 있던 3반 아이들이 갑자기 조용해졌다. 열네 번째 마지막 조의 결과가 눈앞에 보였기 때문이다.

"우와, 빠르네. 쟤는 뭐야?"

최종 레이스에서 주목을 받은 아이는 3반 고헤이가 아니라 4월에 1반으로 전학 온 노다 유야였다. 지금까지 달리기 하면 져 본 적이 없던 고헤이의 패배는 3반뿐만 아니라 5학년 전체에게 큰 충격을 안겨 주었다. 무엇보다 약간 차이 나는 게 아니라 2미터 가까이 뒤지며 크게 패배한 것이 더욱 큰 충격이었다.

급식 시간인데도 3반 분위기는 무겁게 가라앉아 있었다. 입맛이 떨어졌는지 먹는 속도도 평소보다 훨씬 느렸다. 분위기가 그런데도 아카오는 아이들이 피하려고 하는 화제를 일부러 꺼냈다.

"오늘 연습은 어땠니? 100미터 달리기, 모두 열심히 했어?"

고헤이와 한 팀을 이루어 점심을 먹던 교코가 '선생님, 분위기를 너무 모르시는 거 아닌가요?' 하는 표정으로 노려보았다. 하지만 아카오는 신경을 쓰지 않고 계속 말했다.

"근데 1반의 유야 말이야, 그 친구 정말 빠르던걸. 고헤이도 완전히 나가떨어졌지 뭐야. 고헤이, 어때? 그렇게 많이 뒤져서 많이 분했지?"

담임선생님의 사정없는 질문에 고헤이는 "글쎄요."라고만 대답하더니 되는대로 찢은 빵을 입에 물고는 잠자코 있었다. 이번에는 교코뿐만 아니라 3반 아이들 절반 정도가 담임선생님에게 항의의 눈길을 보냈다. 그래도 아카오는 거기에서 멈추지 않았다.

"얘들아, 어떠니? 역시 지니까 분하지? 이기면 기쁜 거야. 너희들은 요전까지 '글쎄요.'라고 말은 했지만, 오늘 이런 분위기를 보면 확실히 알 수 있어. 역시 승부는 이기면 좋은 거고 지면 분한 거지."

그때까지 담임선생님을 노려보던 아이들이 그 말에 힘없이 시선을 떨궜다.

"그러니까 선생님은 너희가 운동회에서 꼭 우승을 했으면 좋겠어. 모두가 승리의 기쁨을 맛볼 수 있도록!"

5학년의 100미터 달리기는 한 경기에 여섯 명씩 달리고, 총 14경기가 펼쳐진다. 한 경기당 학급별로 두 명씩 나서기 때문에 사실상 한 학급 전원이 1등을 하는 것은 불가능하다. 아카오는 목소리에 힘을 주어 말했다.

"그러니까 선생님은 이렇게 생각해. 14경기에서 우리 3반이 1등을 휩쓸자는 거야. 이것을 우리 학급 목표로 정하면 어떨까? 이를테면 마지막 열네 번째 경기에 우리 반에서는 고헤이와 요스케가 나가게 되는데, 둘 가운데 어느 하나가 1등을 하면 성공인 거야. 그런 목표를 매 경기마다 이루어 내자는 말이야."

"그건 너무 무리한 목표잖아요!"

곧바로 신고가 딴죽을 걸었다.

"선생님, 확률적으로 보아도 그건 무리라고 생각합니다!"

똑소리 기미히코도 논리적으로 토를 달았다. 아카오는 진지하게 아이들을 설득했다.

"그렇겠지. 간단히 이룰 수 있는 목표는 분명 아니야. 선생님도 잘 알고 있어. 그러니까 나하고 승부를 겨뤄 보자는 거고. 자, 어때?"

담임선생님의 말에 아이들이 웅성거렸다.

"승부라뇨?"

"만약 너희가 운동회 날 14경기에서 1등을 휩쓴다면 선생님이 너희의 소원을 무엇이든 들어주마. 아 참, 그렇다고 닌텐도DS 게임팩을 갖고 싶다는 식으로 뭘 사달라고 하는 건 안 돼."

아이들 중에 누군가가 소리쳤다.

"정말 뭐든지 해 주실 거예요?"

"그래, 뭐가 있을까?"

요스케가 장난스럽게 웃으며 손을 들었다.

"선생님, 선생님이 까까머리가 되는 건 어때요?"

"그것도 좋지."

"선생님이 까까머리가 된다고? 와, 엄청 재밌겠다."

마치 초상집 같던 분위기가 순식간에 달아올랐다. 아카오는 생각지 못한 소원을 듣자 잠깐 망설였지만, 곧 받아들이기로 했다. 아카오는 마치 선언이라도 하듯 아이들을 향해 소리쳤다.

"알았다. 약속하지. 만약 너희가 100미터 달리기 14경기에서 1등을 휩쓴다면 선생님이 기분 좋게 까까머리가 되어 주지!"

"야호, 굉장하다!"

"선생님, 약속했어요. 절대로 어기시면 안 돼요."

온 교실이 벌집을 쑤셔 놓은 것처럼 어수선한 가운데서도 고헤이만은 흥이 나지 않는지 묵묵히 점심을 먹고 있었다.

꽃집 앞에 늘어선

수많은 꽃을 보고 있었어

　아오야기 학년 부장이 담임을 맡은 1반에서는 조회 때 반드시 이달의 노래를 부른다. 이날도 아이들의 해맑은 노랫소리가 교실에 가득한 가운데 커다랗게 발 구르는 소리가 갑자기 멀리서 들려왔다.

　"이게 무슨 소리야?"

　아오야기 선생님은 교실 밖으로 나와서 2반 교실을 들여다보았다. 2반에서는 곤노 선생님의 기타 반주에 맞춰 즐겁게 노래 부르는 아이들의 목소리가 들릴 뿐이었다.

　"그렇다면 이 소리는 3반에서 나는 건데……."

　다시금 귀에 들려오는 울림 때문에 아오야기 선생님은 발걸음을 재촉했다.

　"아, 아니 뭐 하고 있는 거야?"

　3반 문을 스르륵 연 아오야기 선생님은 생각지 못한 광경에 놀라서 자기도 모르게 소리를 질렀다. 책상을 뒤로 물린 교실에서 3반 아이들이 마치 스모 연습이라도 하듯 바닥을 구르고 있었던 것이다. 그것은 '시코'라고 부르는 동작으로 스모를 익히는 주요 운동 방법 가운데 하나였다. 즉, 스모만의 독특한 동작으로 좌우

양다리를 번갈아 옆으로 올렸다가 힘껏 바닥을 구르는 방식이다.

"영차!"

"좋다!"

선창에 맞춰 남자아이들뿐만 아니라 여자아이들까지 부끄러운 줄 모르고 다리를 높이 올렸다가 힘차게 바닥을 구르고 있다. 아오야기 선생님이 20년 넘게 교사 생활을 해 왔지만, 그것은 처음 보는 광경이었다.

"아, 선생님, 안녕하셨어요!"

교실 입구에 멍하니 서 있는 학년 부장을 보고 아카오가 아이들에게 바닥 구르기를 멈추라고 눈으로 신호를 보낸 뒤 생기 있게 인사했다. 아오야기 선생님은 굳은 표정으로 물었다.

"그러니까 뭘 하는 거냐고 묻고 있잖아요."

"시코예요. 그게 끝나면 다음에는 되도록 다리를 넓게 벌리고 하는 마타와리를 할 거고요."

아카오를 대신해서 요스케가 한 발 빨리 대답했다.

스모의 준비운동인 마타와리는 기마 자세와 비슷한 하체 강화 운동이다.

"아니, 3반이 언제부터 씨름반이 됐나요?"

싫은 기색이 역력한 아오야기 선생님의 질문에 이번에는 똑소리 기미히코가 대답했다.

"담임선생님이 사 주신 책에 따르면, 짧은 기간에 속도를 내려면 자세 교정을 해야 하고 그러기에는 고관절을 부드럽게 하는 운동이 효과적입니다. 그래서 저희는 조회와 종례 시간마다 시코 20회, 마타와리 30초씩을 하기로 했습니다."

코지가 얼른 로커 위의 학급문고 책장에서 『달리기 경주에서 우리 아이를 1등으로 만드는 방법』이라는 책을 꺼내 와 자랑하듯 내보였다.

"그렇게 하면 발이 빨라진다는 건 생각지도 못했네요. 어쨌든 다른 반에 방해가 되니까 너무 큰 소리를 내지 않도록 해 주세요."

아오야기 선생님은 그렇게 말하고는, 문을 쾅 닫고 구두 소리와 함께 사라졌다.

"쳇, 1반한테는 절대 지지 말아야겠다."

요스케가 아오야기 선생님이 나간 교실 문을 향해 눈을 흘겼다. 3반의 열기가 조금씩 달아오르는 게 느껴지자, 아카오는 만족스러운 미소를 띠며 큰 소리로 외쳤다.

"좋아, 계속해! 열두 번째부터다!"

연습이 반복되면서 아이들에게 효과가 나타나기 시작했다. 고관절이 부드러워지면서 골반을 크게 움직일 수 있게 되었고, 그 결과 보폭이 자연스럽게 커졌다. 책에 쓰여 있는 효과를 톡톡히

보게 된 것이다.

세 반이 함께하는 합동 연습에서도 순위가 눈에 띄게 올라갔다. 처음에는 14경기 가운데 겨우 3분의 1쯤인 4~5경기에서만 1등을 차지했지만, 이제 10경기 전후로까지 치고 올라갔다. 나머지 경기에서도 다른 반 아이들과 근소한 차이로 1위를 다투고 있었으므로 운동회에서 역전시킬 가능성은 충분해 보였다. 하지만 한 경기는 예외였다.

"선생님, 마지막 경기는 어림없어요. 1반의 유야가 버티고 있거든요. 요스케나 고헤이도 아예 상대가 안 되는걸요."

"다른 경기는 어떻게든 1등을 할 수 있겠지만, 마지막 경기만큼은 아무리 생각해도 절망적인 것 같아요."

급식이 끝난 다음의 휴식 시간, 교실에 있는 교사용 책상에서 남은 일을 하고 있는 아카오 주위로 교코를 비롯한 몇몇 여자아이들이 몰려들어 100미터 달리기 결과에 대해 이러쿵저러쿵 이야기를 나누고 있었다. 그때 스르륵 문이 열리더니 마침 화제의 주인공으로 떠오른 고헤이가 들어왔다. 여자아이들은 목소리를 낮춰 소곤거렸다.

"지금 우리가 한 말을 들었을까?"

"아무렇지도 않아 보이는데."

아이들의 마뜩지 않은 시선을 느낀 고헤이는 일단 자리에 앉았다가 불편한지 다시 일어났다. 그러고는 주위를 위협하듯 뚜벅뚜벅 걸어가더니 교실 밖으로 나가서 문을 거칠게 닫아 버렸다. 차분한 성격의 고헤이가 요 며칠 동안 초조한 기색을 보이고 있다는 것은 3반 아이들이라면 누구나 아는 일이었다.

"선생님, 큰일 났어요. 큰일 났다니까요!"

신고가 뛰어 들어온 것은 고헤이가 화가 나서 밖으로 나간 지 몇 분이 지나서였다.

"무슨 일로 그렇게 허둥지둥하는 거야?"

"저기요, 고헤이하고 요스케가요, 하아, 하아… 운동장에서 뒤엉켜 싸우고 있어요."

"뭐라고?"

아카오는 서둘러 휠체어를 조작해 엘리베이터에 올라탄 뒤 1층 버튼을 눌렀다. 자기 발로 뛰어가지 못하는 안타까움에 마음이 더 급했다. 상황을 알리러 온 아이들보다 뒤처져서 몇 분 뒤 운동장에 도착하니, 앞서 달려 나간 시라이시가 고헤이와 요스케 사이에 끼어들어 둘을 떼어 놓으려고 애쓰는 중이었다. 아카오가 굳은 표정으로 소리를 질렀다.

"왜 그러지? 무슨 일이 있었던 거야?"

시라이시를 가운데 두고 서로 노려보던 두 사람은 침착하게 대답할 여유가 없어 보였다. 둘이 다투는 것을 본 신고가 대신해서 그 이유를 설명해 주었다.

"고헤이가 요스케하고 저한테 축구를 하자고 했거든요. 그런데 우리가 달리기 출발 연습을 하느라 못한다고 했더니 갑자기 고헤이가 화를 내면서……."

"그런 연습 따윈 필요 없어! 어차피 유야한테는 이길 수 없다고!"

신고의 말을 자르기라도 하듯 고헤이가 성난 목소리로 외쳤다. 그러자 요스케가 지지 않고 말했다.

"그걸 해 보지도 않고 어떻게 알아? 네가 뭔데 처음부터 포기를 하게 만드는 거야! 그게 정말 고헤이다운 거냐?"

요스케는 고헤이와 마찬가지로 성난 목소리로 말하다가 마지막에 가서는 울먹거리기까지 했다.

"모두 어떻게 된 거 아냐? 바보 같은 것들!"

고헤이는 자기 몸을 방패막이로 서 있던 코지의 두꺼운 팔을 밀쳐내며 끝내 험한 말을 뱉고는 그 자리를 떠났다.

그때 점심시간이 끝났음을 알리는 종이 울렸지만, 5학년 3반 아이들은 한 걸음도 움직이지 않고 그 자리에 박힌 듯 서 있었다. 그때 아야노가 중얼거렸다.

"하지만 학원 갔다 오는 길에 내 두 눈으로 똑똑히 봤는걸. 고헤이가 어두운 공원에서 혼자 출발 연습을 하고 있는 걸……."

마쓰우라니시 초등학교 대운동회

흰색 캔버스에 먹으로 쓴 멋진 글씨였다. 가장 큰 학교 행사라는 것을 알리는 입간판 밑을 지나 학부모들이 학교 안으로 줄지어 모여들고 있었다. 아침 8시 반, 개회식이 가까워질 무렵이 되자 운동장 곳곳에서 학부모들이 아이들의 모습을 비디오카메라에 담기 위해 자리를 잡기 시작했다. 다음 주에 장마가 시작되리라는 일기예보가 믿기지 않을 만큼 날씨는 쾌청했다. 이날을 위해 한 달 가까이 연습해 온 아이들의 무대에 걸맞은 날씨였다.

"자, 마침내 승부를 결정지을 날이 왔다!"

아이들을 운동장으로 내보내기 바로 전의 조회 시간, 아카오는 천천히 교실을 둘러보았다. 아이들 모두의 얼굴빛이 건강하다는 생각이 들었다. '모든 경기 승리'라는 무모한 학급 목표를 향해 모든 노력을 다했다는 만족감이 아이들의 얼굴에 진하게 배어 있었다. 그것은 스물여덟 명 모두가 넘버원을 목표로 삼았다는 뚜렷한 증거였다.

"오늘이 오기까지 열심히 닦은 기량을 맘껏 발휘해라!"

담임선생님의 말에 맨 앞의 요스케가 재빠르게 주먹을 들어 올렸다.

"우리 모두 반드시 승리하자!"

"야아!"

개회식이 끝나자 푸른 하늘 아래 홍색과 백색으로 나뉜 각 응원단의 응원전이 펼쳐지고, 마침내 3학년들의 80미터 경주가 시작되었다. 작년에 아이들은 운동회를 할 때 "홍팀이 이기고 있다", "백팀이 역전했다" 하며 일희일비하는 데 그쳤다. 하지만 올해는 근본적으로 달라져 있었다. 홍팀과 백팀 사이에 달아오른 경쟁에도 물론 관심이 있었지만, 그보다 눈앞에 있는 '자신의 승부'에 온 신경을 곤두세우고 있음을 표정만으로도 알 수 있었다.

"다음은 여덟 번째 프로그램으로 5학년 100미터 달리기입니다."

운동장에 안내 방송이 나가자 아카오 가까이에 있는 백팀 자리에서도, 멀리 홍팀 자리에서도 "좋아!", "가자!" 하며 힘을 잔뜩 모은 목소리가 들려왔다. 100미터 달리기를 대하는 3반 아이들의 자세는 다른 반 아이들과는 분명 달랐다.

입장하는 문은 반투명한 일본식 전통 종이를 이용해 만든 꽃잎으로 장식되어 있었다. 그 뒤로 5학년 아이들이 경기 순서대로 늘어섰다. 세 반의 담임선생님이 의논을 해서 어느 경기에서나 대체로 비슷한 아이들이 달리도록 미리 맞춰 놓았다. 그리고 마지막 경기만은 가장 빠른 아이들의 화려한 무대로 만들자고 은연중에 정해져 있었다. 그렇기 때문에 마지막 경기 외에는 어느 경기가 달리기를 잘하는 아이들이 뛰는 경기인지 알 수 없도록 적절히 팀이 짜 두었다. 아카오는 이러한 배려야말로 곤노 선생님이 말하는 '온실 재배'가 아닐까 하고 생각했다.

음악과 함께 아이들이 출발 위치에 잰걸음으로 입장했다. 첫 번째 경기에 나서는 여섯 명이 출발점에 섰고, 그 옆에는 곤노 선생님이 화약총을 쥐고 있었다.

"자, 각자 위치로! 준비!"

제1 경기부터 3반의 통쾌한 승리가 이어졌다. 도중에 쉬어가면 좋겠다고 우스갯소리를 할 만큼 100미터라는 거리에 불안감을 가졌던 코지도 큰 몸집을 부지런히 움직였고, 지금껏 공부벌레 노릇만 해 온 아야노도 필사적으로 팔을 휘두르며 뛰어 당당히 1등을 했다. 아오야기 선생님에게 "스모반이냐?"는 비난을 들으면서도 시코와 마타와리 연습법의 효능을 믿고 성실히 연습해 온 성과가 마침내 나타나고 있었다.

처음에는 아이들의 성과에 만족스러운 미소를 지을 뿐이던 아카오도 경기 중반까지 3반의 1등 독점이 계속되자 조금씩 초조해지기 시작했다. 마침내 10경기까지 3반은 한 경기도 놓치지 않았다. 기적적인 승리에 아카오는 도저히 제자리에 있지 못하고 출발점까지 휠체어를 밀고 나갔다.

14경기 모두 승리! 그런 터무니없는 목표의 달성이 바로 눈앞에까지 와 있는 상황에서 마지막 경기를 뛸 고헤이와 요스케는 엄청난 부담을 느끼고 있을 게 분명했다. 그것을 생각하니 아카오는 안절부절못했다.

"고헤이, 요스케, 잠깐 이리 와 봐!"

경기를 시작하기 전 담임선생님이 부르자 두 아이는 고개를 갸웃거리면서도 아카오 곁으로 바짝 다가왔다.

"너희 모두 플라잉(flying)이라는 걸 알고 있지?"

"선생님, 그게 무슨 말씀이세요?"

"총소리가 나기 전에 뛰면 규칙 위반이잖아요?"

아카오는 아이들의 말을 한 귀로 흘리며 말을 이었다.

"일반적으로는 플라잉이 되는 걸 두려워해서 총소리를 듣고 나서 출발해. 하지만 그렇게 해서는 유야에게 이길 수 없어. 이러면 어떨까? 곤노 선생님이 '준비!' 하고 외치면, 너희 스스로 총소리가 '탕' 하고 나는 타이밍을 계산해 유야보다 먼저 출발하는 거야. 만약 그게 너무 빨라서 플라잉이 된다 해도 한 번은 허용되니까 다시 뛰면 돼. 어때? 총소리와 동시에 재빨리 출발할 수 있겠어?"

고헤이와 요스케가 고개를 끄덕이더니 둘이 눈을 맞추었다. 그러더니 어느 쪽이 먼저랄 것도 없이 자연스럽게 오른팔을 쭉 앞으로 내밀어 꽉 쥔 주먹을 서로 부딪친다. 그것이 운동장에서 뒤엉켜 싸운 두 사람이 나눈 첫 화해 표시였다.

고헤이와 요스케가 나서는 마지막 경기 전의 13경기까지 5학년 3반 아이들이 모두 1등을 차지했다. 그러자 3반 아이들의 기대만 달아오른 게 아니었다. 이변을 알아차린 다른 반 아이들도 흥분하기는 마찬가지였다. 곤노 선생님도, 아오야기 선생님도 마지막 경기에 온 관심을 쏟았다.

"모두 위치로!"

곤노 선생님의 구령으로 고헤이와 요스케, 그리고 그 둘에게 커다란 장벽으로 등장한 노다 유야가 출발점에 섰다.

"준비!"

탕 하며 터지는 화약의 파열음과 동시에 두 아이는 기세 좋게 뛰어나갔다. 유야는 출발과 동시에 두 아이의 등짝이 눈에 잡히자 순간 당황한 듯했다.

"와, 봐! 봐! 유야가 뒤처졌어!"

지금까지 해 온 연습에서는 한 번도 볼 수 없었던 상황이 시합에서 벌어지자 5학년 아이들은 네 반 내 반 할 것 없이 크게 환호성을 질렀다.

아이들은 필사적으로 달리고 있었다. 쫓는 쪽이나 쫓기는 쪽이나 저러다 떨어져 나가는 게 아닐까 싶을 만큼 팔을 세차게 휘둘렀고, 얼굴이 일그러지도록 이를 악물었다. 그런데 유야가 서서히 속도를 내면서 거리가 줄어들기 시작했다.

"아앗!"

비명 같은 탄성이 운동장을 가득 채웠다. 아쉽게도 중반을 넘어서며 요스케가 유야에게 추월을 당했다. 속도가 붙은 유야는 무섭게 달려 바로 앞의 고헤이를 따라잡으려 하고 있었다.

"고헤이, 달려!"

운동장 가득 울려 퍼지는 함성 속에서 휠체어를 탄 아카오도 소리 높여 외쳤다.

고헤이가 달아난다. 유야가 쫓아간다……. 골인 지점 바로 앞에서 아아, 아아……. 쭉 내뻗은 팔로 테이프를 끊은 것은 유야였다. 정말 간발의 차이였다.

다리가 뒤엉킨 듯 그 자리에 쓰러져 버린 고헤이를 순위를 판정하는 아이가 잡아 주려고 했다. 그런데 고헤이에 이어 3등으로 들어온 요스케가 그 손을 가볍게 막았다. 엉덩방아를 찧은 자세로 땅바닥에 퍼질러 앉은 고헤이는 남의 눈을 전혀 의식하지 않은 채 고래고래 소리를 질렀다.

"우와와! 우와와!"

자신의 감정을 겉으로 잘 드러내지 않는 고헤이가 가리는 것 없이 소리 지르는 모습에 5학년 3반 아이들은 모두 목이 메었다. 교코 등 몇몇 아이들은 눈이 빨갛게 되어 콧물을 훔쳤다. 5학년 3반은 14경기 모두에서 넘버원이 되지는 못했다.

"지난 토요일에 운동회를 치르느라 모두 고생 많았다. 어때, 피로는 좀 풀렸니?"

일요일과 월요일 연휴를 지내고 온 화요일 조회 시간. 아카오는 화사한 얼굴로 아이들에게 말을 걸었다.

"그런데요, 아직도 몸이 나른해요."

"일요일에 점심때까지 그냥 잠만 잤어요. 그 바람에 〈원피스〉도 못 봤는걸요."

아직 운동회 분위기에서 완전히 벗어나지 못한 아이들 앞에서 아카오는 3반의 최고 활약상을 되새겼다.

"어쨌든 너무 아쉬웠어. 14경기 모두 1등! 그 엄청난 목표를 달성할 수도 있었는데, 정말 아쉽기 짝이 없다."

얼굴에 엷은 미소까지 띠고 그렇게 말하는 담임선생님에게 아이들은 한결 같이 항의했다.

"선생님, 그렇게 말씀하지 말아 주세요. 고헤이나 요스케 모두 정말 열심히 달렸으니까요."

"열심히 했지만 안 된 거니까 어쩔 수 없죠!"

반 아이들 누구도 두 사람을 탓하지 않았다. 아카오는 그것이 무엇보다 기뻤다.

"자, 선생님과의 약속 모두 기억하니?"

"예! 우리가 14경기에서 모두 1등을 하면 선생님이 까까머리가 되기로 하셨잖아요!"

신고가 씩씩하게 대답을 잘하더니 갑자기 "앗!" 하면서 입을 손으로 가리고 요스케와 고헤이의 눈치를 살폈다. 그러고는 어깨를 으쓱했다.

"그래, 맞아, 신고가 말한 대로다."

아카오가 눈으로 신호를 보내자 시라이시가 평소보다 다섯 배는 크게 칠판에 글씨를 썼다.

결과보다 (   )

"자, (   ) 안에는 무슨 말이 들어갈까?"

아카오의 질문에 '기합', '시련', '내용' 등 여러 가지 대답이 나왔다. 자신이 생각한 답변은 나오지 않자 아카오는 다시 신호를 보냈고, 시라이시가 분필을 손에 들었다.

"결과보다… 성장?"

아이들이 칠판 위의 글씨를 읽고는 더 크게 웅성거렸다. 아카오는 아이들을 둘러보며 입을 열었다.

"너희들은 14경기 모두 1등이라는 결과를 낼 수는 없었지만, 1등이 되고 싶은 마음에 정말 열심히 연습했어. 그래서 점점 성장해 갔고. 사실 선생님이 정말 바란 건 바로 그거였어. 너희들이 열심히 노력하고 또 노력해서 성장해 가는 모습."

"뭐예요, 선생님? 그럼 저희들을 속이신 건가요?"

"속이다니, 무슨 말을 그렇게 해? 너희들이 앞으로 어른이 되면 이 말을 지금과는 다른 방식으로 듣게 될 거야. 나름대로 열심히 노력했다고 아무리 호소해도 결과를 내지 못하면 높은 평가를 받지 못해. 그게 바로 사회라는 것을 언젠가는 알게 될 거야."

"사회는 참 무서운 곳이구나……."

"그럼, 무서운 곳이지. 하지만 너희는 아직 어른이 아니야. 그러니까 지금은 결과만 신경 쓸 게 아니라 노력해서 더욱 힘을 키워 나가야 해."

고헤이는 담임선생님의 눈을 진지하게 바라보았다.

"이번에 너희들은 목표로 삼았던 결과를 내는 데는 실패했지만, 좋은 결과를 내기 위해 최선을 다했다. 그러므로……."

아카오는 잠깐 말을 끊었다.

"선생님은 까까머리가 되겠다!"

비명도 환성도 아니었다. 하지만 온 교실이 흥분으로 들썩거렸다. 아카오가 세 번째 신호를 보내자, 시라이시가 책상 서랍에서 비닐봉지에 싸인 작은 기구를 꺼냈다.

"와아, 이발기다!"

봉지 안의 내용물이 드러나자 아이들은 더욱더 흥분했다. 요스케 등은 의자 위로 올라가 두 팔을 흔들어 대며 소리를 질렀다.

"좋아! 자, 먼저 신문지부터 준비해!"

아카오의 지시로 붓글씨 연습 때 쓰는 신문지를 바닥에 깔자, 아카오는 휠체어에서 내려와 앉았다. 그런 다음 남은 신문지로 아카오의 몸을 빙 둘러쌌다. 아이들이 담임선생님에게 농담을 던졌다.

"선생님, 꼭 테루테루보즈 같아요!"

테루테루보즈란 맑은 날씨를 기원하며 추녀 끝에 다는 종이 인형을 말한다.

"자, 그럼 출석 번호순으로 한 줄로 서도록!"

맨 앞에 선 아이는 신고였다. 멈칫거리며 시라이시에게 이발기를 받아 든 신고가 담임선생님의 머리 왼쪽 부분에 이발기를 갖다 대자 둔탁한 음과 함께 머리카락이 부스스 떨어졌다.

"우와앗!"

신고는 깜짝 놀라 교코에게 이발기를 건네주고는 뭔가 나쁜 일이라도 한 것처럼 재빨리 꽁무니를 뺐다.

"아, 저는 못할 것 같아요. 이걸 사용할 줄도 모르고……."

그렇게 말하면서도 교코는 신고가 깎은 지점에 이발기를 갖다 대더니 순식간에 머리 꼭대기까지 날을 움직였다.

"뭐야, 교코! 전 못해요, 하면서도 아무 망설임도 없이 까까머리로 만들어 버리잖아!"

아카오의 말에 교실 안이 웃음소리로 가득 찼다. 고헤이, 요스케, 아야노, 코지, 기미히코도 모두 웃는 얼굴이었다. 스물여덟 명 모두가 특별한 삭발식 행사를 마친 뒤 남은 부분은 시라이시가 깨끗하게 마저 밀었다.

"좋아, 이걸로 완성!"

시라이시는 까까머리가 된 친구의 머리를 오른쪽, 왼쪽으로 확인한 뒤 말했다. 그러자 이미 아카오를 빙 둘러싸고 있던 아이들 사이에서 다시 웃음꽃이 피었다.

"선생님, 이상해요. 딴사람 같아요!"

"흐음, 그래도 나한테 의외로 잘 어울리지 않니?"

아카오는 거울을 가져오지 않은 걸 후회하며 수줍은 듯 말했다.

"자, 이제 수업해야지. 모두 자기 자리로!"

시곗바늘이 오후 4시를 가리키고 있다. 한 달에 한 번꼴로 열리는 교사 회의에서는 학교 운영에 관한 일이나 특별히 배려할 필요가 있는 아이들의 상황 등을 의논한다. 최근 들어 숨 돌릴 틈 없이 바빴던 교사들에게는 졸음과 싸워야 하는 시간이었다. 특히 매일 저녁 늦게까지 잔업을 해 온 젊은 교사들 가운데 일부는 밀려드는 잠을 떨치지 못하는 경우가 종종 있었다.

"예정된 회의는 이것으로 마쳤는데, 그 밖에 다른 의견이나 연락 사항이 있으십니까?"

사회를 맡은 6학년 학년 부장 차노 선생님의 목소리에 아카오는 깜박 잠에서 깨어났다. 멍하니 앞을 바라보려 애쓰는데, 오른손을 천천히 들어 올리는 여교사의 모습이 눈에 들어왔다. 3학년 학년 부장을 맡고 있는 기가와다 마사미 선생님이었다.

"저, 아카오 선생님의 저 머리는 도대체 어떻게 된 건가요? 아이들한테 듣기로는 아이들이 교실에서 이발기로 저렇게 깎아 놓았다던데…….."

설마 자기 이야기가 화제에 오르리라고는 상상도 못했다. 아카오는 연인 하루나와 유람선을 타고 여행하는 꿈을 꾸다가 갑자기 벼락을 맞은 기분이었다.

"아카오 선생님, 그게 어떻게 된 사정인지 대답해 주시겠어요?"

교감선생님이 차가운 시선을 던졌다. 아카오는 짧은 팔로 입 언저리를 훔치며 혹시 침이라도 묻은 건 아닌지 확인하고는 서둘러 허리를 폈다.

"아, 예. 사실입니다. 운동회 때 100미터 달리기에서 14경기 모두 3반이 1등을 하면 까까머리가 되겠다고 아이들과 약속을 했습니다. 결과는 13경기 1등이었지만, 아이들이 열심히 노력한 걸 인정해 제가 까까머리를 자청했습니다."

이야기를 마무리 지으며 다소 장난기 섞인 말투를 써 보았지만, 기대만큼 분위기가 누그러지지는 않았다. 교감선생님은 여전히 딱딱한 표정으로 아카오를 쏘아보았다. 잠시 침묵이 이어진 뒤, 1학년 학년 부장 후지카와 노조미 선생님이 손을 들었다. 교사 경력 30년을 자랑하는 베테랑 선생님이었다.

"아이들의 노력을 인정하는 것은 중요하다고 생각합니다. 하지만 이발기로 담임선생님의 머리를 깎게 한 것은 좀 심한 게 아닐까요? 다른 방법을 생각했더라면 좋지 않았을까요?"

뒤이어 안전상의 문제는 없었는지, 보호자들의 항의는 생각해 보았는지 등 집중적으로 질문을 받자 아카오는 작은 몸이 더 졸아드는 것 같았다.

"저도 말씀 좀 드려도 될까요?"

아카오의 눈앞에서 쑥 일어난 사람은 아오야기 선생님이었다. 모든 사람들이 잘 볼 수 있게 몸의 방향을 바꾸고 아오야기 선생님은 상반신을 깊숙이 숙였다.

"정말 죄송합니다."

아카오는 눈앞에서 벌어지는 상황을 잘 이해할 수 없었다. 언제나 꾸중을 하고, 신임 교사의 방침을 정면에서 부정하기만 하던 아오야기 학년 부장이 지금 자기를 위해 고개를 숙이는 것처럼 보인다. 혹시 꿈이라도 꾸고 있는 게 아닐까…….

"제가 보기에 아카오 선생님은 어떻게 하면 아이들을 위할 수 있는가를 자기 나름대로 생각한 결과 이번 지도 방식을 선택한 것 같습니다. 저도 아카오 선생님이 선택한 방법이 옳았다고는 생각지 않습니다. 하지만 아카오 선생님 나름대로 아이들에 대해 많이 생각하고 결정한 행동이라는 것을 아무쪼록 이해해 주셨으면 합니다. 그다음 문제는 학년 부장인 제가 잘 마무리하겠습니다."

그렇게 말하고 아오야기 학년 부장이 다시 고개를 숙였다. 휠체어에 앉은 아카오도 그녀를 따라 고개를 숙였다. 그녀가 자부심이 높은 사람이라는 것은 교무실의 누구라도 아는 사실이다. 그런 사람이 이렇게 고개를 숙이고 나서니 더 이상 아무 이야기도 할 수 없었다.

절묘한 타이밍에 교장선생님이 회의를 마무리 지었다. 회의가 끝나자 곧장 복도로 나가는 아오야기 학년 부장을 쫓아 아카오도 휠체어를 복도 쪽으로 몰고 갔다.

"선생님, 아오야기 선생님, 정말 감사합니다!"

자기를 부르는 소리에 멈춰 선 아오야기 선생님은 썩 내키지 않는 표정으로 말했다.

"아까도 말했지만, 제가 아카오 선생님의 행동을 납득한 건 결코 아니에요. 다른 선생님들과 마찬가지로 저도 아이들의 삭발 같은 건 정말 이해할 수가 없습니다."

"예, 죄송합니다. 그런데 어째서……."

"시코 때문입니다."

"예?"

"제가 3반 교실을 들여다보러 갔더니 아이들이 바닥 구르기를 하고 있었던 적이 있죠? 그때 아이들의 눈빛이 참 좋았어요. 누가 시켜서 하는 게 아니라 스스로의 뜻에 따라 하고 있다는 걸, 아이들의 눈을 보고 강하게 느꼈어요."

"아, 감사합니다."

"그때 우리 반 아이들은 어떤 상태인가를 생각해 보게 되었죠. 혹시 시켜서 억지로 하는 얼굴이 아니었을까 하는 생각이 들었던 거예요."

아카오는 아무 대답도 할 수 없었다. 아오야기 선생님은 잠시 머뭇거리다가 말을 꺼냈다.

"그래서 말인데, 마지막 경기는 정말 아쉬웠어요. 가능하다면 고헤이가 이기게 해 주고 싶었는데……."

"예? 하지만 유야는 선생님 반 아이잖아요?"

"아, 그건 그렇죠. 지난주부터 고헤이의 운동화가 바뀐 것은 선생님도 알고 계시죠?"

"고헤이의 운동화라뇨?"

"아니, 모르셨어요? 아이들에게 엄청나게 인기 좋은 운동화인데요. 신기만 해도 발이 빨라진다고 해서 '마법의 슈즈'라고도 불리죠. 고헤이가 지난주부터 그 신발을 신고 있더군요."

"그런데 그게 무슨 뜻이신지?"

"제가 알기로 고헤이는 아버지가 안 계시는 한부모 가정이에요. 그때까지 신던 운동화가 떨어진 것도 아닌데 새것을 사서 신고 온 걸 보고, 분명 무슨 사연이 있겠다는 생각이 들었죠. 고헤이가 떼를 썼는지, 어머니가 아들의 마음을 눈치 채고 사 주셨는지는 모르겠지만요. 어쨌든 무슨 사연이 꼭 있을 거라고 생각했답니다."

옆 반 아이의 가정환경까지 파악하고 있는 아오야기 선생님의 정보력에 아카오는 깜짝 놀랐다. 더욱이 운동화를 새로 사 신은 것까지 놓치지 않고 파악하는 관찰력은 대단했다. 아카오는 자신이 아직 그 경지에 오르지 못했다는 생각이 들었다.

"학년 부장이라는 게 원래 그런 자리예요."

마치 아카오의 생각을 읽은 듯 아오야기 선생님은 그 말을 남기

고는 다시 복도를 걸어갔다. 아카오는 아오야기 선생님의 구두
소리가 사라질 때까지 그 자리에서 계속 고개를 숙이고 있었다.

5장
여름이면 난 우울해져!

우중충한 회색빛 하늘에서 가느다란 빗방울이 떨어져 교실 창에 불규칙한 물방울 모양을 만들고 있었다. 금요일 5교시째. 일주일 내내 태양이 두꺼운 구름을 뚫고 햇살을 드리운 날은 한 번도 없었다. 언제나 신나게 놀며 넘치는 에너지를 쏟아 내던 아이들도 장마철에는 그저 질퍽거리는 운동장을 원망스럽게 바라볼 뿐이었다. 아카오는 책을 펴들었다.

"자, 그럼 어제의 뒤를 이어가기로 하자. 기미히코! 49쪽부터 읽어 봐!"

자기 이름이 불린 것도 모른 채 멍하니 창밖을 바라보는 기미히코를 옆 자리의 사토코가 쿡쿡 찌른다.

"어? 아, 예. 죄송합니다. 음, '인터뷰의 명인이 되자'……."

"어이, 기미히코. 그건 46쪽이잖아. 지금 내가 읽으라고 한 건 49쪽이야. '한자의 광장' 부분."

별명이 '똑소리'인 성실한 아이가 허둥대는 것을 보고 여기저기서 쿡쿡 웃음소리가 새어 나왔다. 아카오는 고개를 갸웃거리며 기미히코에게 물었다.

"무슨 일이지, 기미히코? 특히 요즘 기운이 없어 보이고 말이야……."

"선생님, 어쩔 수가 없어요. 똑소리는 지금 6월병을 앓고 있거든요."

걱정할 필요가 없다는 투로 요스케가 말했다.

"6월병?"

"다음 주부터 수영장을 열잖아요. 똑소리는 수영장을 아주 싫어해요. 그래서 해마다 수영장이 열릴 때쯤이면 이런 증세가 나타나요."

요스케가 수영장이라는 단어를 입에 올리는 것만으로도 기미히코는 어깨를 움츠리며 고개를 숙였다. 그 겁먹은 모습에 다시 아이들의 웃음이 터져 나왔다. 하지만 아카오는 기미히코의 기분을 충분히 이해할 수 있었다. 초등학교 시절을 돌이켜보면 아카오에게도 수영은 공포의 시간이었기 때문이다.

아카오는 유치원에 다닐 때 집 안 욕조에 빠진 적이 있었다. 어머니가 잠깐 눈을 돌린 사이에 물속에서 균형을 잃은 것이다. 어머니가 아카오를 건졌을 때는 이미 물을 잔뜩 들이마신 다음이었다. 그 이후로 물은 아카오에게 엄청난 공포의 대상이었다. 그저 물이라면 두렵기만 했다. 물에 대한 공포심을 이겨내지 못하고 초등학교에 입학하자, 눈앞에 나타난 것이 욕조와는 비교가 되지 않을 만큼 커다란 수영장이었다. 어렸을 때부터 거칠 것 없이 행동해 온 아카오였지만 물 앞에서는 자연스럽게 오금이 저렸다.

하지만 어떤 상황에서도 다른 아이들과 똑같이 행동한다는 원칙 아래 살아온 아카오는 누구에게도 지기를 싫어했다. 그런 강한 정신력으로 마침내 수영장에 들어갈 수 있었다. 하지만 두 다리가 없어서 수영장 안에 서 있을 수가 없기 때문에 담임선생님이 감싸 안고 수영장에 들어가 주었다. 말하자면 선생님의 두 팔이 아카오의 생명줄이었던 셈이다. 수영장에서 다른 사람에게 자기의 생명을 맡겨야 한다는 공포심은 건강한 몸으로 태어난 사람은 알지 못할 특별한 경험이었다.

초등학교 5, 6학년 때는 수면에 떠오르는 연습을 했다. 그리고 열심히 훈련을 한 결과 엎드린 상태에서 수십 초 동안 떠 있을 수 있게 되었다. 하지만 숨을 쉬기 위해 다시 몸의 방향을 틀면 빙그르르 한 바퀴 돌고 만다. 손발을 뻗어 균형을 잡을 수 없기 때문에 물속에서 자기 몸을 조절하기가 더 어려웠던 것이다.

'그렇구나. 수영장을 무서워하는구나.'

창밖으로 펼쳐진 회색빛 하늘이 창가 자리 앉아 움츠러드는 기미히코를 무심히 내려다보고 있었다.

"기미히코 말이야, 정말 안쓰러워."

"그렇지? 하지만 정말 가여운 건 다음 주부터야."

비가 그칠 줄 모르고 지긋지긋하게 내리는 귀갓길이었다. 이렇게 강기슭 산책로를 걸어가며 그날 반에서 있었던 일에 대해 이야기 나누는 것이 아카오와 시라이시에게는 하나의 일과였다. 교무실에서도 책상을 나란히 한 채 일하므로 얼마든지 대화할 수 있지만, 다른 선생님들의 눈과 귀가 신경 쓰여 진심을 이야기하기는 어려웠다. 그래서 두 사람은 수년 전에 정비된 이 아름다운 산책로를 5학년 3반의 전략 회의 장소로 선택한 것이다. 시라이시가 무덤덤하게 물었다.

"평소에 하는 얘기를 기미히코한테 해 주었어?"

"평소에 하는 얘기라니?"

"무슨 일이 생기면 너는 아이들한테 꼭 이렇게 말해 주잖아. 괜찮아, 괜찮을 거야."

"아아……."

"그 말을 아이들이 아주 마음 깊이 새겨듣더라고. 담임선생님이 어떤 상황에서도 자기 편이 되어 준다고 믿는 거지."

"그래?"

아카오는 잠깐 쑥스러운 표정을 지었지만, 곧 표정이 어두워졌다. 짧은 왼팔과 몸 사이로 든 비닐우산을 올려다보니 빗방울이 주르륵 흘러내리고 있었다. 아카오는 갑자기 커다랗게 한숨을 내쉬었다.

"하지만 이번에는 그렇게 말해 줄 수 없었어."

"왜?"

"왜라… 음, 너도 생각해보면 알 수 있잖아. 수영이라고? 수영장이라고? 도대체 내가 뭘 어떻게 해 줄 수 있겠어?"

시라이시가 별 뜻 없이 던진 질문에 아카오는 북받치는 감정을 이기지 못해 거칠게 대꾸했다. 시라이시는 어린 시절 수영장에서의 기억이 그렇게까지 아카오에게 상처로 남았는지 모르고 있었다. 시라이시는 얼굴을 붉히며 사과했다.

"내가 괜한 얘기를 꺼냈나 보다. 미안해⋯⋯."

"아니야, 나야말로 미안해."

두 사람이 입을 닫자 전동 휠체어 소리만 밤을 맞은 마쓰우라 강에 울려 퍼졌다. 두 사람은 말없이 강기슭을 걸었다. 그러다 먼저 입을 뗀 사람은 아카오였다.

"그건 나도 생각했어. 어떻게 하면 기미히코를 도와줄 수 있을까 하고 말이야. 하지만 나는 수영을 가르쳐 줄 수 없고, 그런 내가 그냥 힘내라고 말하는 건 이치에 맞는 것 같지도 않고 또 내키지도 않아. 솔직히 말해서 어떻게 하면 좋을지 잘 모르겠어. 내가 그 아이를 위해 뭘 할 수 있을까? 그래서 이번만은 기미히코한테 괜찮을 거라는 말을 할 수 없었던 거야."

아카오는 무력감으로 마음이 짓눌리는 것만 같았다. 그런데 시라이시는 아무 말 없이 그저 듣고만 있었다. 아카오는 문득 시라이시가 아이들에게 수영을 가르치면 어떨까 하는 생각이 들었고, 그 생각을 시라이시에게 말했다.

"시라이시, 넌 수영을 정말 잘했잖아. 유치원 시절부터 수영 학교에 다녔고. 다른 건 몰라도 수영 하나만은 우리 반에서 1, 2위를 다퉜지. 어때? 그런 네가 가르치면 기미히코도 기뻐하지 않을까?"

시라이시는 별다른 표정의 변화 없이 대답했다.

"글쎄, 나는 어디까지나 너의 보조 교사야. 그건 적절한 방법이 아닐 것 같은데?"

"그럴까? 그래, 그럴지도 몰라. 보조 교사가 수영 수업을 한다면 역시 이상하겠지?"

아카오의 바싹 마른 웃음소리가 6월의 눅눅한 공기 속으로 퍼져 나갔다. 시라이시는 아무 말 없이 달도 별도 보이지 않는 밤하늘을 올려다보았다. 그것을 보고 아카오도 고개를 들어 하늘을 보았다. 하늘에서 흩날리는 안개비가 두 사람의 뺨을 적셨다.

"아카오 선생님, 잠깐 뵐까요?"

평소에는 아오야기 학년 부장의 목소리를 들으면 공연히 심장 박동이 빨라진다. 하지만 오늘은 다음 날부터 시작되는 5학년 수영 과목 지도에 대해 논의하는 자리라는 것을 알고는 가슴을 쓸어내린다. 아카오는 시라이시와 함께 서둘러 교무실 맞은편 상담실로 갔다. 상담실 문을 여니 이미 곤노 선생님이 파이프 의자에 앉아 있었다. 잠시 뒤 파일 몇 개를 안고 들어온 아오야기 학년 부장은 문에서 가장 가까운 곳에 자리를 잡았다.

"그럼 시작할까요?"

"예, 잘 부탁합니다."

신입생을 맞기 위한 협의, 운동회, 그리고 수영 수업. 교사 생활 1년째를 맞는 아카오에게는 모든 것이 첫 경험이었다. 자신이 어렸을 때는 그저 무심하게 참여한 행사인데, 그 이면에서 선생님들이 이렇게 많은 시간과 노력을 기울여 준비했다는 것을 깨닫고 아카오는 깜짝 놀랐다.

벽에 걸린 원반형 시계를 잠깐 쳐다보더니 아오야기 학년 부장이 말을 꺼냈다.

"수영 수업에 대해 먼저 결정해야 할 것은 역할 분담입니다. 아이들에게 지시를 내리고 수업을 진행하는 전체 지도 한 명, 수영장 안에 들어가 아이들 보살피기 한 명, 거기에 수영장 밖에서 이상이 없는지 지켜보기 한 명, 이렇게 세 명 체제로 하는 게 어떨까요?"

"그렇게 하죠."

곤노 선생님이 망설임 없이 찬성했다.

"거기에 외부 지원팀으로 두 사람이 함께할 거니까, 그 두 사람은 수영장에 들어가 아이들을 지도하도록 하죠. 그러니까 수영장 안에는 어른 세 사람이 있게 되는 겁니다. 모두 6코스니까 한 사람이 2코스씩 담당한다고 보면 될 것 같은데, 어떻습니까?"

"좋습니다."

아오야기 선생님이 제안하고, 곤노 선생님이 찬성했다. 논의가 빠르게 진행되는 만큼 아카오는 논의를 따라가기 바빴다.

"그럼 모레는 제가 전체 지도를 담당하니까, 곤노 선생님은 수영장 안에서 지도해 주세요. 아카오 선생님은 감시를 맡아 주시면 되는데, 뭔가 문제가 발생하면 즉시 저한테 보고해 주시기 바랍니다. 두 번째부터는 역할을 돌아가면서 맡도록 하죠."

"아, 하지만……."

처음으로 곤노 선생님이 다른 의견을 내놓았다.

"아카오 선생님은 아직 경험이 없을뿐더러 신체적인 면에서도 전체 지도는 물론 수영장 안에서의 지도도 어렵습니다. 그러니까 역할을 바꾸는 것은 저와 학년 부장 선생님만 하고, 아카오 선생님에게는 매번 감시를 맡기는 게 어떻겠습니까?"

아오야기 선생님은 고개를 끄덕였다.

"아, 예. 좋습니다."

수영 수업을 하려면 기온 측정, 수영장의 염소 농도 확인 등 수영 말고도 다양한 일을 신경 써야 했다. 그런데 손발이 없는 아카오는 어느 것도 맡기가 어려웠다. 결국 아오야기 학년 부장과 곤노 선생님이 일을 나눌 수밖에 없었다. 아카오는 두 선생님께 고개를 숙였다.

"아, 정말 죄송합니다. 다른 선생님들께 부담만 드리네요. 혹시 제가 맡아서 할 만한 일이 있을까요?"

아오야기 선생님은 잠시 생각하다가 입을 열었다.

"그럼 AED를 부탁해도 될까요?"

"AED라뇨?"

곤노 선생님이 끼어들어서 설명해 주었다.

"그건 심장마비를 일으켰을 때 쇼크를 주는 기기예요. 요즘에는 수영 수업을 할 때마다 매번 AED를 수영장까지 꼭 가져오게 되어 있어요. 만에 하나를 대비해서죠. 평소에는 사무실 앞 상자 속에 넣어 두는데, 그걸 부탁하면 되겠네요!"

"아, 예! 알겠습니다."

아카오의 대답을 듣자, 곤노 선생님은 노트 표지를 가볍게 닫으며 자리에서 일어섰다.

"좋습니다. 그럼 모레부터 잘 부탁합니다!"

"저야말로 잘 부탁합니다."

휠체어 위의 아카오는 머리카락이 막 자라고 있는 머리를 깊숙이 숙였다.

"선생님, 오늘 수영장에 가나요?"

아카오가 교실에 들어서자 신고가 걱정스러운 듯 물었다. 무리도 아니다. 창밖의 날씨는 금방이라도 비가 쏟아질 것처럼 우중충하고, 얇은 윗옷이라도 걸치지 않으면 약간 서늘하게 느껴졌다. 하지만 아이들의 표정을 보면 당장 수영장으로 달려가고 싶어 한다는 것을 알 수 있었다.

"그래, 조금 뒤에 갈 예정이다."

교실 여기저기에서 환호성이 일었다. 하지만 창가에 앉은 기미히코만은 아카오의 말에 시큰둥해서 어깨를 떨구고 있었다.

성미 급한 아이들은 기다리고 기다리던 점심 휴식 시간이 되자마자 옷을 갈아입었다. 수업 시작을 알리는 종이 울리는 것과 동시에 아이들은 수영장 옆으로 정렬했다. 1년 만에 수영장을 눈앞에 둔 아이들은 흥분 상태였다. 자연히 수다가 끊이지 않았고, 지도를 맡기 위해 중앙에 선 아오야기 선생님이 노려보아도 아무 소용이 없었다.

"조용히 못하겠니?"

평소에는 착 가라앉은 분위기에서 지도하는 아오야기 선생님이 갑자기 소리를 지르자 수영장은 찬물을 끼얹은 듯 조용해졌다. 수영장 왼쪽의 여자 줄과 오른쪽의 남자 줄을 쭉 둘러본 다음, 아오야기 선생님이 다시 입을 열었다.

"수영장에서 보내는 수영 시간에는 선생님들이 평소보다 더 엄격할 거야. 이유는 다 알지? 여기서 하는 수업은 교실에서 하는 수업과는 비교가 안 될 만큼 위험하기 때문이야. 자칫하면 부상을 당할 수 있어. 단순히 상처로 끝나면 그나마 다행이지만, 아까운 생명을 잃을 수도 있어. 10년 전쯤에 마쓰우라 시에서도 수영 수업을 하는 중에 목숨을 잃은 아이가 있었어. 너희와 같은 5학년이었지. 선생님들은 두 번 다시 그런 슬픈 사고를 당하고 싶지 않아. 수영장에서 하는 수업이 즐거워서 기분이 붕 뜨는 건 이해하지만, 언제나 조심해야 한다는 걸 잊지 말기 바란다."

아오야기 선생님의 말에 아이들은 등을 곧추세웠다.

"그럼 보디(body)를 확인하겠다. 자기 짝을 확인하도록."

아오야기 선생님의 지시에 따라 아이들은 모두 옆 아이와 손을 맞잡는다. 수영 수업에서는 아이들이 사고를 당했을 때 곧바로 확인할 수 있게 항상 '보디'라 불리는 짝을 붙여 안전 관리 대책을 세운다.

"보디 확인!"

아오야기 선생님이 큰 소리로 외치자, 맨 앞줄의 짝부터 순서대로 하나, 둘 씩씩하게 외치며 맞잡은 손을 높이 흔들었다. 마지막 보디 확인이 끝나자 아이들은 샤워를 하러 달려갔다.

"어휴, 춥다, 추워!"

"선생님, 물줄기가 너무 세요. 정말 지옥이에요!"

아이들은 물방울을 떨어뜨리면서 팔짱을 낀 채 부들부들 떨며 아카오 앞을 지나갔다. 아침보다 기온이 올랐다고는 하지만 차가운 물을 뒤집어쓰기에는 아무래도 서늘했다.

다시 정렬한 아이들은 아오야기 선생님의 신호에 따라 줄줄이 수영장으로 들어갔다. 이윽고 물속 달리기, 수중 가위바위보 등 물에 익숙해지기 위한 운동이 시작되었다.

"자, 이제 호루라기를 불면 두 손을 머리 위에 올리고 숨을 참을 수 있을 때까지 잠수한다. 5학년에서 가장 오래 잠수할 수 있는 사람이 누군지 확인해 보자!"

아오야기 선생님의 은근히 경쟁을 부추기자 지기 싫어하는 요스케와 고헤이 등 남자아이들이 '내가 질쏘냐.' 하며 이를 악무는 표정을 지었다.

"삐이익!"

호루라기 소리가 울리자 지금까지 물위에 떠 있던 80여 명의 얼굴이 순식간에 물밑으로 가라앉고, 단 한 명의 머리만 수면 위에 남아 있었다. 바로 기미히코였다. 기미히코는 두 손을 머리 위로 올리기는 했지만, 꼼짝하지 않고 그저 멍한 표정으로 수면을 바라보고 있었다. 수영장을 엄청나게 싫어하는 기미히코는 수영을 못하는 정도가 아니라 물에 얼굴도 대지 못하는 것이다.

"기미히코……."

아카오가 중얼거리듯 혼잣말을 내뱉었다. 안전 감시를 맡은 아카오는 수영장 전체가 잘 내려다보이는 자리에 있었다. 아카오는 창백한 얼굴로 수면을 바라보는 기미히코를 멀리서 지켜볼 수밖에 없었다.

"응, 마침내 수영 수업이 시작되었어."

"그래? 그렇게 물을 무서워한다면 그 애도 참 고생이 많겠다!"

수화기 건너편에서 하루나의 상냥한 목소리가 들려왔다. 아무리 피곤해도 잠들기 전에 하루나의 목소리를 들으면 자연스럽게 체력이 회복되는 것 같았다. 아카오는 지금 막 수영장을 두려워하는 기미히코에 대해 이야기하고 있었다.

"그렇겠지. 나도 초등학생 때 수영장에 들어가는 게 정말 무서웠거든. 그 애의 기분이 어떨지 충분히 짐작할 수 있어."

"그런데 아카오는 그 애한테 무슨 말을 해 줬는데?"

"아무 말도 못했어."

"응? 아무 말도?"

두 사람 사이에 잠깐 침묵이 흘렀다. 아카오는 당황하며 변명하듯 말을 꺼냈다.

"물론 나도 이런저런 생각을 해 봤어. 하지만 난 다른 선생님들처럼 수영장에 들어가 지도를 할 수 없잖아. 그런 처지에서 무슨 말을 한들 헛소리인 것 같아 영 내키지가 않아. 그래서 어떤 말을 해 주면 좋을지 모르겠어."

하루나도 유치원 교사 생활을 하고 있다.

'만약 하루나가 나와 같은 입장이라면 어떻게 했을까? 나와는 달리 훨씬 좋은 방법을 찾아낼 수 있지 않을까?'

아카오는 갑자기 그런 생각이 들었다.

"듣고 보니 정말 어쩔 수 없는 측면이 있네. 아카오는 아이들을 위해 정말 최선을 다하고 있다고 생각해. 오히려 내가 힘이 되어 주지 못해서 정말 미안해."

"그런 말 하지 마! 하루나가 이렇게 마음을 써 주니까 얼마나 든든한지 몰라. 그 덕분에 내일 또 열심히 해 보자는 생각도 들고."

아카오는 침대에서 몸을 일으켜 하루나가 자신에게 얼마나 큰 힘이 되는 존재인지를 전하려 애썼다.

"아카오?"

"응?"

"지금 막 생각한 건데, 어쩌면 그 애도 마찬가지 아닐까? 아카오가 걱정하고 있고 응원한다는 사실만 전해 줘도 그 아이는 틀림없이 힘이 나고 마음도 놓일 거야."

"아… 응."

"미안해. 내가 이상한 얘기를 한 건 아닌가 몰라. 잘 자!"

"아니, 정말 고마워. 잘 자…….."

다음 날 아카오는 막 출근한 곤노 선생님에게 딱 3분만 시간을 내달라고 하고는 상담실로 데리고 갔다. 곤노 선생님이 궁금함을 참지 못하고 아카오에게 물었다.

"왜? 도대체 무슨 일인데?"

"사실 저희 반의 기미히코라는 아이 때문인데요."

"아, 그 똑소리라는 친구? 그 애가 어쨌는데?"

"수영장을 싫어한다는 말을 미리 듣기는 했지만, 어제 보니 그게 상상 이상이라서요."

아카오는 지난 수업에서 물에 얼굴도 대지 못하던 기미히코의 모습을 설명하고, 그런 아이를 어떻게 지도하면 좋을지 물었다.

"글쎄, 그거 어려운 문제군."

곤노 선생님은 팔짱을 끼고 서서 곰곰이 생각했다.

"학교는 공부든 운동이든 정말 다양한 수준의 아이들이 모이는 곳이야. 그러니까 개인의 수준에 맞게 지도해야 한다고 말은 하지만, 사실은 평균을 염두에 두고 수업을 할 수밖에 없지. 아무래도 교사 대 학생의 비율이 1 대 30쯤 되니까. 그러니까 월등한 아이들이나 뒤처지는 아이들은 좀처럼 지도하기가 힘들지. 이번 경우를 말하자면 기미히코가 그런 셈이고."

"예."

"그런 아이를 어떤 정도까지 끌어올리기 위해서는 반드시 가정에서도 도와야 해. 생각해 봐, 셈을 잘 못하는 아이에게는 집에서 구구단을 암기해 오게 하잖아. 그런 것과 마찬가지 아니겠어?"

곤노 선생님의 조언은 언제나 상황에 딱 들어맞고 알기 쉬웠다.

"그렇다면 어떤 도움을 요청하면 될까요?"

"물에 얼굴을 대는 것조차 무서워한다면, 일단 욕조 같은 데서 숨 오래참기 시합 같은 걸 하라고 하면 어떨까?"

물을 무서워하는 아이는 무엇보다 눈을 물에 넣는 것을 두려워한다. 그렇기 때문에 눈 쪽은 내놓은 상태로 입과 코만 욕조에 담그게 한 다음, 그 상태에서 어머니나 아버지가 아이와 오래 참기 겨루기를 하게 한다는 것이다.

"거기에 익숙해지면 눈을 담근 상태까지 가는 거지. 그렇게 조금씩 수준을 높여 나가는 게 좋을 거야."

아카오는 빙긋 웃으며 고개를 끄덕였다.

"그렇군요. 거참 좋은 방법이네요."

"5학년쯤 되면 어머니와 함께 목욕하는 게 어색하니까 아무래도 아버지한테 부탁하는 게 좋겠지?"

"기미히코의 아버지가 대학교수라더군요."

"그래? 그럼 아버지에게 부탁해 봐."

곤노 선생님에게 감사 인사를 한 뒤, 아카오는 가벼운 마음으로 교실로 향했다.

그날 휴식 시간에 아카오는 시무룩한 표정으로 앉아 있는 기미히코를 불렀다.

"기미히코, 이번 여름에는 너도 수영을 할 수 있게 될지 모르겠다!"

무슨 영문인지 몰라 멀뚱한 표정으로 담임선생님을 바라보는 기미히코에게 아카오는 곤노 선생님에게 들은 '숨 오래참기 시합 방법'에 대해 설명했다. 그런데 뜻밖에도 기미히코의 얼굴은 전혀 밝아지지 않았다.

"기미히코, 왜 그러지? 그렇게 하면 얼굴을 물에 담글 수 있을 것 같은데?"

"저… 그런데 저희 아버지는 많이 바쁘세요."

날씨가 아주 나빠서 두 번째 수영 수업은 6월 마지막 주로 미루어졌다. 그날도 아침부터 찌뿌드드한 날씨였지만 3교시 무렵에 햇살이 비치기 시작했다. 그러자 2주 동안 수영장에 들어가지 못한 아이들은 좋아서 떠들썩했다.

"자, 수영장에 늦지 않게 집합!"

아이들에게 말한 뒤 아카오는 시라이시와 함께 탈의실로 갔다. 수영장 물에 들어가지는 않지만 사이드에 있자면 아무래도 물이 튀기 마련이다. 아카오는 시라이시의 도움을 받아 무릎까지 감추는 감색 수영복으로 갈아입고, 체육 수업용으로 산 흰색 티셔츠를 위에 걸쳐 입었다. 아카오는 자기도 모르게 한숨을 쉬었다.

"휴, 오늘도 수영장 수업인가……"

시라이시가 깜짝 놀라며 물었다.

"아니, 왜 네가 한숨을 쉬는 거야? 기미히코도 아니면서."

"감시하는 거, 정말 따분해. 90분 동안 내내 서서 아이들이 수영하는 걸 멍하니 지켜봐야 하니까."

"멍하니 지켜봐선 안 되지. 확실히 지켜봐야지."

아카오는 시무룩하게 대꾸했다.

"그렇기는 하지만, 그렇다고 뭘 지도하는 것도 아니잖아. 몸을 움직이는 것도 아니고. 90분 동안 아무것도 하지 않고 시간을 보내는 게 이렇게 따분한 일인지 몰랐어."

"하지만 그게 너한테 주어진 역할이니까 방심하지 말고 확실하게 해."

"그래, 그건 그렇지. 만에 하나라도 사고가 나면 큰일이니까."

옥상에 있는 수영장으로 가려면 계단을 이용할 수밖에 없기 때문에 100킬로그램이나 되는 전동 휠체어는 3층 계단참에 세워 두어야만 한다. 시라이시에게 안겨 수영장에 도착하니, 아이들은 벌써 와서 정렬해 있다. 붉은색 호루라기를 목에 건 곤노 선생님은 아이들에게 철저히 준비운동을 시켰다.

이날 전체 지도를 맡은 곤노 선생님의 수업은 대단히 속도가 빠르고 리듬감이 있었다. 정말 체육을 집중적으로 공부한 선생님다운 수업이었다. 그래서 아이들도 전혀 지루해하지 않는 가운데 90분의 시간이 물 흐르듯 흐른다. 그것은 수영장 옆에서 바라보고 있는 아카오에게도 마찬가지였다. 곤노 선생님의 수업이 얼마나 재미있는지 자신이 감시 역할을 하고 있다는 것조차 잊어버릴 정도였다.

이윽고 수업 후반에 이르러 개인 연습 시간이 되었다. 1, 2코스는 아직 25미터를 힘겨워하는 초급자 코스다. 3, 4코스는 50미터 전후를 헤엄치는 중급자 코스다. 그리고 5, 6 코스는 이미 100미터 이상을 헤엄칠 수 있고, 각자 일정 거리를 헤엄친 뒤 시간을 재서 승부를 겨루는 타임 트라이얼(time trial)에 도전하는 상급자 코스다. 이렇게 세 그룹으로 나뉘어 연습이 시작되었지만, 아카오의 눈은 자연스레 수영이라면 질색인 1, 2코스 아이들에게로 쏠렸다.

초급자 코스로 몰린 대부분의 아이들은 비트보드를 사용해 물장구나 숨쉬기 방법을 익혔다. 아이들은 그렇게 해서 조금이라도 먼 거리를 헤엄칠 수 있도록 열심히 연습하고 있었다. 그런데 기미히코만은 1코스의 출발 위치에 선 채 겁먹은 얼굴로 멍하니 수영장을 바라보고 있었다. 얼굴을 물에 담가 보려고 몇 번씩이나 아래를 쳐다보았지만, 그때마다 뭔가에 단단히 묶이기라도 한 것처럼 꼼짝 못했다.

"이럴 때 곤노 선생님이라도 좀 도와주신다면……."

하지만 언제나 때맞춰 구원의 손길을 뻗어 주던 선배 교사는 학년 부장과 나눈 역할대로 멀리 떨어진 5, 6코스에서 상급자 지도를 하고 있었다. 수영이 질색인 아이들이 모인 1, 2코스에는 외부

지도원으로 체육대 여대생들이 배치되었지만, 필사적으로 비트보드에 달라붙어 있는 아이들을 돌보는 데 바빠서 기미히코를 보살필 여유는 없었다. 결국 이날도 기미히코는 얼굴에 물 한 방울 대지 못했다.

수영 수업이 끝나자 아이들은 입을 모아 "밥 먹자!"고 외치면서 교실을 향해 왁자지껄하게 달려갔다. 그런 녀석들을 향해 조심하라는 당부의 말을 한 뒤 샤워를 마친 곤노 선생님과 아오야기 선생님이 관리실로 돌아왔다. 두 선생님은 책상 위에 있던 파일을 학생 수와 수온, 염소 농도 등에 문제가 없었는지를 확인했다. 그런 다음 파일을 제자리에 돌려놓다가 잠깐 손길을 멈추고는 "어?" 하고 다시 들여다보았다. 그 모습을 지켜보던 아카오가 아오야기 선생님에게 물었다.

"무슨 일이 있나요, 아오야기 선생님?"

"아카오 선생님, AED는요?"

아카오는 아차 했다. AED 준비를 깜빡했던 것이다.

결국 아카오는 관리실에서 싫증이 날 만큼 긴 설교를 들어야만 했다.

"오늘은 아무 일 없었으니까 다행이지만, 만약 무슨 사고가 나서 AED가 필요했다면 어쩔 뻔했어요? 아이들의 생명이 걸려 있는 문제란 말입니다!"

아오야기 선생님의 말은 당연했지만, 같은 말을 몇 번씩이나 듣다 보니 아카오는 그만 짜증이 났다. 아카오는 잔뜩 부은 얼굴로 아이들이 기다리는 교실로 돌아왔다.

6교시 수업을 마치고 교무실로 가니 곤노 선생님이 빙그레 웃으면서 다가왔다.

"엄청 시달렸겠군."

"예, 시달려도 보통 시달린 게 아니에요. 20대 후반이 되도록 그렇게 어린애 취급 당하며 혼쭐이 날 거라고는 생각도 못했습니다."

아카오가 투덜거리자 곤노 선생님은 어깨를 툭 치며 말했다.

"이번엔 어쩔 수 없어. 완전히 아카오 선생의 잘못이니까."

"그렇긴 하지만… 그래도 겨우 AED 준비를 잊었다고 그렇게 화를 내도 되는 건가요? 어차피 가져갔다 해도 쓰일 것도 아니었는데요."

곤노 선생님이 '어이, 말이 지나쳐!' 하는 눈길을 보냈지만, 이미 늦었다. 옆의 6학년 모둠에서 두 사람의 말을 듣고 있던 6학년 학년 부장 차노 선생님이 벌떡 일어서더니, 한 번도 본 적 없는 화난 표정으로 아카오를 노려보았다.

"겨우 AED라고 했나?"

"아니… 저, 제 말이 좀 지나쳤습니다."

평소 존경하는 선생님의 고함에 아카오는 기어 들어가는 작은 목소리로 대답했다.

"그런 마음가짐이라면 지금 당장 선생을 그만둬!"

온 교무실이 쩌렁쩌렁하게 울릴 만큼 큰 목소리로 아카오를 나무란 뒤 차노 선생님은 뚜벅뚜벅 나가 버렸다. 교무실 분위기가 순식간에 싸늘해졌고, 모든 선생님들의 움직임이 멈추었다.

곤노 선생님이 아카오에게 낮은 목소리로 말했다.

"오늘 저녁에 시간 비워 둬."

"어이, 그거 빨리 뒤집지 않으면 탄다고."

곤노 선생님의 말에 시라이시가 서둘러 집게를 들었지만 뒤집어야 할 때를 놓치는 바람에 탄시오(소 혀에 소금을 뿌린 요리)가 조금 탔다. 시라이시는 그 탄시오를 자기 접시로 가져가서 레몬즙을 조금 뿌렸다. 그런 다음 얼른 자기 입에 넣고는 철판 위에서 지글지글 익어 가는 탄시오를 집어 이번에는 아카오의 접시에 올려 주었다. 다른 때 같으면 익숙한 꼬치구이 음식점으로 갔을 테지만, 그곳은 차노 선생님의 단골집인 만큼 오늘은 그곳으로 가는 게 망설여졌다.

"오늘 정말 죄송했습니다."

아카오는 자신이 챙겨야 하는 AED를 까맣게 잊었을 뿐 아니라, 가볍기 짝이 없는 태도로 차노 선생님을 화나게 하고 교무실 분위기를 엉망으로 만들었기에 마음이 너무 무거웠다.

"그렇긴 해도 차노 선생님, 정말 무서우시던데요."

"그래. 하지만 그럴 만한 이유가 있어. 자네가 그분의 하나뿐인 지뢰밭을 건드렸으니까."

철판 위에 새로 얹은 몇 장의 탄시오를 정성스럽게 뒤집으면서 곤노 선생님이 말했다.

"지뢰밭이라뇨?"

"음, 모르고 있었나 보군. 12년 전 마쓰우라 시에서 수영 수업을 받던 아이가 죽는 사고가 있었다고 했지?"

"아, 요전 수업에서 아오야기 선생님이 말씀하신 일 말이로군요."

"그래. 그때 담임이 누구였는지 아나?"

"서, 설마……."

"그래, 바로 그분이었어."

아카오는 할 말을 잃었고, 시라이시는 집게 든 손을 멈추었다. 음식점 안에 흐르는 재즈 음악 소리가 유난히 크게 느껴졌다.

"이 학교에 처음 오던 해에 나는 차노 선생님과 같은 학년을 담당하게 됐어. 보다시피 내가 이렇잖아. 그러니까 그분이 보기에 내가 하는 수영 수업이 얼마나 어설펐겠어? 그런저런 이유로 곧장 그분을 따라 한잔하러 갔지. 그때 그 사고에 대해 듣게 됐어. 차노 선생님은 울컥 눈물을 쏟으며 절대 자기처럼 되지 말라고 신신당부를 했지.”

“어떤… 사고였나요?”

아카오가 머뭇거리다가 물었다.

“5학년 남학생이었대. 수영장 깊은 곳에 빠졌는데, 잠깐 동안 아무도 알아차리지 못한 거지. 평소 수영을 못하는 아이가 아니 었는데, 그날은 몸 상태가 안 좋았는지……”

“차노 선생님이 특별히 잘못하신 거라도 있었나요?”

“그렇지는 않았지만, 그분은 수업을 시작할 때 보디 확인을 잊 어버린 것 같다고 하더군. 지금도 그때 그 일을 굉장히 후회하고 있어. 그때 만약 보디만 제대로 확인했다면 짝을 이룬 아이가 좀 더 빨리 알아차렸을 테니까, 결국 그 아이가 죽은 것은 확인을 게 을리한 자기 탓이라는 거지.”

“그런 일이 있었군요.”

불에 올린 탄시오 몇 장이 완전히 숯 덩어리가 되어 철판 위에 뒹굴고 있었다.

“이제 알겠나? 차노 선생님이 왜 아카오 선생한테 그렇게 화를 냈는지 말이야.”

“예. 아, 쥐구멍에라도 숨고 싶은 마음입니다.”

아카오는 '겨우 AED'라고, '어차피 쓰지 않을 것'이라고 했던 것이 정말 마음속 깊이 부끄러웠다. 그리고 차노 선생님이 말씀하신 대로 그렇게 무책임한 태도로 아이들을 가르칠 바에는 당장 선생을 그만둬야 한다고 깊이 깨달았다.

"그날 이후 그분은 어떤 경우에나 안전하게 하는 것을 좌우명으로 삼았지. 수영 수업뿐만이 아니야. 눈앞의 아이들을 위해 정성껏 최선을 다하고 있는지 항상 자신에게 묻지. 그렇게 자신이 마음먹은 것을 꿋꿋이 실천하고 있는 차노 선생님은 참 대단한 분이야."

눈앞의 아이들을 위해 정말 최선을 다하고 있는가?

곤노 선생님의 말, 아니 곤노 선생님의 입을 통해 베테랑 교사의 신념을 전해 들으면서 아카오는 수영장에서 망설이던 기미히코의 모습을 떠올렸다.

'나는 그 애한테 아무것도 해 주지 못하고 있어.'

아카오는 수영장으로부터, 기미히코로부터 달아나려고만 했던 자신의 모습을 분명히 느꼈다.

7월 들어 장마는 아직 끝나지 않았지만 하늘을 덮고 있던 비구름은 점차 걷혔다. 그에 따라 작열하는 태양이 얼굴을 보이는 날도 점점 많아졌다.

점심시간에 운동장에서 축구를 한 아이들이 땀을 폭포처럼 흘리면서 교실로 들이닥쳤다.

"선생님, 제발 강으로 해주세요! 강으로요!"

아이들은 교실 천장에 설치된 선풍기의 풍량을 강하게 틀어 달라고 떼를 썼다.

"좋아! 하지만 딱 1분만이다!"

아카오의 신호로 시라이시가 풍량 조절 버튼을 최대로 돌리자 천장에서 강력한 바람이 불어왔다.

"우와, 살겠다!"

더위에 지쳐 퍼져 있던 아이들은 일제히 생기를 되찾았다. 아이들이 자리에 모두 앉은 것을 확인한 뒤 아카오는 진지한 얼굴로 이야기를 시작했다.

"이렇게 더워지면 이제 수영장에서 수업할 때 날씨에 신경을 쓰지 않아도 되겠구나. 어때? 이제 곧 세 번째 수영 수업을 할 텐데, 모두 처음에 세운 목표를 이번 여름에 달성할 수 있을 것 같아?"

당연하다는 듯 어깨를 쭉 펴는 아이도 있고, '그게 좀….' 하며 꽁무니를 빼는 아이도 있다. 기미히코는 창가 자리에서 움츠린 채 여전히 기를 펴지 못했다. 아카오는 몇몇 아이들을 지명했다.

"교코, 넌 어때?"

"저는 조금만 더하면 100미터까지는 갈 수 있을 것 같아요. 아직은 100미터 바로 앞에서 힘에 부치지만, 지금부터 몇 번 더 연습하면 그 정도는 할 수 있을 거예요."

"와, 대단한걸. 코지는 어때?"

"평영은 아무래도 어려워요. 지난번에도 아오야기 선생님께 발 젓는 방법이 틀렸다고 지적을 받았어요."

"그래? 그럼 좀 더 연습을 해야겠구나."

아카오가 눈으로 신호를 보내자, 시라이시가 칠판에 커다랗게 '도전'이라고 쓴 다음 그 옆에 커다란 원을 그렸다. 아카오가 계속 말했다.

"여기에 그린 원은 지금 너희가 할 수 있는 것을 뜻해. 그리고……."

아카오의 말에 따라 시라이시가 아까보다 한 둘레 큰 원을 바깥쪽에 그려 넣었다.

"바깥의 더 큰 원은 아직 너희가 할 수 없는 것을 가리키는 거야. 너희가 성장하면 성장할수록 이 안쪽의 원이 조금씩 커져 갈 거야. 모두 알겠지?"

아이들이 고개를 끄덕거리자, 아카오가 말을 이었다.

"그런데 그냥 가만히 있으면 이 원이 커질 리 없지. 지금 자기가 할 수 없는 일 때문에 분하다는 생각이 든다면 어떻게든 해 보려고 도전해야 해. 그런 마음가짐이 중요하단 거야. 내가 할 수 없는 것! 그렇게 정해 버린 채 도전하지 않고 도망만 친다면 이 원은 결코 커지지 않는 법이다!"

그렇게 말하면서 아카오는 살짝 기미히코를 살폈다. 아래쪽으로 눈길을 두고 있었지만, 분명 귀담아 듣고 있다는 것을 알 수 있었다.

"선생님이 갑자기 왜 이런 말을 하는지 이상하게 생각할 수도 있겠구나. 사실은 선생님도 그동안 도망만 치고 있었다는 걸 느꼈기 때문이란다."

담임선생님의 입에서 나온 뜻밖의 말에 기미히코가 자기도 모르게 고개를 들었다.

"사실 선생님은 어렸을 때부터 수영장을 싫어했어. 그래서 지금도 수영 수업이 시작되었는데 그냥 수영장 옆에서 지켜보고만 있었지. 하지만 열심히 도전하는 너희들을 보고 그래선 안 되겠다는 생각이 들었단다."

"그럼 선생님도 수영을?"

곧바로 요스케가 질문을 던졌다.

"그래. 선생님도 너희들처럼 목표를 세우기로 했어. 선생님의 목표는 먼저 5미터를 헤엄치는 거야."

"예? 5미터요?"

"팔다리가 없는데 어떻게 수영을 하지?"

아이들은 환호성을 지르기도 하고 고개를 갸웃거리기도 했다.

"그건 해보지 않고는 알 수 없겠지. 무리라고 생각해서 도전하지 않으면 아무리 시간이 지나도 선생님의 원은 커지지 않을 거야. 그러니까 선생님도 도전하겠어!"

아카오는 눈에 힘을 주고 창가에 앉은 기미히코를 향해 말하는 것처럼 힘차게 선언했다. 그런데 아이들 앞에서 짐짓 큰소리를 치는 아카오를 시라이시는 조금 불안한 얼굴로 바라보고 있었다.

"정말 그렇게 해도 괜찮을까?"

6교시를 마치고 교무실로 돌아오는 엘리베이터 안. 시라이시는 1층 버튼을 누르자마자 아카오가 아이들 앞에서 소리 높여 다짐한 목표에 대해 물었다. 아카오는 고개를 저으며 대답했다.

"나도 잘 모르겠어."

"모르겠다니? 그런 엉터리가 어디 있어?"

"어쩔 수 없잖아. 내가 이런 몸으로 5미터를 헤엄칠 수 있을 것 같지는 않아. 하지만 어떻게든 기미히코의 기운을 북돋워 주고 싶어. 도전하게 만들고 싶다고. 너도 차노 선생님의 말씀을 들었잖아? 눈앞의 아이들에게 최선을 다하고 있느냐는 말. 난 말이야, 아직 그 아이에게 최선을 다하고 있지 않았던 거야."

시라이시는 '아카오의 버릇이 또 시작되었군.' 하며 한숨을 내쉬었다. 그 모습을 보고 아카오는 싱긋 웃었다.

"네가 날 좀 도와줘!"

"알았어. 어차피 이렇게 됐으니 어떻게든 해 봐야지."

두 사람은 오후 5시를 알리는 종소리를 들으며 옥상 수영장으로 갔다. 중·고등학생 때는 줄곧 견학만 했으니, 초등학교를 졸업한 지 약 15년 만에 수영장에 들어가는 셈이었다. 선뜻 내키지는 않았지만, 아카오는 기미히코에게 조금이라도 용기를 주고 싶다는 마음으로 수영장에 들어갔다.

먼저 짧은 다리를 집어넣었다. 조금 차가운 느낌이 아카오의 내면에 잠들어 있던 공포심을 일깨웠다. 다음으로 시라이시가 아카오의 몸을 안고 허리께까지 물속에 담갔다. 욕조에 들어갈 때와는 전혀 다른 불안감이 온몸을 감싸고 돌았다.

"하나 둘!"

아카오의 신호에 맞춰 시라이시가 아카오의 몸을 두르고 있던 팔을 풀었다. 순식간에 수중 인간이 된 아카오는 멈칫멈칫 눈을 떠 보았다. 오랜만에 마주한 물의 세계, 아무 소리도 들리지 않는 적막감은 편안하기도 하지만 불안하기도 하다. 차츰 숨을 참기가 힘들어진다. 미리 약속한 대로 아카오가 수중에서 크게 머리를 흔들자 곁에서 기다리던 시라이시의 팔이 얼른 다가와 작은 몸을 건져 올렸다. 다시 수면 위로 얼굴을 내민 아카오는 푸아 하고 신선한 공기를 가득 들이마셨다.

"어때, 아카오?"

수건으로 아카오의 얼굴을 닦아주며 시라이시가 수중에서 막 귀환한 친구에게 감상을 물었다.

"하하하, 솔직히 좀 무서워. 하지만 아이들 앞에서 그렇게 선언했으니 체면이란 게 있잖아!"

"좋아, 그럼 다시 한 번 해보자!"

두 사람의 특별훈련은 그때부터 일과가 되었다.

이제 사흘 뒤면 1학기 종업식을 한다. 5학년 3반 담임이 된 지 벌써 4개월 가까이 되었지만, 아카오는 아직 뒤를 돌아볼 여유가 없었다. 지금 신임 교사 아카오의 머릿속을 꽉 채우고 있는 생각은 오로지 1학기 마지막 수영 수업에서 어떻게든 5미터를 주파해야 한다는 것뿐이었다.

"선생님, 약속 잊어버리시면 안 돼요!"

준비운동과 샤워를 마치고 흰색 수영 모자를 쓰고 나타난 요스케는 다른 때와 마찬가지로 감시 위치에 서서 따가운 햇살을 받고 선 아카오에게 못을 박았다. 이날 아침 조회에서 전체 연습과 개인 연습 사이의 휴식 시간에 지금까지의 특별훈련 성과를 보여주겠다고 아이들에게 약속했던 것이다.

지난 2주간의 특별훈련 동안 5미터 넘게 헤엄친 적은 한 번도 없었다. 하지만 1학기 마지막 수업인 이 기회를 놓치면 2학기가 돼야만 아이들이 다 모일 수 있기 때문에 아카오는 자기 자신을 믿어 보기로 했다.

아카오도 아이들도 이날은 전체 연습 시간이 상당히 빨리 지나간다고 느꼈다.

"자, 그럼 모두 수영장에서 나와. 지금부터 5분간 휴식이니까, 추운 사람은 수건으로 몸을 감싸고 있어도 된다."

전체 지도를 담당하는 곤노 선생님의 지시에 따라 아이들은 수영장 밖으로 나왔다. 평소 같으면 조금이라도 더 수영장 안에 있고 싶어서 3반 아이들은 아쉬움 섞인 표정을 지었을 것이다. 그런데 오늘만은 모두 초조한 얼굴로 수영장 밖으로 올라와 각자 자리를 잡았다.

이에 맞춰 아카오가 6코스로 이동한다. 학년 부장과 곤노 선생님에게는 미리 양해를 구했지만, 아무것도 모르는 1반과 2반 아이들은 무슨 일인가 의아해하며 손발이 없는 3반 담임선생님을 바라본다.

"선생님, 힘내세요!"

"5미터 수영, 꼭 성공하셔야 해요!"

뒤로 늘어선 3반 아이들이 뜨거운 응원을 펼쳤다. 그 가운데는 손으로 스피커 모양을 만들어 힘껏 외치고 있는 기미히코도 보였다.

"아카오 선생님, 파이팅!"

시라이시는 수중 5미터 언저리에서 자세를 취하고 기다리며 한층 큰 목소리로 외쳤다. 마침내 무슨 일이 벌어지는지를 이해한 1, 2반 아이들도 자연스레 박수를 보냈다. 3반 아이들이 그 박수를 받아 다시 박수를 치자, 25미터가 되는 직사각형은 갑자기 뜨거운 열기에 휩싸였다.

"우왓!"

아이들의 입에서 비명 같은 외침이 터져 나왔다. 아카오의 작은 몸이 6코스 출발 위치에서 갑자기 사라진 것이다.

아카오는 목표 지점을 향해 기세 좋게 뛰어들었다. 물속으로 뛰어든 힘으로 아카오의 몸이 조금씩 앞으로 나아갔다. 수영장 깊은 곳까지 잠겼던 아카오의 몸이 이윽고 물위로 서서히 떠올랐을 때는 이미 3미터 가까이에 도달해 있었다.

"선생님, 힘내세요!"

"조금만 더! 조금만 더!"

아카오가 뛰어드는 것을 보고 잠시 멍해 있던 아이들도 아카오의 몸이 다시 떠오르자 퍼뜩 정신을 차리고 목소리를 높여 응원했다.

하지만 아직 2미터가 넘는 기나긴 여정이 남아 있었다. 팔다리가 아주 짧은 아카오의 몸으로는 아무리 열심히 저어도 크게 추진력이 생기지 않았다. 아카오는 죽을힘을 다해 짧기만 한 팔다리를 파닥거렸다.

"선생님! 선생님!"

요스케의 선창으로 시작된 '선생님! 선생님!' 하는 구호가 네 반 내 반 할 것 없이 대합창을 이루어 물속에서 허우적대던 아카오에게 힘을 안겨 주었다.

"선생님! 선생님!"

"선생님! 선생님!"

아카오의 몸이 조금씩 조금씩 앞으로 나아갔다. 그러면서 아카오의 폐활량도 점점 한계점을 향해 가고 있었다. 숨쉬기 연습도 거듭해 왔지만 역시 어렸을 때와 마찬가지로 몸의 균형을 잡을 수가 없었다. 아카오의 몸은 쉽게 뒤집혔다.

그런데 바로 앞에 5미터 지점을 가리키는 붉은색 선이 보였다. 아카오는 거친 숨결을 간신히 참으며 필사적으로 짧은 팔다리를 휘저었다.

"선생님! 선생님!"

"선생님! 선생님!"

어느새 수영장 바닥에 그어진 붉은색 선이 아카오의 배 아래에

와 있었다. 시라이시가 재빨리 아카오의 몸을 건져 올렸다.

"아카오 선생님, 멋지게 5미터 달성!"

곤노 선생님의 산뜻한 선언이 울려 퍼지자 아이들은 환호성을 올렸다. 시라이시와 곤노 선생님의 손길을 빌려 수영장 밖으로 나온 아카오는 곧장 기미히코를 찾아보았다. 갈빗대가 앙상해 보이는 소년은 가만히 눈을 감고 몇 번씩이나 고개를 끄덕이고 있었다.

아카오의 믿기 어려운 쾌거에 흥분이 채 가시지 않은 아이들은 개인 연습을 시작했다. 자신의 자리로 돌아간 아카오는 어깨로 가쁜 숨을 몰아쉬며 아이들을 지켜보았다. 아무래도 그의 눈길은 1코스 쪽의 기미히코에게 가서 박혀 있었다.

이날 기미히코는 어딘가 다른 모습을 보이고 있었다. 그전까지는 수면이 조금만 움직여도 움찔거리며 두려워했는데, 이날은 뭔가 굳은 다짐을 담은 눈빛으로 수면을 바라보았다. 기미히코는 물에 담가 보려고 표정을 지었다. 하지만 아무래도 용기가 나지 않는지 다시 원래대로 얼굴을 돌리고 말았다. 그러기를 몇 차례……

"해냈다!"

파이프 의자 위에 앉아 있던 아카오가 자기도 모르게 몸을 내밀며 외쳤다. 기미히코의 얼굴이 마침내 물속에 잠겼던 것이다. 비록 1초도 견디지 못하고 얼굴을 다시 내놓았지만, 기미히코의 얼굴은 분명 흥분으로 들떠 있었다. 아카오는 당장이라도 달려가 기미히코를 안아 주고 싶었지만, 그 생각을 행동으로 옮기기도 전에 기미히코는 다시 몸을 굽혀 물속에 얼굴을 담갔다.

"하나, 둘, 셋······."

무의식적으로 시작된 아카오의 카운트는 기미히코의 용기가 3초간이나 계속되었음을 확인해 주었다. 그 뒤로도 기미히코는 몇 번이나 도전을 계속했다. 기미히코의 잠수 시간은 차츰 길어져 다섯 번째 도전에서는 10초 가까이 견뎌 냈다.

"기미히코, 좀 쉬었다가 하는 게 어떠니?"

아카오가 막 소리치는 순간, 마침 여섯 번째 도전을 하던 기미히코의 두 발이 그만 물속에서 미끄러졌고, 기미히코는 곧 수면 위에 큰대자로 모습을 드러냈다. 바로 몇 분 전까지만 해도 물에 얼굴을 대지 못하던 기미히코가 다음 단계로 나아가기에는 너무 일렀다. 기미히코는 어떻게 해야 원래 자리로 돌아갈 수 있는지 몰라 물속에서 갈팡질팡하다가 숨이 막히는지 버둥거리고 있었다.

"시라이시 선생님!"

아카오가 돌아보는 순간, 그보다 빠르게 시라이시가 티셔츠를 벗어던지며 수영장으로 달려갔다. 시라이시는 발부터 풍덩 물속으로 뛰어 들어가더니 침착하게 기미히코에게 다가가 두 팔로 감싸 안았다.

"하아, 하아……."

숨은 쉬고 있지만 물을 너무 많이 마신 탓인지 기미히코는 시라이시의 팔에 축 늘어져 있었다.

"기미히코, 기미히코, 내 말 들려?"

아카오는 파이프 의자에서 정신없이 뛰어내려 얼른 기미히코 곁으로 갔다. 아카오가 얼굴을 들이대고 커다란 목소리로 이름을 부르자 기미히코는 눈을 감은 채 간신히 고개를 끄덕였다.

"얼른 옷을 입혀 보건실로 데려가요!"

5, 6코스에서 상급자 지도를 하고 있던 곤노 선생님이 흔들림 없이 지시를 내렸다. 아이들은 시라이시 선생님의 등에 업혀 나가는 기미히코를 불안한 표정으로 지켜보고 있었다.

급식도 끝나고 청소 시간이 되었다. 보건실 바깥에서는 아이들이 빗자루를 들고 칼싸움을 벌이며 장난치는 소리가 들려온다.

"이게 무슨 짓들이야! 조용히 해!"

선생님에게 꾸중을 듣고 후닥닥 흩어지는 발소리도 조용한 보건실에서는 아주 잘 들린다. 기미히코는 흰색 수건이불로 몸을 감싼 채 깊이 잠들어 있다. 평소에는 초등학생 같지 않은 똑똑한

발언으로 반 아이들 사이에서 똑소리라고 불리지만, 안경을 벗은 맨얼굴로 보니 아직도 어리기만 한 아이다.

"기미히코, 미안하구나……."

아카오는 잠들어 있는 기미히코에게 이 말만 벌써 다섯 번째 하고 있었다. 기미히코를 위해서라는 생각으로 수영장에 뛰어들어 기어이 5미터를 헤엄쳐 보였지만, 그것은 어쩌면 겨우 초등학교 5학년인 아이를 궁지로 몰아넣은 것일 수도 있었다. 아카오의 마음은 그런 생각들로 심하게 흔들리고 있었다.

꾸루룩.

배꼽시계가 우는 모양이다. 옆에 있던 시라이시가 걱정스러운 표정으로 아카오를 보았다.

"우선 뭐든 먹고 오지그래? 내가 자리를 지키고 있을 테니까."

"아니, 괜찮아. 배고프지 않아."

아카오의 성격으로 보아 더 얘기해 봤자 소용없다는 것을 잘 알고 있는 시라이시는 더 이상 말하지 않았다.

"실례합니다……."

보건실 문이 가만히 열렸다. 방 안의 상황을 살피던 머리가 흰 남자가 아들이 잠들어 있는 것을 확인하고는 안으로 들어왔다.

"기미히코의 아버지입니다. 이번에 여러 가지로 폐를 끼치는군요."

체크무늬 셔츠에 마 재킷을 입고 가느다란 은테 안경을 걸친 모습은 대학에서 경제학을 가르치는 사람답게 지적으로 보였다. 아버지 뒤로 어머니가 두 손을 앞으로 모은 채 가만가만 걸어 들어왔다.

"기미히코는 아직 자고 있습니다."

아카오는 먼저 담임으로서 이런 일이 벌어지게 된 것을 사과했다. 아울러 사고 당시 기미히코가 어떤 상태였는지를 자세히 설명했다. 손가락으로 턱수염을 만지작거리며 이야기를 듣던 아버지는 아카오의 말이 끝나자 손을 내리고 천천히 입을 열었다.

"그렇게까지 무리하게 도전할 필요가 있었을까요?"

뜻밖의 말에 아카오도 시라이시도 무척 당황했다. 이에 상관없이 기미히코의 아버지는 계속 말을 이었다.

"잘 아시겠지만, 우리 아이는 공부를 열심히 하는 편입니다. 아카오 선생님, 누구에게나 잘하는 것과 못하는 것이 있지 않겠습니까? 우리 아이는 이미 잘하는 것이 있습니다. 그런데도 못하는 것을 억지로 하게 하는 것이 어떤 의미가 있을까요?"

"아니, 저희는 절대로 억지로 시킨 게……."

시라이시가 나서서 반박하려 했지만, 아카오는 이를 막으면서 다시금 깊이 머리를 숙였다.

"정말 죄송합니다."

그때까지 남편의 뒤에서 미안한 표정으로 서 있던 기미히코의 어머니가 담임선생님이 고개 숙이는 것을 보고는 참지 못하고 말했다.

"아니에요, 선생님. 그렇게 사과하지 마세요. 우리 부부가 나이 들어 얻은 자식이라 너무 소중하게만 알아서… 남편도 결코 나쁜 뜻으로 말하는 건 아닙니다. 아무쪼록 너무 마음에 두지 말아 주세요."

"당신은 가만히 있어요!"

남편이 말리는데도 기미히코의 어머니는 말을 멈추지 않았다.

"선생님께는 정말 고맙습니다. 우리 아이가 5학년이 되고 나서 아주 명랑해졌어요. 집으로 돌아오면 학교에서 있었던 일들도 곧잘 이야기하고요. 오늘은 벚꽃 아래서 학급 회의를 열었다든가, 오늘은 반 아이들이 선생님 머리를 까까머리로 만들었다든가 하면서요. 운동회 때는 반드시 1등을 할 거라면서 매일 밤 혼자 시코 연습도 하고 그러더군요. 우리 아이가 공부 외에 그렇게까지 관심을 쏟는 모습을 지금까지 본 적이 없어요. 그래서 얼마나 기뻤는지 모른답니다."

아버지는 복잡한 마음 상태를 드러내며 아내의 이야기를 듣고만 있었다.

"아, 엄마, 아빠……."

침대에서 가느다란 목소리가 들려왔다.

"기미히코, 눈을 떴구나!"

얼른 침대 곁으로 와서 얼굴을 쓰다듬어 주는 아버지와 어머니를 보고 안심이 되는지 기미히코가 엷은 미소를 지었다. 조금 전까지만 해도 핏기가 없던 아이의 얼굴에 조금씩 발그레한 기운이 감돌기 시작했다.

"아무튼 선생님께 신세를 지게 되어 죄송합니다."

기력을 회복하는 기미히코를 보면서 아버지가 말했다. 그러고는 이불 속으로 손을 뻗어 아들의 손을 꼭 쥐었다.

"선생님… 선생님……."

기미히코가 작은 목소리로 부모님 뒤에 서 있는 아카오를 찾았다. 아카오는 휠체어를 어머니 곁으로 끌고 가 짐짓 미소를 띠며 기미히코의 이마를 들여다보았다.

"선생님, 저 때문에 많이 놀라셨죠? 죄송해요."

"무슨 말을 하는 거야? 너, 오늘 열심히 했잖아. 기미히코, 오늘 아주 좋았어!"

천장을 바라보며 살며시 미소 짓던 기미히코는 잠깐 뭔가를 생각하는 눈치더니 곧 입을 열었다.

"아빠, 부탁이 하나 있어요."

"그래, 뭔데?"

"저, 좀 더 연습을 하고 싶어요. 하지만 다음번 수업은 2학기가 돼야 해요. 그러니까 여름 캠프에 참가하고 싶어요. 그렇게 해도 되죠?"

뜻밖의 부탁에 아버지는 어찌할 바를 몰랐다.

"하지만 여름 학원은 어떻게 하고?"

"여름 학원은 시간을 바꿀 수 있어요. 그러면 낮에는 수영장에 갈 수 있죠. 수영장에 가더라도 공부는 빼먹지 않고 할게요. 약속할 테니, 아빠, 허락해 주세요."

아버지는 손가락으로 다시 턱수염을 만지작거리며 잠깐 생각하더니 이윽고 짧게 대답했다.

"안 돼!"

"예?"

그 자리에 있던 사람들은 아버지의 냉정한 대답에 모두 자기 귀를 의심했다. 그런데 아버지의 말에는 다른 뜻이 담겨 있었다.

"학교 수영장에 갈 필요는 없어. 여름방학 때는 아빠도 시간이 있으니까 함께 시민 수영장에 가도록 하자. 아빠의 수영 실력도 만만치 않거든!"

기미히코는 더 이상 쭈뼛거리며 미소를 짓지 않았다. 어머니는 핸드백에서 레이스가 달린 손수건을 꺼내 눈시울을 닦았다. 아버지는 활짝 웃으며 말했다.

"기미히코, 2학기가 되면 멋진 수영 솜씨를 뽐내서 아이들을 깜짝 놀라게 해 주렴!"

"옛!"

창밖에는 올 여름 처음으로 매미 울음소리가 들리고 있었다.

6장
정상에 오르기까지

"여름방학 때 선생님은 어디 다녀오셨어요? 그런데 선생님 머리카락이 꽤 자랐는데요?"

새까맣게 탄 요스케가 씩씩하게 물었다. 한 달이 넘게 쓸쓸하던 교실에 아이들의 해맑은 웃음소리가 돌아왔다.

"선생님은 일이 바빠서 아무 데도 못 갔어."

"그럴 리가요. 학교가 쉬는데 뭐가 바쁘다는 거예요!"

하기는 그렇게 생각할 법하다. 오히려 그렇게 말하고 싶은 사람은 아카오 쪽이었다. 어렸을 때는 '선생님들은 여름방학 때 참 좋겠다.'는 생각을 하곤 했는데, 어른의 눈으로 보니 참 터무니없는 생각이었다. 교무실에서 정기적으로 전화 당번을 해야 하고,

각 교실에서 기르는 생물에게 먹이를 주고 식물에 물을 주는 일직도 서야 한다. 또 여름방학 동안 수영장에 다니는 아이들을 지도하는 수영장 당번도 해야 한다. 결국 여름방학에도 학교로 출근하는 날이 예상보다 훨씬 많았다.

그런데 아카오가 가장 시간을 많이 빼앗긴 것은 뭐니 뭐니 해도 1년차 교사를 대상으로 한 초임 교사 연수였다. 시내 초·중학교의 초임 교사들은 매일 시 교육센터에 모여 아침부터 저녁까지 연수를 받아야 했다. 아카오는 8월에 하루나와 여름휴가 날짜를 맞춰 여행을 갈 계획이었지만, 아쉽게도 초임 교사 연수 프로그램의 하나인 2박 3일의 하계 합숙 대회 기간과 겹치고 말았다. 그 바람에 오키나와에서 여름휴가를 즐기겠다던 계획이 도쿄 근교에서 개최된 합숙 훈련으로 바뀌고 말았다.

비슷한 처지의 초임 교사들이 모여 함께 지내는 것도 나쁘지는 않다. 하지만 교사들이 학교라는 폐쇄된 사회에서 생활한다는 점을 감안할 때, 여름방학만은 외부 세계의 공기를 접하며 여러 분야의 사람들과 만나 경험의 폭을 넓히는 것이 결과적으로 더 아이들을 위하는 길이 아닐까?

민간 기업에서 5년 동안 일한 경험이 있는 아카오는 그렇게 이런저런 생각을 하며 꽉 닫힌 세계에서 여름방학을 보냈다.

"너희는 여름방학을 어떻게 보냈니?"

담임선생님의 질문에 교실 여기저기서 즐거운 이야기가 쏟아져 나왔다.

　"일본 도호쿠 지역의 후쿠시마에 계신 할아버지께 갔다 왔어요. 강에 가서 낚시를 실컷 하고 왔죠."

　"저는 불꽃놀이 대회에 다녀왔어요. 바다에서 슝슝 불꽃이 솟아올랐는데, 정말 멋있었어요."

　"아빠가 잠만 자고 아무 데도 데려가지 않았어요. 아, 딱 하루 도쿄돔으로 야구를 보러 갔어요. 요미우리 자이언츠 팀의 사카모토 하야토 선수가 장외 홈런을 날리더라고요."

　"저희는 방학만 되면 하와이로 가요. 올해는 처음으로 골프를 쳤어요."

　여름방학을 어떻게 지냈는지 들으면 그 가정의 분위기가 어떤지 짐작이 갔다. 늘 창백한 얼굴의 기미히코도 아버지와 수영장에서 특별훈련을 계속한 덕분인지 피부가 그을려 있었다.

　"자, 여름방학 이야기는 여기까지 하자. 오늘부터는 2학기 시작이다!"

　아카오는 목소리를 가다듬어 아이들의 스위치를 학교 모드로 바꿔놓았다.

　"너희도 잘 알고 있듯이 2학기는 가장 긴 학기다. 그리고 여러 행사가 예정되어 있지. 맨 먼저……."

"소풍!"

역시 나서기 좋아하는 신고가 지레짐작으로 외쳤다.

"그래. 이달 말에는 도쿄 근교의 다카오산으로 소풍을 가기로 되어 있어. 모두 힘을 합쳐 행사 하나하나를 성공시켜 나가자."

"우와아!"

담임선생님의 제안에 아이들은 함성을 지르며 기뻐했다. 아카오는 그 광경을 복잡한 마음으로 바라보고 있었다.

'흐음, 소풍이라…….'

창밖으로 펼쳐진 늦여름의 푸른 하늘은 휠체어를 탄 신임 교사의 마음속과는 달리 맑게 개어 있었다.

"그럼 어떻게 할까요?"

교무실 맞은편의 교육 상담실에는 5학년 담임교사들이 모여 있었다. 9월 말 소풍에 대해 논의하는 자리였다. 아이들에게 나눠줄 안내서 작성하기, 교육위원회에 제출할 서류 작성하기, 미리 기차역에 가서 단체 승차권 예약·구입하기 등 각 업무를 분담하는 일은 금방 결정되었다. 그런데 당일의 등산 코스에 대해서는 좀처럼 결론이 나지 않았다.

도쿄 도심부에서 전차로 한 시간 거리, 접근성이 좋아 해마다 많은 등산객이 찾는 다카오산에는 모두 일곱 개의 등산 코스가 있다. 어떤 코스를 택하느냐에 따라 마주치는 풍경도 다르고 힘든 정도도 달라지기 때문에 등산객들은 각자의 목적에 따라 코스를 선택한다.

"아오야기 선생님, 역시 1코스는 뭔가 좀 부족하다는 거죠?"

곤노 선생님이 주장하는 1코스란 산 중턱의 아름다운 절 야쿠오인을 참배하기 위한 '오모테산도 코스'라고도 불리는 등산로다. 케이블카를 타고 다카오산 역까지 올라가면, 그다음부터는 비교적 완만한 경사가 이어진다. 또 등산길이 대부분 잘 다듬어진 돌로 깔끔하게 포장되어 있는 것도 이 코스뿐이다.

"그게 3, 4학년 정도면 그런대로 괜찮겠지만, 5학년 소풍길로는 아무래도 부족하지 않을까요? 그리고 해마다 5학년들은 6코스로 다녀왔는데 올해만 1코스로 하는 게 아무래도 걸리네요."

도중에 비와 폭포라는 곳을 지나기 때문에 '비와 폭포 코스'라고도 불리는 6코스는 경사가 그리 급하지는 않다. 하지만 산꼭대기 근처까지 계속 소택지를 거쳐 산에 올라야 하기 때문에 산길이 좋지 않고, 소택지 가운데는 징검다리를 건너가야 하는 곳도 있다. 아이들에게는 더할 나위 없이 좋은 코스지만, 100킬로그램이나 되는 전동 휠체어를 타는 아카오에게는 불가능한 코스라 할 수 있다.

곤노 선생님이 입을 열었다.

"물론 예년에는 5학년이 6코스로 등산했다는 걸 잘 알고 있습니다. 하지만 지금까지 그래 왔다고 꼭 그럴 필요는 없지 않습니까?"

"예, 곤노 선생님이 무슨 뜻으로 그렇게 말씀하시는지 잘 압니다. 물론 지난해와 같아야 한다는 점에 매달릴 필요는 없습니다. 하지만 뭔가를 바꿀 때는 그에 합당한 이유가 필요합니다. 평소에는 늘 6코스였는데, 올해만 등반이 쉬운 1코스로 바꿔야 하는 이유가 있어야 하지 않나요?"

1코스를 주장하며 반대 의견을 내놓은 2반 담임선생님에게 학년 부장은 논리적으로 반박했다. 하지만 곤노 선생님은 포기하지 않았다.

"이유는 있습니다. 그것은······."

곤노 선생님은 거기까지 말하고 반대쪽에 비껴 앉아 있는 아카오를 살짝 쳐다보았다.

"아카오 선생님입니다. 예년처럼 6코스로 가게 되면, 아카오 선생님은 등산을 할 수 없습니다. 경사가 완만하고 포장길이 많은 1코스라면 아카오 선생님의 휠체어로도 올라갈 수 있을 거라고 봅니다."

아오야기 선생님은 지지 않고 대답했다.

"그 점은 저도 생각해 보았습니다. 6코스로는 아마 아카오 선생님이 함께 가기 어려울 것이라고요. 하지만 곤노 선생님, 소풍이 도대체 누구를 위한 행사입니까? 아이들이 중심이 되어야죠. 교사는 어디까지나 그 아이들을 지원하는 역할이라고 생각합니다. 그런 역할을 해야 할 교사의 상황 때문에 아이들의 소풍 코스가 바뀐다면 앞뒤가 바뀐 거라고 생각지 않습니까?"

아카오는 아오야기 선생님의 말이 맞을지도 모른다고 생각했다.

아이들과 함께 소풍을 가고 싶다는 생각이 아카오의 가슴속에서 요동치고 있다. 하지만 아오야기 선생님의 말대로 무엇보다 먼저 따져 보아야 할 것은 자신의 생각이 아니라 아이들의 생각이다. 그렇게 생각하면 아카오는 소풍을 가지 말아야 하는 걸까.

"어쨌든 이 문제는 우리끼리 결론을 낼 수 없을 것 같습니다. 다음 주에라도 교장선생님과 함께 다시 논의합시다."

학년 부장의 말이 끝난 뒤에도 곤노 선생님은 파이프 의자에 팔짱을 끼고 앉아 곰곰이 생각에 잠겼다.

"선생님, 오늘 학급 회의는 뭘로 하죠?"

3교시 시작종이 울리고 모두 자리에 앉자 요스케가 언제나 그랬듯이 질문을 던졌다. 아카오가 대답하기도 전에 눈치 빠른 신고가 입을 여는 것도 평소와 다름없었다.

"틀림없이 소풍 때 버스 좌석 결정을 할 거야."

"바보! 이번 소풍은 전철로 가니까, 그런 결정을 할 리 없잖아."

"아, 그렇구나……."

요스케에게 핀잔을 듣고 신고가 머리를 긁적거리자 아이들 사이에 웃음이 번졌다. 두 사람이 주고받는 말을 들으며 3반 아이들의 머릿속은 온통 소풍 생각으로 가득 찼다.

"이제 2주밖에 안 남았네."

"날씨가 좋아야 할 텐데."

"그런데 소풍 안내장이 아직 없는 거야? 선생님, 안내장은요?"

아야노의 날카로운 지적에 아카오가 곤란한 표정을 지었다. 안내장을 작성하는 일은 컴퓨터를 잘 다루는 아카오가 담당하는데, 몇 코스로 등산할지 결정되지 않아서 아직 인쇄할 수가 없었던 것이다.

"글쎄, 아직 결정되지 않은 부분이 있어서 아무래도 좀 더 기다려야 할 것 같다."

그렇게 말하는 담임선생님의 어색한 미소에 맨 먼저 이상한 느낌을 알아차린 아이는 요스케였다.

"선생님, 소풍은 어떻게 되는 거예요?"

"어떻게 되다니? 뭐가?"

아카오는 일부러 무슨 말인지 모르는 척하지만 이미 늦었다.

"이번 소풍은 등산 아닌가요? 선생님, 혹시 무리……."

요스케의 말에 마침내 담임선생님이 휠체어를 탄다는 사실을 떠올린 아이들이 불안한 표정으로 아카오의 얼굴을 살폈다.

"아, 너희들 아직도 몰랐니? 이 휠체어에 숨겨 놓은 스위치가 있는데 그걸 누르면 날개가 나와 하늘을 날 수 있어!"

아카오가 농담을 던졌지만, 아무도 웃지 않았다. 아카오는 쑥스러운 미소를 띤 채 짧은 순간이지만 얼른 생각해 보았다. 결론이 나지 않은 이상 아무것도 말하면 안 되는 걸까, 아니면…….

"아직 모르겠어."

아카오는 곁눈질로 시라이시의 표정을 확인했다. 시라이시가 그렇게 하지 말라는 눈짓을 했지만, 아이들 앞에서는 정직하고 싶다는 마음이 더 앞섰다.

"너희가 염려하는 것처럼 내가 휠체어를 타고 다카오산을 오를 수 있을지는 나도 잘 모르겠어. 하지만 그게 가능하다 해도 담임으로서 너희를 잘 지켜 줄 수 있을지 자신이 없다. 그렇다면 내가 가지 않는 게 낫지 않을까 싶어."

아이들은 말없이 듣고만 있었다.

"물론 나도 너희와 함께 등산을 하고 싶단다. 하지만 내 일은 무엇보다 너희가 위험한 일을 당하지 않게 돌보는 거야. 그걸 제대로 해낼 수 없다면 나대신 다른 선생님과 소풍을 가는 게 어떨까 싶구나."

"그건 말도 안 돼요!"

요스케가 쥐어짜는 듯한 목소리로 중얼거렸다.

"선생님, 우리한테는 늘 달아나지 말라고 하셨잖아요? 운동회 때 우리한테 그렇게 가르치신 분이 선생님이세요."

평소에 말이 별로 없는 고헤이가 불쑥 내뱉었다. 기미히코는 입술을 꽉 깨문 채 바닥만 바라보고 있었다.

"자세한 내용이 결정되면 곧바로 알려 주마."

아카오의 목소리가 가을 햇살이 가득한 교실 안에 쓸쓸히 울려 퍼졌다.

"교장선생님, 안녕하세요."

5학년 3반 학급 임원인 요스케와 교코가 구로키 교장실 유리문을 두드리고 깊이 고개를 숙여 인사했다. 교장실 안에 들어온 사람은 둘이었지만, 고헤이와 신고를 비롯한 몇몇 아이들이 복도에서 유리문을 통해 안을 들여다보고 있었다.

"5학년 3반 요스케와 교코로구나. 그런데 무슨 일로 찾아왔지?"

짙은 회색 정장을 입은 교장선생님은 노트북을 덮고 천천히 일어섰다. 요스케가 오른손에 종이 몇 장을 움켜쥐고 교장선생님 앞으로 나섰다. 평소에는 톡톡 튀는 농담으로 교실을 왁자하게 만드는 '분위기 메이커'였지만, 이때만은 얼굴이 굳어 있었다.

"이거, 저희가 작성했습니다. 한번 읽어봐 주시겠어요?"

요스케가 두 손 모아 공손히 내민 종이에는 아이들 글씨로 '5학년 3반 서명'이라고 커다랗게 쓰여 있었다. 그 아래에 스물여덟 명의 이름과 메시지가 담겨 있었다.

"서명? 무슨 서명?"

교장선생님이 받아 든 종이에 눈길을 돌리며 묻자, 이번에는 옆에 있던 교코가 입을 열었다.

"소풍에 대한 것입니다. 다카오산으로 등산을 가는 것으로 알고 있습니다. 하지만 저희 반 담임선생님은 휠체어를 타야 하기 때문에 등산을 할 수 없습니다. 저희들은 어떻게든 담임선생님과 함께 소풍을 가고 싶습니다. 저희 반 모두의 마음을 담아 써 온 것입니다."

교장선생님이 첫 장을 넘기자 둘째 장에는 '5학년 소풍 계획서 1'이라고 쓰인 종이가 나왔다. 장소는 다카오산이 아니라 다치카와에 있는 쇼와 기념 공원이었다. 또한 그룹별로 나뉘어 목적지에 빨리 도착하는 기록을 겨루는 오리엔티어링(orieteering) 계획이 세워져 있었다.

"이걸 너희들이?"

"예, 모두 저희가 의논해서 결정했습니다."

요스케가 조금 상기된 얼굴로 가슴을 폈다. 아이들이 세운 계획인 만큼 아무래도 엉성했지만, 그 점을 염두에 둔다 해도 꽤 잘 만든 계획서였다. 또한 셋째 장에는 '소풍 계획서 2'가 적혀 있었는데, 버스를 타고 가마쿠라까지 가서 대불 등 유명한 문화 유적을 둘러보는 코스가 짜여 있었다.

"교장선생님, 저희가 담임선생님과 함께 소풍을 갈 수 있게 도와주세요. 부탁드립니다!"

"부탁드려요!"

교코가 머리를 숙여 인사하는 것을 보고 요스케도 얼른 머리를 숙였다. 복도에 있던 아이들도 유리문 너머에서 두 아이를 따라 머리를 숙였다. 교장선생님이 다시 한 장을 넘기니 아이들이 쓴 글귀가 한눈에 들어왔다.

· 반드시, 반드시 아카오 선생님과 소풍을 함께 갑니다!

 — 사와무라 요스케

· 아카오 선생님과 즐거운 추억을 만들고 싶어요.

 — 안도 교코

· 지혜를 모으면 선생님과 함께 갈 수 있는 방법이 있을 거라고 믿습니다.

 — 구도 기미히코

·선생님과 함께 신나게 도시락을 먹고 싶어요.

– 야마베 코지

·아카오 선생님이 없으면 5학년 3반이 아닙니다.

– 나카니시 아야노

저마다 짜낸 스물여덟 개의 글귀가 담겨 있었다.

"너희 마음은 잘 알겠다."

교장선생님의 대답에 요스케와 교코는 기대 반 걱정 반 상태로 고개를 들었다.

"다카오산으로 소풍 가는 것은 이미 결정이 났지만, 어떻게 하면 너희의 희망을 살려 줄 수 있을지 좀 더 생각해 보마. 시간을 좀 주겠니?"

"예! 잘 부탁드리겠습니다!"

이번에는 요스케가 먼저 머리를 숙였다. 거기에 맞춰 교코가, 유리문 너머에서 아이들이 다 같이 깊이 머리를 숙였다.

오후 6시 반. 교장실 창문에서 바라다보이는 운동장은 서서히 어둠에 잠기고 있다. 몇 시간 전만 해도 아이들의 뜀박질 소리가 뒤엉켜 있었지만 지금은 고요하다. 짙은 갈색이 무겁게 느껴지는 교장실 벽면에는 학교를 지키기라도 하듯 역대 교장선생님들의 사진이 쭉 걸려 있었다. 고급스러운 갈색 가죽 소파에는 5학년을 맡고 있는 아오야기 학년 부장, 곤노 선생님, 시라이시가 나란히 앉아 있고, 그 옆에는 아카오가 휠체어에 앉아 있다. 교장선생님이 맞은편에 앉자, 작은 글씨가 빼곡 적힌 종이를 손에 든 교감선생님도 자리에 앉았다. 교감선생님은 선생님들을 한번 둘러보고는 입을 열었다.

"아이들이 이런 걸 만들어 가지고 왔더군요."

아오야기 선생님은 유리 탁자에 놓인 스물여덟 명의 서명과 '소풍 계획서'로 손을 뻗었다. 미리 이야기를 들어 알고는 있었지만, 막상 눈으로 보니 아이들의 생각이 더 생생하게 전달되는 모양이었다. 하지만 교감선생님의 말투만으로는 그것을 아이들이 자발적으로 했다고 보는지, 아니면 다른 사연이 있다고 보는지는 알 수 없었다.

"이걸 쓸 때 아이들이 어떤 기분이었을까요? 그냥 입으로 떠드는 게 아니라 난생처음 정리해서 어른들에게 의견을 내는 거잖습니까? 그것도 교장선생님께요. 물론 긴장했겠지만 가슴도 뛰었겠죠?"

아오야기 선생님에게 세 장의 종이를 받아 든 곤노 선생님은 서로 이야기를 나누며 서명하고 계획서를 준비하는 아이들의 모습이 떠올라 아주 유쾌한 표정으로 그것을 들여다보았다.

"먼저……."

메모 준비를 하면서 교감선생님이 대화를 시작했다.

"이미 교육위원회에 서류도 제출했고, 이제 와서 장소를 변경할 수는 없습니다. 그래서 예정대로 6코스로 할 것인지, 아니면 아카오 선생님의 휠체어로도 갈 수 있는 1코스로 할 것인지를 결정해야 합니다. 먼저 학년 부장인 아오야기 선생님의 의견을 들어 볼까요?"

교감선생님의 말에 학년 부장이 입을 열었다.

"지난주 학년 회의 때도 말씀드렸지만, 소풍의 중심은 역시 아이들입니다. 그렇기 때문에 교사의 형편 때문에 코스를 바꾸는 것에는 동의하지 않습니다. 그래서 반대합니다."

교감선생님이 고개를 끄덕이고는 자신의 의견을 덧붙였다.

"그렇군요. 지난해까지 5학년은 쭉 6코스로 문제가 없었는데, 올해 들어 특별히 변경할 필요는 없다는 거지요. 흔히 '전례주의'라고 지적하며 전례가 없으니 안 된다는 태도를 비판하지만, 뜻하지 않은 실패를 피하기 위해서라도 전례는 중요하게 따져봐야 합니다."

곤노 선생님이 어이없다는 듯 아카오와 시라이시 쪽을 바라보았다. 교감선생님도 그것을 느꼈는지, 이번에는 곤노 선생님에게 의견을 말하게 했다.

"소풍의 중심은 아이들이라는 학년 부장 선생님의 생각에는 대찬성입니다. 그렇기 때문에 그 중심인 아이들의 소망을 들어줘야 한다고 생각합니다. 아이들은 아카오 선생님과 함께 가고 싶어 합니다. 여기 서명에도 잘 드러나 있죠? 아, 여기 나카니시 아야노가 쓴 글 말입니다. '아카오 선생님이 없으면 5학년 3반이 아니다.'라고 했군요. 아카오 선생님은 5학년 3반의 담임입니다. 그것은 곧 아카오 선생님이 없는 소풍은 5학년 3반의 소풍이라 할 수 없다는 뜻이 아니겠습니까?"

"그건 말이 안 됩니다. 소풍 당일에 우리 가운데 누구라도 몸 상태가 나쁠 수 있습니다. 그렇다고 해서 소풍을 취소하나요? 다른 사람에게 대신해 달라고 해서 소풍을 다녀오게 하지 않습니까?"

아오야기 선생님의 말은 하나하나 논리적이었다.

"그건 그렇습니다만……."

"시라이시 선생님은 어떻게 생각하십니까?"

이번에는 교감선생님이 아니라 교장선생님이 곤노 선생님 옆에 앉아 있는 둥근 얼굴의 보조 교사에게 물었다.

"저 말입니까? 저는 이런저런 의견을 말할 수 있는 입장이 아니라 조심스럽군요. 다만 만약 아카오 선생님이 함께 가는 것으로 결정이 나면 온 힘을 다해 도와야겠다는 생각뿐입니다."

이제 의견을 말하지 않은 사람은 논의의 중심이 된 아카오뿐이었다. 그때까지 어금니를 꽉 깨물고 다른 사람의 의견을 듣고만 있던 아카오는 의견을 말해 보라는 교장선생님의 말을 듣고, 머릿속을 맴도는 생각을 정리해 가며 말하기 시작했다.

"물론 아이들과 함께 가고 싶습니다. 아이들이 이런 걸 준비해서 제출하리라고는 생각도 못했고, 되도록 아이들이 바라는 대로 해 주고 싶습니다. 하지만 이번 소풍이 등산이라는 걸 생각할 때, 아무래도 제가 함께 가면 걸림돌이 될 것 같군요. 그래서 가지 않는 게 낫지 않을까 생각하고 있습니다."

그것이 고민 끝에 내린 결정이라는 것은 누구나 알 수 있었다. 그래서 아무도 선뜻 입을 열지 못했다.

"교장선생님, 어떻게 해야 할까요?"

잠시 침묵이 이어지자, 교감선생님이 침묵을 깨며 최고 책임자의 결정을 요청했다. 교장선생님이 천천히 입을 열었다.

"아카오 선생님."

"예."

"혹시 장애 있는 사람이 선생님 자신이 아니라 선생님 반 아이라면 어떻게 하시겠습니까? 휠체어를 탄 아이는 번거로우니 데려가지 말자, 그렇게 하겠습니까?"

"아니요, 그렇게 하지 않을 겁니다."

교장선생님은 고개를 끄덕거렸다.

"아오야기 선생님은요?"

"어떻게든 함께 갈 방법을 찾기 위해 노력하겠습니다."

"곤노 선생님은요?"

"저는 제가 업고서라도 데려갈 겁니다."

육체파인 2반 담임선생님은 탄탄한 가슴을 탕탕 쳐 보였다. 교장선생님은 세 사람의 대답을 듣고 만족스러운 미소를 띠었다. 그리고 마침내 결단을 내렸다.

"올해 5학년 소풍은 1코스로 갑시다. 아무리 1코스라고 해도 도중에 휠체어로는 가기 어려운 곳이 있을지 모릅니다. 그때는 시라이시 선생님뿐만 아니라 아오야기 선생님, 곤노 선생님도 도움이 되어 주시기를 바랍니다."

교장선생님의 말에 세 사람 모두 고개를 끄덕였다.

"그렇게 서로 돕는 모습을 아이들에게 보여 주는 것만으로도 교육 효과가 매우 높을 것입니다. 아무쪼록 선생님들께 잘 부탁드립니다."

다른 선생님들도 교장선생님의 말에 고개를 끄덕였지만, 특히 아카오는 더 깊게 머리를 숙이며 감사의 뜻을 나타냈다.

청명한 가을날.

게이오 전철 게이오선의 다카오산 입구 역에 내리니 푸른 하늘이 짙은 녹음과 아주 잘 어우러져 있었다.

"선생님, 어제까지 비가 그렇게 많이 내리더니 오늘은 정말 날씨가 좋네요! 역시 테루테루보즈 덕분이겠죠?"

흥분한 신고가 아카오의 휠체어를 앞질러 나가며 말했다.

"어이, 신고! 멋대로 가다가는 다카오산의 괴물 덴구한테 잡혀간다!"

아카오의 말에 신고는 그 자리에 딱 멈추더니 주위를 살피는 자세를 취한다. 아이들 사이에서 커다란 웃음소리가 터져 나온다.

일주일 전 아카오는 3반 아이들에게 기쁜 소식을 알려 주었다.

"너희들의 서명 덕분에 나도 이번 소풍에 함께 갈 수 있게 되었다!"

그러자 온 교실이 난리가 났다. 아이들은 박수를 치기도 하고, 승리의 브이자를 만들어 보이기도 했다. 두 손을 가슴에 모으고 가만히 눈을 감는 아이도 있었다. 자신들의 생각을 용기 있게 행동으로 옮겨 보람 있는 결과를 가져오게 되자 아이들은 거기서 오는 기쁨을 저마다의 방법으로 표현하고 있었다.

아카오는 아이들에게 다짐하는 것을 잊지 않았다.

"일요일에 시라이시 선생님하고 사전 답사를 다녀왔어. 이번에 가게 될 1코스도 길 중간부터는 울퉁불퉁하고 경사가 급한 오르막길도 있어. 내가 타는 휠체어가 힘이 좋긴 하지만, 아마 휠체어를 타고 오르기는 만만치 않을 거야. 만약 소풍 전날 비라도 내려 땅이 미끄럽거나 질퍽거리면 타이어가 제대로 움직이지 못할 수도 있어. 그러니까 너희들 모두 서로 힘을 합해 잘해야 해. 이번에는 시라이시 선생님도 내 휠체어를 보살피느라 너희를 돌볼 여유가 없을 거야. 그러니까 1코스라고 절대 깔보지 말고 평소보다 차분하게 잘 움직여 주기 바란다."

그날 이후 아이들은 장애를 지닌 담임선생님이 조금이라도 편하게 등산할 수 있도록 날씨가 좋게 해 달라고 기도했다. 아이들은 저마다 화장지를 둥글게 말아 테루테루보즈를 만들기 시작했다. 소풍 바로 전날에는 그 숫자가 무려 100개 가까이 되었다. 그래서 교실 창뿐만 아니라 칠판 한 귀퉁이, 벽면의 게시 공간 등 모든 장소에 테루테루보즈를 달아 독특한 풍경을 만들었다. 그런 정성이 통했는지, 소풍날에는 아이들의 머리 위로 청아한 가을 하늘이 펼쳐졌다. 그런데 바로 전날 큰비가 내린 터라 이제 오르게 될 산길의 상태가 결코 좋다고만은 할 수 없었다.

다카오산 입구 역을 나와 조금 걸어가니 케이블카를 타는 기요타키 역이 보였다. 이 케이블카를 이용하면 잠깐 사이에 일본 제일의 급경사를 자랑하는 산 중턱까지 오를 수 있다. 수학 과목에 자주 나오는 그래프처럼 급격한 경사면을 올라가는 케이블카 안에서 아이들은 '꺅!' 비명을 질러가며 긴장감 넘치는 풍경을 즐겼다.

"선생님, 이제 등산로네요!"

케이블카의 종점인 다카오산 역에서 내리자 요스케가 아카오
에게 다가왔다. 요스케는 아카오의 휠체어 옆에서 허리를 숙이더
니 신발끈을 다시 동여맸다. 신발끈을 조이며 마음도 조이는 것
같았다. 요스케는 짧은 기합과 함께 다시 허리를 폈다.

"선생님들 걱정 끼치지 않게 저희가 솔선수범해야죠!"

그렇게 말하더니 휠체어의 등받이 부분을 탁탁 두드리고는 잰
걸음으로 치고 나갔다.

"얘들아, 3반 모여라! 여기에 남자와 여자, 각각 한 줄씩!"

요스케는 양쪽 손을 모두 브이자로 높이 흔들며 반 친구들을 정
렬시켰다. 언제 봐도 믿음직스러운 아이다.

"아카오, 생각한 대로 바닥이 지난번에 왔을 때보다 미끄러워.
사전 답사 때보다 위험하다는 거지. 하지만 야쿠오인 지점까지는
포장되어 있으니까 그리 큰 문제가 없을 거야. 문제는 마지막 급
경사 지점이야. 그곳은 정말 미끄러지기 쉬울 텐데 걱정이다. 그
래도 어쨌든 한번 해 보자고!"

시라이시가 내민 손바닥에 아카오는 짧은 팔을 들이밀어 하이
파이브를 했다.

다듬은 돌이 깔린 완만한 오르막길 양옆으로 짙은 녹색 벽이 끝없이 이어져 있었다. 선두는 아오야기 학년 부장이 담임을 맡은 1반이었고, 3반이 중간, 곤노 선생님의 2반이 뒤를 맡았다. 1, 2, 3반 순서대로 하지 않은 것은 아카오의 3반에서 혹시 무슨 사고가 생기면 곧바로 뒤에서 따라오는 곤노 선생님이 도와줄 수 있게 하기 위해서였다. 그것은 아오야기 선생님이 생각해 낸 방법이었다.

3반 앞에 선 아카오와 시라이시는 자연히 1반 아이들의 뒤를 따르게 되었다. 1반 맨 뒤에는 운동회에서 고헤이와 치열한 승부를 펼친 노다 유야, 코지만큼이나 훌륭한 덩치를 자랑하는 이마이 미치히로가 있었다. 누가 먼저랄 것도 없이 네 사람은 어느새 대화를 나누며 녹음을 헤쳐 나갔다.

"역시 1반은 대단해. 등산을 하면서도 열이 무너지지 않고 모두 질서 정연하니 말이야."

마치 군인처럼 훌륭하게 대열을 짜서 걷는 1반 아이들의 모습에 감탄하며, 아카오는 뭔가 아쉽다는 표정으로 3반 아이들을 돌아보았다. 이미 열 따위와는 거리가 먼 상태로, 군데군데 무리를 이루어 걷는 모습이 눈에 들어왔다.

"얘들아, 너무 많이 벌어졌잖아. 제대로 정렬해서 2열로 걸으라니까!"

담임선생님이 소리치는 것을 듣고 3반 아이들은 서둘러 열을 다시 짰다. 그 모습을 보고 유야가 중얼거렸다.

"그래도 괜찮아. 3반은 언제나 즐거워 보여."

"응, 그건 그래. 나도 그렇게 생각해."

큰 몸집을 흔들며 걸어가던 미치히로도 그 말에 동의했다. 아카오가 두 아이의 대화에 끼어들었다.

"얘들아, 꼭 그런 것만도 아니야. 1반이야말로 정말 좋지 않니? 너희 담임선생님은 수업을 정말 잘하시잖아. 2반은 곤노 선생님이 늘 기타를 쳐 주시니 신나게 노래를 할 수 있고. 그런데 난 아무것도 할 줄 몰라."

"그럴지도 모르지만, 하여튼 3반은 재미있어 보여요. 반 아이들이 늘 하나로 뭉쳐 지내고, 뭔가 뜨거워요!"

유야의 말에 미치히로도 고개를 끄덕이며 말했다.

"맞아. 뭔가 딱 목표를 정하면 그것을 향해 달려가는 느낌이 아주 뜨거워. 운동회 때도 그랬고, 이번에도 모두 힘을 합쳐 담임선생님을 소풍에 모시고 가기로 했잖아요. 그래서 교장선생님께 서명한 것도 전하고요. 저희 반은 그런 게 없어요……."

"으응, 그렇구나……."

아카오는 괜히 쑥스러웠다. 아무리 생각해 봐도 자신은 특별한 게 없다. 아오야기 선생님이나 곤노 선생님처럼 교사로서 뛰어난

점도 없고 늘 도움을 받으며 지낼 뿐이다. 그런데도 유야와 미치히로는 3반을 부러워하고 있었다.

아카오는 다시 자기 반을 돌아보았다. 자신이 소리치고 나서 몇 분이 지나지 않았는데 열은 다시 흩어져 있다. 끼리끼리 몇 명씩 모여 수다를 떨거나 낯선 식물의 이파리를 집어 들고 이리 보고 저리 보며 자유롭게 걸어간다. 열을 유지하며 걸어가는 1반에게는 있는 규율이 3반에는 없다. 그렇기는 하지만 모두 생기발랄한 표정으로 소풍을 즐기고 있었다.

"아얏!"

아카오가 다시 앞쪽으로 눈길을 돌리는 순간, 뒤쪽에서 날카로운 비명이 들렸다. 놀라서 돌아보니 여자아이들 몇 명을 중심으로 작은 원이 만들어져 있었다.

"왜 그래? 무슨 일이야?"

아카오가 시라이시와 함께 소리가 난 장소로 가 보니, 교코와 단짝을 이루는 세 명 가운데 하나인 구리하라 사야카가 울먹이는 표정으로 땅바닥에 주저앉아 있었다.

"왜 그래, 사야카?"

사야카는 가만히 있고, 교코가 대신 나서서 말했다.

"사야카가 저기 물이 고인 곳을 피하려고 점프를 했는데요, 내려서다가 발을 삔 것 같아요."

"그래? 사야카, 일어설 수 있겠니?"

시라이시가 손을 뻗어 일으켜 세우려고 했지만, 사야카는 아픈 표정을 지으며 일어서지 못했다. 이윽고 뒤따르던 2반이 다가왔다.

"여기서 조금만 가면 야쿠오인이니까 우선 거기까지 업고 가지. 거기에 가서 대책을 생각해 보자고."

주위에 있던 아이들에게 상황을 들은 곤노 선생님이 망설임 없이 말했다. 그러자 시라이시가 사야카 앞에 등을 갖다 댔고, 사야카는 그 등에 업혔다.

"자, 나는 1반 담임선생님에게 보고하고 올게!"

요스케가 그렇게 말하고는 얼른 뛰어나갔다.

"어떠니? 걸을 수 있겠어?"

시라이시가 사야카를 야쿠오인의 산문 앞 돌계단에 앉힌 뒤 물었다. 책임자로서 맨 뒤에서 따라온 교장선생님이 걱정스러운 얼굴로 사야카를 들여다보았다. 사야카는 시라이시 선생님의 어깨를 짚고 천천히 일어나 통증을 참아가며 오른발을 내디뎌 보려 했다. 하지만 그 순간 엄청난 통증이 밀려오는지 얼굴이 일그러지고 비틀거리며 털썩 주저앉았다.

"사야카, 괜찮아?"

"무리하면 안 돼!"

교코 등 반 친구들의 위로에 사야카는 희미한 미소만을 지을 뿐이었다.

"아무래도 계속 걷기는 힘들겠는데……."

사야카의 모습을 보니 아무래도 등산을 계속하기는 어려워 보였다. 교장선생님은 담임선생님들에게 모두 모이라는 눈짓을 보냈다. 아오야기 선생님, 곤노 선생님, 그리고 아카오와 시라이시가 돌계단에서 조금 떨어진 곳에 모여 이마를 맞댔다.

"역시 업고 가는 방법밖에 없겠죠?"

곤노 선생님의 제안에 교장선생님과 학년 부장이 고개를 끄덕였다. 아카오는 시라이시가 어떻게 대답할지 궁금해 옆눈으로 시라이시의 표정을 살폈다.

"예, 저도 그렇게 생각합니다. 다만……."

시라이시의 말이 끝나기도 전에 곤노 선생님이 그 말을 끊고 들어왔다.

"괜찮을 겁니다. 시라이시 선생님이 여기서부터 정상까지 사야카를 업고 갔다가 하산까지 혼자 해내는 건 무리입니다. 저도 돕겠습니다. 교대로 합시다!"

그런데 곤노 선생님의 말에도 시라이시의 얼굴에 드리운 근심은 사라지지 않았다.

"아니, 그 말이 아닙니다."

"그게 아니라뇨?"

"아카오 선생님과 여기 야쿠오인까지 오는 데는 아무 문제가 없었어요. 그런데 여기서부터 길도 험해지고 경사도 급해집니다. 특히 어제 내린 비 때문에 바닥이 아주 미끄러워요. 아마 사전 답사 때보다 휠체어가 훨씬 미끄러지기 쉬울 겁니다. 길이 미끄러워도 저 혼자 어떻게든 해보다가, 만에 하나 무슨 문제가 생기면 곤노 선생님의 도움을 받으면 되겠다 생각했는데……."

"아, 저하고 시라이시 선생님이 함께 아카오 선생님의 휠체어를 밀어야 한다는 말이죠?"

"예. 꼭 두 사람이 필요한 건 아니지만, 그러는 게 안전하지 않을까 생각한 거죠."

휠체어를 탄 아카오를 제외하면 성인 남자는 곤노 선생님과 시라이시 둘뿐이다. 그 가운데 한 사람이 사야카를 업게 되면 곤란한 상황에 부딪힐지도 모른다. 시라이시가 걱정하는 만일의 사태에 대비하기에는 아무래도 손이 딸릴 것이기 때문이다.

"선생님, 저희가 있잖아요!"

선생님들의 침묵을 깬 것은 조금 떨어진 곳에서 그 논의를 듣고 있던 요스케였다. 옆에는 고헤이와 코지가 나란히 서 있었다.

"요스케, 듣고 있었던 거야?"

아카오는 바로 자기 뒤에 서 있던 세 아이의 존재를 전혀 알아채지 못하고 있었다. 아카오 옆에 선 요스케는 교장선생님을 똑바로 바라보며 말했다.

"저희들의 책임이라고 생각하니까요."

"너희들의 책임이라니?"

교장선생님이 그 말의 뜻을 확인하듯 천천히 되물었다.

"저희들이 담임선생님하고 꼭 같이 가고 싶다고 말씀을 드렸으니까요. 그래서 휠체어를 타고 저희와 등산을 하시게 된 거고, 그 때문에 지금 어렵게 되었잖아요. 갑자기 저희 반 친구가 다치기도 하고, 어젠 비가 내리기도 했고요. 저희들이 예상하지 못한 일이 생기긴 했지만, 선생님을 이렇게 모시고 온 건 저희들의 책임이라고 생각합니다."

교장선생님은 따뜻한 미소를 지으며 천천히 고개를 저었다.

"괜찮아. 너희들 때문이 아니란다. 선생님들이 그렇게 하기로 결정한 거지."

자상하게 배려의 말을 건넸지만, 요스케는 조금도 물러서지 않았다.

"저희 3반은 다른 반에 비해 자유롭다는 말을 듣습니다. 그것은 저희 담임선생님이 작은 것까지 일일이 간섭하지 않고 저희에게 자유를 주시기 때문입니다."

아카오는 휠체어 위에 앉아 학년 부장의 표정을 살폈다. 요스케가 계속 말했다.

"하지만 선생님은 언제나 이렇게 말씀하셨습니다. 자유에는 책임이 따르는 법이라고. 자유가 자신이 생각하는 대로 행동하는 것인 만큼 그 결과에 반드시 스스로 책임을 지라는 말씀이시죠. 저희들이 서명을 모아 교장선생님께 가져갔을 때 부탁을 들어주셔서 정말 기뻤습니다. 그런데 그 때문에 이런 일이 벌어졌으니 책임을 지고 싶습니다. 저희가 벌여 놓은 일이니 저희가 책임을 져야 합니다."

어느 틈엔가 아카오 뒤로 다가온 고헤이와 코지도 요스케의 말에 고개를 끄덕거렸다. 세 사람의 눈에는 굳은 의지가 담겨 있었다.

"너희들의 마음은 잘 알겠으니 선생님들과 잠깐 의논할 시간을 다오. 그동안 돌계단에서 잠깐 쉬고 있겠니?"

교장선생님의 말에 요스케는 가볍게 고개를 숙이고 발길을 돌렸다. 고헤이와 코지가 그 뒤를 따랐다. 세 아이의 뒷모습을 바라보는 아카오의 시선이 뿌옇게 흐려지고 있었다.

"기본적으로는 아이들의 의견을 존중해야 한다고 생각합니다."

교장선생님이 마음을 정한 듯 담임선생님들에게 말했다.

"하지만 그렇다고 해서 아이들이 위험해지는 일은 없게 해야 할 것입니다. 무게가 100킬로그램이나 나가는 전동 휠체어를 뒤에서 밀게 했다가 자칫 위험한 일이 생길 수도 있습니다. 아카오 선생님, 그 휠체어를 뒤가 아니라 앞이나 옆에서 당길 수도 있습니까?"

"아, 문턱 같은 데를 넘어갈 때 들고 옮길 수 있게 양쪽에 손잡이가 하나씩 달려 있습니다."

아카오의 대답에 교장선생님이 고개를 끄덕였다.

"그럼 이렇게 합시다. 먼저 곤노 선생님은 사야카를 업고 가 주세요. 시라이시 선생님은 아카오 선생님의 휠체어를 뒤에서 미는 역할을 맡으시고요. 그리고 힘 있는 아이들에게 옆에서 휠체어를 들어 올리게 하는 겁니다."

"좋습니다."

곤노 선생님이 기합을 넣으며 손뼉을 쳤다. 아카오는 동료 선생님들을 힘들게 하는 것이 부담이 되어 고개를 숙일 수밖에 없었다.

"어때, 우리, 스케와 가쿠 같지 않아?"

아카오의 전동 휠체어 왼쪽에 딱 붙어 걸으며 요스케가 오른쪽의 고헤이에게 우스갯소리를 했다. 바람둥이 스케와 학자풍의 가쿠는 수십 년에 걸쳐 인기를 누려 온 시대극 〈미토고몬〉에 나오는 두 사무라이다. 이들은 고몬사마를 모시고 다니며 온갖 사건과 사고를 해결해 낸다.

그 말을 받아 고헤이도 즐겁게 대꾸했다.

"와하하, 그렇게 보여? 그렇다면 아카오 선생님은 고몬사마, 시라이시 선생님은?"

"바보 하치베!"

바보 하치베 역시 〈미토고몬〉에 등장하는 인물로 의적 출신이다. 코믹한 역할을 맡아 드라마 전체를 잘 받쳐 주고 있다.

"뭐라고? 에이, 그건 아니잖아."

요스케와 고헤이의 말에 휠체어 뒤에서 불평이 날아온다. 야쿠오인을 출발한 뒤로 시라이시는 휠체어 뒤를 받치느라 얼굴이 빨개질 만큼 온 힘을 기울이고 있었다.

야쿠오인까지는 포장된 길이 완만했지만, 이제 맨흙이 드러나면서 울퉁불퉁하기 짝이 없었다. 커다란 돌이나 나뭇가지가 앞바퀴에 걸릴 때마다 요스케와 고헤이는 휠체어 양쪽에 있는 검은 철제 손잡이를 꽉 쥐고 힘을 보탰다. 또한 덩치 큰 코지는 요스케와 고헤이가 힘들 때 언제라도 교대할 수 있도록 바로 옆에서 걷고 있었다.

신고를 비롯한 다른 남자아이들은 조금이라도 힘을 보태겠다며 곤노 선생님과 시라이시의 배낭을 대신 들었다. 그리고 교코를 비롯한 여자아이들도 사야카의 짐을 교대로 들며 다 함께 힘을 보탰다. 3반 아이들은 누구라 할 것 없이 어떻게든 선생님과 사야카를 모두 정상까지 데리고 간다는 마음으로 하나가 되었다.

아카오 일행의 바로 뒤에는 곤노 선생님이 이마에 땀을 흘리며 큰 보폭으로 성큼성큼 산을 오르고 있었다. 가끔 멈춰 섰다가도 '영차!' 하며 사야카를 다시 업고 앞으로 나아갔다. 옅은 회색 폴로셔츠가 땀에 젖어 본래의 색깔을 잃어 가고 있었다.

"사야카, 괜찮니?"

곤노 선생님은 등에 업힌 사야카를 돌아보며 물었다.

"예. 죄송해요, 선생님. 담임선생님도 아니신데, 이렇게 힘드셔서 어떡해요?"

갑작스레 발목이 삐어 걸을 수 없게 된 사야카는 기가 죽은 목소리로 말했다. 그러나 곤노 선생님은 아주 밝은 목소리로 등에 업힌 사야카에게 말했다.

"무슨 말을 하는 거야? 어려움을 겪는 사람이 있으면 당연히 도와야지. 그게 당연한 거야. 그걸 선생님한테 새삼스럽게 가르쳐 준 사람이 너희 3반 애들이란다."

"예? 저희들이요?"

"그래. 급식 때 선생님의 우유병 뚜껑을 따 드린다든지, 문을 열고 닫는다든지… 3반은 평소에 담임선생님을 돕고 있으니까 친구들끼리도 자연스럽게 도와주더구나. 정말 정이 넘치는 반이야."

"아, 정말요?"

"그리고 이번에 너희가 제출한 서명 말이다. 담임선생님과 함께 소풍을 가게 해 달라고 부탁하는 모습을 보고 나도 감동했어. 그래서 그런 마음을 가진 너희들에게 나도 뭔가 힘이 되고 싶었지. 그러니까 오늘 너를 업고 가는 게 선생님은 하나도 힘들지 않고 오히려 기쁘단다!"

"선생님, 정말 고맙습니다."

사야카는 그렇게 말하며 두 팔을 고쳐 잡았다. 감사하는 마음이 가득 담긴 듯 두 팔에 힘이 들어갔다.

"휴, 이걸 어쩌지……."

곤노 선생님 바로 앞쪽에서 요스케의 걱정스러운 목소리가 들려왔다. 그 목소리에 놀라 사야카가 앞을 바라보니, 급격한 오르막길이 떡하니 앞을 막아서고 있었다.

"마침내 최대 고비가 나타났군."

휠체어를 받치고 있던 시라이시가 잠깐 멈춰 서서 이마의 땀을 훔치며 말했다. 고헤이와 코지도 할 말을 잃은 채 오르막길을 바라보고만 있었다.

"선생님, 사전 답사 할 때는 어떻게 올라가셨어요?"

요스케가 뒤돌아서 휠체어 등받이에 손을 대고 서 있는 시라이시에게 물었다.

"글쎄, 그럭저럭 올라갔지. 그런데 그때는 발밑이 오늘 같지는 않았어……."

시라이시가 불안한 표정을 지으며 말하자 아이들은 더더욱 할 말을 잃었다. 그때 아카오가 불쑥 말을 꺼냈다.

"여기서 나는 기다리는 걸로 하자."

"예?"

갑작스런 아카오의 말에 놀라서 모두 눈을 크게 떴다.

"더 힘들게 하면 안 될 것 같아. 게다가 위험한 일이 생기면 안 되잖아. 여기까지 온 것만으로도 선생님은 정말 기쁘다."

"선생님……."

"모두 정상까지 가서 도시락을 먹고 내려와. 나는 여기서 기다릴 테니까. 정상에서는 어떤 풍경이 보이는지 나중에 꼭 알려 주고."

아카오는 억지로 미소를 지으며 말했다. 아카오의 말이 끝나자마자 시라이시가 갑자기 "좋아!" 하고는 맨손체조를 시작했다. 두 발을 굽혔다 폈다 하더니, 다음에는 양 손목을 차례로 돌리고 목 돌리는 연습도 했다. 처음에는 뭘 하는지 몰라 멍하니 쳐다보던 요스케가 이윽고 무슨 뜻인지 알아채고는 장난스러운 얼굴로 맨손체조를 따라했다. 고헤이와 코지도 "헤헤헤…" 웃으며 그 뒤를 이었다.

"아니, 모두 뭘 하는 거야? 난 여기서 기다린다니까! 이봐……."

아카오가 당황해서 양쪽을 둘러보며 소리를 질렀지만, 아무도 대답하지 않았다.

"좋아, 모두 가자!"

시라이시가 외치자 요스케가 왼쪽, 고헤이가 오른쪽에 서서 각자 전동 휠체어 손잡이를 꼭 쥐었다. 요스케가 시라이시 쪽을 돌아보며 오케이 사인을 보냈다. 그러고는 아카오를 향해 힘차게 말했다.

"휠체어 조절 잘하세요!"

"그건… 알았어."

아카오도 '어떻게든 되겠지.' 하는 마음으로 어쩔 수 없이 대답했다.

"하나! 둘!"

시라이시의 선창에 따라 아카오가 짧은 오른팔로 힘차게 레버를 당겼다. 휠체어가 급발진했지만 경사가 너무 급한 탓에 제대로 앞으로 나아가지 않았다. 원동력이 되어야 할 뒷바퀴는 물에 젖은 땅바닥에서 헛돌았다.

"부릉… 부르릉……."

시라이시가 다리를 내뻗어 지팡이 노릇을 하며 휠체어를 뒤에서 떠밀었다. 시라이시의 얼굴이 갈수록 빨개졌다. 요스케와 고헤이는 몸을 숙여 앞바퀴 바로 위에 있는 손잡이를 틀어쥐고 앞으로 끌어보려 애를 썼다. 휠체어 위에서 조작밖에 할 수 없는 아카오는 자기 몸에서 뼈와 내장을 모두 내다버려서라도 체중을 줄이고 싶다는 생각이 들 정도였다.

모두 힘을 합쳐 최선을 다했지만 100킬로그램의 전동 휠체어는 급경사를 올라가지 못했다. 그러는 가운데 일진일퇴의 공방전만 계속되었다. 그때였다.

"응?"

갑자기 기어가 제대로 맞물리기라도 한 것처럼 휠체어가 슬금슬금 경사면을 올라가기 시작했다. 아카오가 깜짝 놀라 뒤를 돌아보니, 거기에 시라이시와 나란히 코지가 있었다.

"선생님, 이젠 제가 뭘 보여 줄 차례네요!"

"코지…….."

혹시 무슨 일이 생길지 모르니 아이들에게는 휠체어를 밀게 하지 말라는 것이 교장선생님의 지시였다. 교장선생님의 말씀이 머릿속에서 맴돌았지만, 교실 안에서는 결코 볼 수 없었던 아이들의 진실한 눈동자를 보고 아카오는 입을 다물 수밖에 없었다.

덩치 큰 소년이 힘을 보탠 효과는 정말 컸다. 휠체어는 조금씩 앞으로 나아가 마침내 몇 분 전까지 꼼짝 않고 서 있던 급경사를 보란 듯이 오르는 데 성공했다.

"야호!"

아직 정상에 도착한 것도 아닌데, 고헤이는 감격에 겨워 환호성을 질렀다. 요스케는 크게 힘을 보탠 코지에게 달려가 하이파이브를 했다. 이를 악물고 휠체어를 떠밀고 온 시라이시는 힘을 너무 많이 썼는지 그 자리에 털썩 주저앉았다.

"아, 이제 거의 다 왔구나."

휠체어에 반쯤 멍하니 앉아 있던 아카오가 그 소리를 듣고 무심결에 뒤를 돌아보았다. 사야카를 등에 업고 막 올라온 곤노 선생님이 한숨을 돌리고 있었다. 본래 흰색이었던 선생님의 운동화는 진흙투성이여서 색깔을 알아볼 수조차 없었다. 아카오가 말없이 고개를 숙이자 곤노 선생님은 오른손으로 브이자를 만들어 그에 답했다.

"자, 정상까지는 조금만 더 가면 된다. 좋아, 가자!"

곤노 선생님의 외침에 아이들의 발이 자연스럽게 빨라졌다.

급경사를 지나 좀 더 나아가자 야쿠오인 부근부터 계속 녹색 터널로 뒤덮여 있던 아카오 일행의 시야가 갑자기 환해졌다. 고개를 들어보니 푸른 하늘이 활짝 펼쳐져 있었다.

"정상이다!"

요스케와 고헤이가 앞다퉈 뛰어갔다. 그 뒤를 아카오가 천천히 따라갔다. 해발 599미터. 정상에서 아이들과 함께 바라보는 아름다운 풍경은 사전 답사 때 시라이시와 보았던 것과는 전혀 다른 세계였다.

"선생님, 우리가 해냈어요!"

"선생님과 함께 오길 정말 잘했어요!"

요스케와 고헤이뿐만 아니라 3반 아이들 모두가 아카오 곁으로 모여들었다. 아이들은 아카오의 짧은 팔을 쥐고 정상에 오른 기쁨을 함께 나누었다.

"자, 여러분! 세 반 모두 남녀 두 줄씩 나란히!"

아오야기 선생님의 지시에 따라 정렬한 아이들은 주의 사항을 들었다. 그리고는 흩어져 저마다 도시락을 펼쳤다. 그런데 3반만은 자연스럽게 담임선생님을 중심으로 원을 이루어 전체가 한 덩어리로 뭉쳤다.

"자, 애들아, 다 준비됐니?"

요스케가 운을 떼자 아이들이 재빨리 물통을 꺼내 들었다.

"모두 하나가 되어 무사히 담임선생님과 소풍 온 것을 축하하며, 건배!"

"건배!"

차가운 보리차를 담은 물 컵을 스물여덟 명 모두가 하늘 높이 들어 올렸다. 그것은 '휠체어를 탄 담임선생님과의 등산'이라는 새로운 목표에 도전한 아이들의 승리 선언이었다.

이윽고 도시락이 펼쳐졌다.

"와, 내가 좋아하는 계란말이다!"

"에이, 제일 싫어하는 방울토마토……."

왁자지껄하게 떠드는 소리가 소풍에서 가장 즐거운 시간은 점심시간이라는 것을 증명해 주었다. 그런데…….

"사야카, 왜 그래?"

옆에서 사야카를 돌보고 있던 교코가 물었다. 사야카의 눈에서 갑자기 눈물이 흘러내렸다. 곤노 선생님의 등에 업혀 정상까지 온 사야카는 도시락도 꺼내지 않고 그저 땅바닥만 보며 콧물을 닦았다.

"친구들한테 정말 미안해. 내가 힘들게 만들었잖아……."

사야카는 삔 발목을 손으로 만지며 중얼거렸다. 뜻하지 않은 사고로 마음에 상처를 입은 친구에게 무슨 말을 해야 할까? 그 답을 쉽게 찾지 못한 아이들은 말이 없었다.

"힘들게 만든 거 아냐!"

침묵을 깬 사람은 요스케였다.

"나는 1학기 때 칠판 담당이었지만, 축구에 빠져서 점심시간이
되면 쏜살같이 운동장으로 뛰쳐나갔어. 칠판 닦는 일은 까맣게
잊어버리고……. 하지만 그때마다 사야카는 불평을 하면서도 언
제나 혼자 칠판을 닦았어. 정말 고마웠어."

"그게 뭐……."

사야카가 입술을 내밀며 중얼거렸다. 그때 고헤이도 나섰다.

"나도 마찬가지야. 깜빡하고 숙제를 안 해 가면 사야카가 그때
마다 도와주곤 했어. 헤헤헤."

"고헤이, 너 정말 그랬단 말이지?"

"아, 아니요, 그런 게 아니라요."

담임선생님의 추궁에 혀를 쏙 내미는 고헤이를 보며 아이들은
웃음을 터뜨렸다. 사야카도 킥킥 웃었다.

"그럼 오늘은 너희가 사야카한테 은혜를 갚는 날이구나."

아카오의 말에 요스케와 고헤이는 웃는 얼굴로 고개를 끄덕였다.

"서로 돕기란 바로 이런 거야. 누군가가 어려움을 겪으면 주위
의 친구들이 손을 내밀어 주는 것. 그때만을 생각하면 도움을 주
는 쪽과 받는 쪽이라는 일방적인 관계가 되겠지. 하지만 다른 때
는 도움을 준 사람이 도움을 받고, 도움을 받은 사람이 도움을 주
기도 해. 그렇게 해서 모든 사람이 누군가에게 도움이 되는 거란
다."

어느 틈엔가 아이들은 도시락을 옆으로 치우고 똑바로 앉아 담임선생님의 말에 귀를 기울이고 있었다.

　"오늘 사야카가 다리를 삐었을 때 선생님은 '괜찮을 거야!' 라고 말해 주지 못했어. 오늘은 선생님도 도움을 받는 처지였기 때문이지. 하지만 대신에 너희들이 해 주었어. 믿음직한 행동으로 사야카한테도 선생님한테도 '괜찮아, 함께 정상까지 가자.'고 말해 주었지. 선생님은 아주 기뻐. 얘들아, 정말 고맙다."

　아이들은 쑥스러운 미소를 띠면서 서로의 얼굴을 마주보았다.

　"자, 그럼 맛있게 도시락을 먹어 볼까?"

　소문난 먹보 코지가 얼굴 가득 웃음을 머금고 기다렸다는 듯 젓가락질을 시작했다. 그 모습에 친구들이 웃음을 터뜨렸다. 그 가운데는 이제야 소리 높여 웃는 사야카의 모습도 보였다.

　"멋진 소풍인걸!"

　시라이시가 아카오를 바라보며 말했다. 아카오가 대꾸했다.

　"그래. 아이들에게 이끌려 소풍 온 담임선생이라는 얘기는 들어본 적도 없지만 말이야."

　산 정상에서 부는 기분 좋은 바람이 아카오의 뺨을 살짝 어루만지며 스쳐 갔다.

12장
메리 크리스마스

운동장의 나무들은 이파리를 완전히 떨어뜨리고 앙상한 가지만 남아 겨울바람을 맞았다. 유리처럼 투명한 하늘에는 하얀 레이스 같은 구름이 얇게 깔리고 오후의 나른한 햇살이 떠다녔다. 교실 뒤의 로커에는 아이들의 점퍼 따위가 볼품없이 늘어져 있었다.

12월이다. 2학기를 3주 남겨 놓은 가운데 5학년 3반에서는 요스케와 교코의 사회로 학급 회의가 진행되고 있었다.

"오늘은 종업식 전날에 열리는 크리스마스 축제에 대해 이야기를 나눠 보겠습니다. 지난번 학급 회의에서는 몇 개 그룹으로 나뉘어 행사를 치를 것인가를 결정했는데, 오늘은 그 그룹을 어떻게 구성할 것인지에 대해 의논해 봅시다."

"의견 있는 사람?"

교코의 말에 신고가 먼저 손을 들었다.

"좋아하는 사람끼리 그룹을 짜면 좋겠습니다!"

발언권을 얻기도 전에 말부터 하고 마는 신고 때문에 온 교실에 웃음꽃이 피었다. 신고가 너무 어린아이 같은 의견을 말하자, 교실 한쪽에서 회의를 지켜보던 아카오가 아이들에게 주의를 집중하게 했다.

"좋아하는 사람끼리 그룹을 짜는 것도 나쁘지 않아. 하지만 우리가 정해 놓은 규칙을 모두 기억하고 있겠지?"

"그게 아니라는 생각, 슬픈 생각을 하는 사람이 나오지 않게 하는 것!"

4월부터 하도 여러 번 들은 말이라 요스케는 곧바로 대답했다.

"다른 의견 없나요?"

교코의 물음에 이번에는 아야노가 손을 들었다.

"지금 급식을 같이하는 팀 그대로 그룹을 짜면 어떨까요? 그렇게 하면 급식 시간에도 의논을 하기가 쉬울 거고요."

그럴듯한 의견에 몇몇 아이가 박수를 쳤다. 실내화 사건 이후 아야노는 학급 회의에서 자주 의견을 내놓곤 했다. 아야노에 이어 기미히코가 말을 이었다.

"역시 제비뽑기가 가장 공평하지 않을까요? 지금까지 별로 이야기를 나눠 보지 않은 친구와 사이좋게 지낼 수 있다는 이점도 있으니까요."

기미히코가 늘 그렇듯이 합리적인 의견을 내놓자 다시 박수가 터져 나왔다. 신고의 의견은 아무래도 뒤처지는 느낌이다.

"그럼 이 세 가지 가운데……."

요스케가 의견을 모아 투표를 하려고 하는데, 슬며시 손을 드는 사람이 있었다. 청소 용구와 가까운 맨 뒷자리에 앉은 코지였다.

"저는 신고가 말한 대로 좋아하는 사람끼리 하는 게 좋다고 생각합니다. 그러니까, 이게 사회 과목의 견학이나 국어 과목의 신문 만들기 같은 게 아니잖아요? 크리스마스 축제 행사를 하는 거니까 평소에 친한 사람과 하는 게 좋겠어요."

아이들은 코지가 말한 내용보다도 코지가 직접 의견을 내는 것을 보고 눈을 휘둥그레 떴다. 사회를 맡은 요스케가 의견을 모아 제시했다.

"자, 그럼 이 세 가지 가운데 하나로 결정하겠습니다."

그게 아니라는 생각을 하는 사람이 없도록…….

아카오가 제시한 그 조건이 머릿속을 맴돌아서인지 신고가 제안한 '좋아하는 사람끼리' 안에는 많은 표가 모이지 않았다. 결국 약간의 차로 '제비뽑기'가 결정되었다.

"투표에 따라 제비뽑기로 결정되었습니다. 그럼 됐나요?"

교코의 확인에 대부분의 아이들이 "됐습니다." 하고 동의를 나타냈지만, 코지만은 "좋아하는 사람끼리 하자니까……." 하며 투덜거리고 있었다.

"이미 투표로 결정된 거잖아!"

아까부터 학급 회의의 진행을 방해하는 코지가 불만스러웠는지 요스케가 드물게 거친 목소리를 냈다.

"그래도……."

몸집이 커다란 데 비해 마음은 다부지지 못한 코지는 금방이라도 울음이 터질 것 같은 표정으로 고개를 숙였다.

2교시의 끝을 알리는 종소리가 울렸다.

"좋아, 여기까지 하자. 자기가 하던 한자 연습장 페이지를 펼쳐서 선생님 책상에 제출한 사람부터 쉬는 시간이다!"

담임선생님의 말씀이 끝나기도 전에 요스케와 고헤이는 후다닥 자리를 털고 일어섰다. 둘은 한자 연습장을 들고 서둘러 뛰어나오더니 교탁 위에 던지듯이 제출했다.

"야, 축구하러 가자!"

고헤이는 교실 뒤쪽의 책장 위에 놓인 오렌지색 공을 두 손으로 잡으며 큰 소리로 친구들을 불렀다.

"기다려, 금방 갈 테니까!…아야야얏……."

한발 늦은 신고가 서둘러 나오다가 그만 책상 다리에 발이 걸려 보기 좋게 뒹굴었다. 교실에서 멋진 헤드 슬라이딩을 해 버린 신고는 여기저기 흩어진 필통의 내용물과 한자 연습장을 집어 들며 머리를 긁었다.

"뭐 하는 거야, 신고. 뻐드렁니가 부러졌어!"

고헤이가 놀리자 신고는 깜짝 놀라 두 손을 입으로 가져갔다. 어리둥절한 얼굴로 커다란 앞니가 괜찮은지 확인하는 모습이 귀여워 아이들이 웃음을 터뜨렸다.

"야, 뚱띠도 빨리 가자!"

어제 학급 회의에서 있었던 일은 모두 잊어버린 듯 요스케가 코지에게 말을 붙였다.

"음… 난 됐어. 그냥 교실에 있을게."

"왜? 어디 아파?"

고헤이에게서 받아 든 공을 검지로 빙글빙글 돌리며 요스케가 걱정스러운 표정을 지었다. 코지는 느릿느릿 대답했다.

"아니, 그런 건 아닌데……."

"흐음, 어쨌든 좋아. 선생님, 빨리 가요."

아이들이 보채는 가운데 아카오는 코지를 슬쩍 살펴보았다. 코지의 착 가라앉은 표정을 확인할 수 있었다. 아카오는 서두르는 아이들에게 말했다.

"그런데 선생님도 오늘은 안 되겠는걸. 한자 연습장을 검사해야 하니까."

"예? 아, 알았어요. 끝나시는 대로 빨리 운동장으로 나오셔야 해요!"

"그래."

대부분의 남자아이들이 운동장으로 나갔고, 여자아이들도 몇명을 빼고는 고무줄놀이를 하러 나갔다. 교실에는 코지를 비롯한 몇 명밖에 남지 않았다. 실내 온도가 한층 떨어졌다는 느낌이 들었다.

아카오는 시라이시의 도움을 받아 한자 연습 문제를 검사하기 시작했다. 하지만 다른 때 같으면 밖에서 건강하게 축구공을 쫓아다닐 코지가 교실 안에 박혀 있으니 자꾸 신경이 쓰였다. 그렇다고 뭔가를 하는 눈치도 아니었다. 그저 좁아 보이는 자기 자리에 답답하게 앉아 있을 뿐이었다. 그 모습을 지켜보던 아카오는 마침내 빨간 펜을 던져 버리고 코지 자리로 갔다.

"코지, 정말 어디 아픈 건 아니지?"

"예, 괜찮아요."

"그래? 그렇다면 다행인데……."

어떻게 말을 해야 이 아이의 마음속을 들여다볼 수 있을까?

아카오가 망설이며 머릿속으로 생각하고 있을 때 말의 물꼬를

튼 쪽은 오히려 코지였다.

"저, 선생님! 〈도라에몽〉에 나오는 비밀 도구 가운데 하나만 자유롭게 쓸 수 있다면 뭘 고르시겠어요?"

"갑자기 무슨 말이야? 흐음, '타임머신'도 버리기 아깝지만, 역시 나 같으면 〈도라에몽〉 12권에 나오는 비밀 도구인 '번역 곤약'을 택할 것 같아."

"왜요?"

"그게 있으면 여러 나라 사람들과 자유롭게 얘기할 수 있잖니? 그러면 전 세계 사람들과 친구가 될 수도 있고. 재밌지 않을까?"

"아, 정말 그렇겠네요."

코지의 눈이 반짝거렸다. 아카오는 기회를 놓치지 않고 되물었다.

"코지는 뭘 좋아하는데?"

"저는 '어디서나 문'이요."

"왜?"

"그러니까 어디서나 문이 있으면, 가고 싶은 곳을 자유롭게 갈 수 있잖아요? 언제든지 어디로든……."

아카오는 이상한 느낌이 들었다. 초등학교 5학년의 표정이라고 하기에는 어쩐지 어둡게 느껴졌기 때문이다. 다시 종이 울리자, 코지가 자리에서 일어났다.

"다음은 공예 시간이에요. 전 다른 애들보다 좀 늦으니까, 먼저 가서 준비할래요."

"아, 그러니? 잘 하고 오렴."

코지는 오른손에는 그림 도구 세트, 왼손에는 목공용 본드를 들고 커다란 몸집을 흔들며 교실을 나갔다.

해도 사람처럼 추위를 타는 걸까? 해가 어느 계절보다 일찍 하루 일과를 마치고 거리 저편으로 사라져 간다. 이제 막 5시를 넘겼을 뿐인데, 교무실 창은 마치 검은 천을 뒤집어씌운 것처럼 어둡다.

12월이면 선생님들은 정신이 없다. 통지표를 작성하고 성적을 처리해야 한다. 이런저런 일이 많아 진저리가 날 만큼 시간을 빼앗긴다. 자연히 집에 돌아가는 시간도 늦어질 수밖에 없다.

"오늘만은 9시에 딱 퇴근하고 싶다."

아카오는 벽에 걸린 시계를 멍하니 바라보고 있었다. 그런데 그 시계 밑에서 교감선생님이 손짓을 하는 게 보였다.

"교감선생님, 부르셨습니까?"

아카오는 무표정하게 교무실 칠판 앞의 교감선생님 자리까지 휠체어를 움직였다. 4월에 부임해 근무하면서 교감선생님에게 몇 번 불려 간 적이 있는데, 즐거운 기분으로 끝난 적은 한 번도 없었다.

"아카오 선생, 이번에 5학년 3반에서 크리스마스 축제를 연다는 말이 있던데요."

"아, 예. 아이들이 종업식 전날인 24일에 열자고 해서 그렇게 하자고 했습니다."

아카오의 대답에 교감선생님은 못마땅한 기색을 내비쳤다. 역시 오늘도 좋은 이야기로 끝나지 않을 모양이었다. 아카오는 앞으로 시작될 몇 분의 불편한 시간을 각오했다.

"아카오 선생은 신임이기 때문에 잘 모르나 본데, 일단 우리들 세계에서는 크리스마스 축제를 하지 않게 되어 있습니다."

아카오에게는 '우리들 세계'라는 말이 왠지 낯설기만 했다.

"아니, 왜요?"

아카오가 반문하자 교감선생님은 '너 잘 묻는다.' 하는 표정으로 우쭐거리며 설명했다.

"크리스마스라는 것이 특정 종교의 행사라는 것은 아카오 선생도 잘 알 거예요. 공적인 교육기관인 공립 초등학교에서 그런 행사를 여는 건 여러 가지로 문제가 있습니다."

"문제라고요?"

"예를 들어 어느 반에 이슬람교도 아이가 있다고 합시다. 그 아이가 집에 가서 '엄마, 오늘 학교에서 크리스마스 축제를 했어.'

라고 말합니다. 그러면 그 보호자가 학교로 전화를 걸어서, 왜 크리스마스 축제만 하고 이슬람 행사는 하지 않느냐고 항의를 할 수도 있는 겁니다."

"아, 그럴 수도 있겠군요. 하지만 크리스마스는 이제 특정 종교의 행사라는 틀을 넘어서지 않았나요? 전 오히려 온 국민의 명절이 아닐까 생각하는데요."

"따로 종교가 없는 우리 같은 사람들은 그렇겠죠. 하지만 기독교 이외의 종교를 열심히 믿는 분이라면 역시 기분 좋게 받아들이지 않을 겁니다. 그러니까 그런 일이 생기지 않도록 문제가 될 만한 일은 벌이지 말자는 뜻입니다."

교감선생님은 '이제 내 말을 알겠지?' 하는 표정이었다. 아카오는 솔직히 그 이유가 받아들여지지 않았다. 하지만 지금 자신의 신분이 공무원인 만큼 설사 의견이 다르더라도 일단은 교감선생님의 뜻에 따라야 했다.

"교감선생님, 한 가지만 여쭤도 되겠습니까?"

"뭐죠?"

"앞으로 학급 통신문을 만들 건데, 표지에 크리스마스트리나 산타클로스의 삽화 같은 걸 응용하려고 합니다. 그건 어떻게 해야 할까요?"

교감선생님은 뜻밖에도 길게 고민하지 않고 간단히 답해 주었다.

"그런 건 써도 괜찮겠죠. 그 위에 메리 크리스마스 같은 글자만 집어넣지 않는다면요."

크리스마스를 상징하는 그림 같은 것은 넣어도 되지만, 그와 관련된 글자는 안 된다는 것이다. 그렇게 선을 긋는 이유가 뭘까? 아카오로서는 도무지 이해할 수 없었다. 아카오의 표정에서 그런 생각을 읽은 교감선생님은 어색한 웃음을 지으며 말했다.

"아카오 선생, 나도 해마다 크리스마스이브에는 집에 일찍 돌아가 아이들과 즐거운 시간을 보내요. 하지만 개인으로서의 크리스마스와 공인으로서의 크리스마스는 의미가 좀 다르죠. 교사로서의 크리스마스라… 좀 어려운 문제이기는 합니다. 하지만 잘 대처해 주시기 바랍니다."

보통은 교감선생님이라는 갑옷을 입고 있지만, 가면을 벗으면 거기에는 '하이타니 신이치'라는 살아 있는 사람이 있기 마련이다. 아카오는 그런 생각을 하면서도 예의를 갖춰 인사하고는 자기 자리로 돌아왔다.

"그럼 다음으로는 A그룹의 공연입니다. A그룹 여러분, 부탁합니다!"

"여기서는 공연 제목도 이야기하는 게 좋지 않을까? 다음은 A

그룹에서 보여 드리는 제스처 게임입니다, 이런 식으로 말이야."

"아, 그게 좋겠다. 하하, 정말 똑소리답네. 그렇게 하자!"

크리스마스 축제에서 사회를 맡게 된 기미히코와 사야카는 연필을 손에 들고 원고지와 씨름하고 있다. 한마디 한마디를 생각해 보며 둘이 함께 대본을 써 나간다. 또 다른 쪽에서는 시작 인사말을 맡은 아야노와 마침 인사말을 맡은 요스케가 책상을 나란히 놓고, 서로 의논해 가며 인사말을 짜고 있다.

6교시 특별 활동 시간에 5학년 3반은 2학기를 마감하는 즐거운 이벤트 준비에 힘을 기울이고 있었다. 그룹별로 어떤 공연을 할 것인지를 물어서 정리하고 시작 인사말과 마침 인사말, 노래와 게임 등의 진행 순서를 결정하는 프로그램 팀. 커다란 종이에 그림을 그려 넣고 행사 내용을 소개하는 포스터 팀. 종이를 가늘고 길게 잘라 고리 모양으로 만들거나 얇은 종이로 예쁜 꽃을 만드는 데코레이션 팀.

'5학년쯤 되면 선생님이 이래라 저래라 하지 않아도 이렇게 스스로 준비해서 잘 진행하는구나!'

아카오는 속으로 감탄하며 각 그룹 사이를 왔다 갔다 했다. 담임으로서 아카오가 할 일은 그저 아이들의 모습을 지켜보는 정도였다.

"선생님, 뚱띠가 아무것도 같이하지 않아요."

교코의 날카로운 목소리가 들려왔다. 종이접기를 많이 만들어야 하는 데코레이션 팀이었다.

"그러니까 난 이런 일은 못한다니까!"

아카오가 가보니 코지가 몸집에 비해 정말 작아 보이는 노란색 가위를 손에 들고 어쩔 줄 몰라 눈을 굴리고 있었다.

"그렇게 말하면 어떡해? 가위바위보를 해서 졌으니 어쩔 수 없잖아."

코지와 마찬가지로 손놀림이 빠르지 못한 고헤이가 왼손으로 가위를 놀리며 한마디했다.

"하지만……."

"선생님이 늘 말씀하시잖아. 열심히 해 보고 그래도 안 되는 것은 어쩔 수 없다고, 모든 노력을 기울여서 해 보지도 않고 미리 못한다고 포기하는 건 가장 못난 거라고 말이야."

이즈음 아카오는 자기가 나설 일이 점점 줄어들고 있다는 것을 느꼈다. 4월부터 아카오가 반복적으로 해 온 말들이 어느새 아이들의 가슴속에 자리 잡았던 것이다. 아카오가 입을 열기도 전에 아이들이 먼저 이렇게 말하는 것이다.

"아카오 선생님이 늘 이렇게 말씀하셨잖아."

그렇게 함으로써 아카오의 생각을 대변해 주는 셈이었다.

반 친구들에게 핀잔을 들어 풀이 죽은 코지에게 담임으로서 어떤 말을 해주면 좋을까?

아카오는 고민스러웠다. 오늘 아침 코지가 친구들이 눈치채지 못하게 살짝 가져온 알림장에 적힌 내용을 다시 한 번 떠올렸다.

늘 선생님께 감사드립니다. 이번에 코지 아빠가 전근을 가게 되었어요. 그래서 우리 가족 모두 시즈오카 현의 하마마츠 시로 이사를 가야 합니다. 그래서 이렇게 말씀드립니다.

갑작스러운 일이라서 저희 부부도 좀 놀랐지만, 코지가 놀란 것에 비하면 아무것도 아닙니다. 처음 소식을 알려주었을 때 친구들과 헤어지는 게 너무 슬프다며 얼마나 울었는지 모릅니다. 지금은 조금씩 기력을 회복하고, 전학 가야 한다는 것을 받아들이게 되었습니다. 하지만 친구들에게는 전학을 갈 때까지 말하고 싶지 않다는군요. 선생님께는 정말 죄송합니다만, 남은 2주 동안 아이가 바라는 대로 해 주시면 안 될까요?

눈앞에서는 교코가 작업에서 엉덩이를 빼고 있는 코지에게 눈을 흘기고 있었다.

"선생님, 코지한테 뭐라고 좀 해 주세요."

아카오는 가볍게 고개를 끄덕이고는, 기를 펴지 못하는 코지에게 살짝 말을 걸었다.

"코지, 잠깐 나 좀 따라올래?"

아카오가 먼저 휠체어를 움직여 교실 밖으로 나가고, 어깨가 축 처진 채 코지가 그 뒤를 따랐다.

두 사람은 엘리베이터를 타고 1층에서 내렸다. 1층에는 주로 1~3학년 교실이 있다. 5교시 수업이 끝나면 저학년 아이들은 대부분 집으로 돌아가기 때문에 이 시간에는 매우 조용하다. 계단 위쪽에서 어렴풋이 들려오는 고학년 아이들의 활기찬 소리는 1층의 적막감을 더 깊게 만든다.

"여기서 얘기할까? 코지, 문 좀 열어 주겠니?"

아카오가 안을 들여다본 뒤 아무도 없다는 것을 확인하고 말했다. 두 사람은 보통 교실보다 두 배쯤 큰 방에 들어섰다. 벽에 붙어 있는 책장에는 도감에서 소설까지 여러 분야의 책이 가득했다. 난방이 되지 않는 도서실은 마치 냉장고 안 같았다.

"너도 가끔 도서실에 와서 책을 읽고 그랬니?"

"아뇨. 늘 요스케 같은 애들하고 축구만 하는걸요."

코지는 조금 부끄러워하며 머리를 긁적거렸다. 아카오는 앞문에서도 뒷문에서도 보이지 않을 자리에 휠체어를 세웠다. 그리고는 코지에게 가까이 와서 앉으라고 했다. 코지는 불안한 눈길로 아카오의 안색을 살피며, 딱딱한 나무 의자에 앉았다.

"코지, 지난번에 네가 〈도라에몽〉에 나오는 것 가운데 어떤 걸 좋아하느냐고 물어봤잖아? 그때 내가 대답한 걸 바꿔도 될까?"

"예?"

한바탕 설교를 들으리라고 예상했는지 코지는 담임선생님의 말에 놀라는 표정을 지었다.

"그때는 내가 '번역 곤약'이라고 대답했는데, 다시 생각해 보니까 나도 '어디서나 문'이 좋더라. 그렇게 하면 전학을 간 친구와도 매일 만날 수 있고… 아니, 어디서나 문이 있으면 멀리 이사한다 해도 전학 갈 필요가 없잖아. 날마다 그 문을 열고 5학년 3반에 다니면 되니까."

코지의 마음이 매우 복잡하다는 것이 표정에 잘 드러났다.

"친한 애들하고 헤어질 걸 생각하니 많이 슬프지?"

담임선생님이 건네는 말을 들으며 코지의 얼굴이 더더욱 붉게 물들었다. 코지는 어깨를 들썩거리며 두 주먹을 꼭 쥔 채 바르르 떨었다.

"선생님은 너를 정말 보내기 싫구나."

아카오는 그렇게 말하면서 휠체어 좌석에서 몸을 내밀어 코지에게 다가갔다. 그러고는 비록 짧은 팔이지만 얼마 뒤면 시즈오카로 전학 갈 코지의 어깨를 힘껏 감싸 안았다.

"하지만 네 아버지 사정이 그러시니 어쩔 수가 없구나. 아무리

네가 가고 싶지 않아도, 선생님이 보내고 싶지 않아도 어쩔 수가 없어……."

아카오의 떨리는 목소리에 코지가 얼굴을 들었다. 코지의 눈에서 커다란 눈물방울이 뚝뚝 떨어졌다. 두 뺨으로 기다란 눈물 길이 만들어졌다. 코지는 목메어 울었다.

"선생님, 저도 가고 싶지 않아요."

코지가 기다란 두 팔로 아카오를 꼭 끌어안았다. 두 사람은 그 상태로 얼마 동안 눈물을 흘렸다. 아무 말도 하지 않고 그저 울기만 했다. 냉장고처럼 추운 도서실 안에서 차갑던 몸이 서로의 체온으로 조금씩 따뜻해져 갔다.

이윽고 종이 울리자 아카오가 말했다.

"자, 돌아가야겠다. 모두 기다리니까."

"예."

코지는 선생님에게 둘렀던 팔을 풀고 손등으로 젖은 뺨을 닦았다. 눈시울이 붉어진 아카오도 와이셔츠 옷섶을 얼굴에 대고 문질러 눈물자국을 지웠다.

"코지, 애들한테는 정말 아무 말 안 할 거니?"

코지는 약간 망설이다가 고개를 끄덕거렸다.

"모두 즐겁게 크리스마스 축제를 준비하고 있잖아요. 괜히 저 때문에 망치게 되는 건 싫어요."

"그럴까? 내 생각엔 친구들한테 미리 알리는 게 좋을 것 같지만, 네 의견을 따라 주마. 만일 이야기하는 게 좋겠다는 쪽으로 생각이 바뀌면, 언제든지 내게 말해 주렴."

"예, 알겠습니다."

불을 끄고 문을 닫았다. 널찍한 도서실은 다시 차가운 정적에 잠겼다.

"하하, 역시 이 집 동그랑땡이 최고야!"

곤노 선생님은 달걀노른자로 조금 끈적끈적하게 만든 동그랑땡 꼬치를 맛있게 베어 물고 오른손으로는 맥주잔을 들었다. 곤노 선생님은 한잔하자고 하면 언제나 이렇게 마다하지 않고 응해 준다. 아카오는 사람 좋은 곤노 선생님의 자상함에 기대어 몇 번씩이나 도움을 받았다.

"그러니까 저는 아직도 코지가 전학 간다는 것을 받아들이지 못하겠단 말입니다."

아카오는 맥주를 거의 마시지 않았지만, 마치 취한 듯한 말투로 곤노 선생님에게 투덜거렸다.

"후후훗, 부럽구만 부러워."

순식간에 동그랑땡을 먹어 치우더니 이번에는 소금 간을 한 닭껍질을 덥석 집어 드는 곤노 선생님의 입에서 뜻밖의 말이 튀어

나왔다.

"예? 뭐라고요? 부럽다고요?"

아주 바쁜 기간이라는 것을 잘 알면서도 곤노 선생님에게 시간을 내달라고 한 데는 까닭이 있다. 이날 코지의 어머니가 보낸 알림장을 통해 전학 사실을 알았지만, 아카오 자신이 그것을 어떻게 받아들여야 할지 몰랐기 때문이다. 아카오는 교사가 된 뒤 가장 큰 슬픔을 겪고 있는데, 곤노 선생님은 오히려 태평한 얼굴로 부럽다고 말하는 것이다.

"아니, 차라리 그립다고 해야 할까? '나한테도 그런 시절이 있었지.' 하면서 말이야."

"그게 무슨 뜻이에요?"

아카오는 뭐가 뭔지 알 수 없어 조금 불퉁해졌다. 하지만 곤노 선생님은 아무렇지도 않게 맥주를 세 잔째 들이켜고 있다.

"교사 생활 1년째 겨울, 그러니까 지금의 자네와 비슷한 시기였을 거야. 우리 반에서도 전학 갈 아이가 생겼어. 그때는 나도 좀 혼란스러웠지. 아니, 그게 싫었어. 인정하고 싶지 않았고. 그래서 싫다고 떼쓰는 아이들과 비슷한 마음이었어. 하지만 내가 소란을 떤다고 해서 어떻게 되는 게 아니잖아? 끝내 울고불고하는 아이들과 함께 떠나보낼 수밖에 없었어."

생각지도 못한 이야기에 아카오는 어리둥절한 표정을 지었다.

"그런데 이상한 것은 그 다음해였어. 이번에도 한 아이가 전학을 가게 됐는데, 1년 전처럼 충격적이거나 슬프지 않은 거야. 반감되었다고나 할까? 그 뒤로도 한 10년 교사 생활을 하면서 적지 않은 아이들을 전학 보냈지. 솔직히 말해 지금 자네가 이렇게 슬퍼하는 모습을 보고, '아, 내 감정이 이렇게 많이 닳아 버렸구나.' 하는 생각이 들어."

"감정이 닳았다고요?"

"흔히 하는 말 있잖아. 의사들도 처음에는 환자의 죽음에 깊은 슬픔을 느끼지만, 차츰 그런 감각이 마비되다가 마침내 아무 느낌도 들지 않는다고 말이야. 나도 그래. 물론 서운함 같은 게 없는 건 아니야. 하지만 그보다 먼저, 전학을 보내려면 이런 서류, 저런 서류를 마련해야 하고… 그런 수속 과정이 먼저 머릿속에 떠오른다는 거야."

아카오는 아무 말도 할 수 없어서 맥주잔만 바라보고 있었다. 잔 표면에 달라붙은 물방울이 주르륵 흘러내려 탁자 위에 번졌다.

"그래서 난 이렇게 코지가 전학 간다고 정색을 하며 마음에 상처를 받는 자네를 보면서 부럽다고 하는 거야. 교사로서 아직 생생한 감성으로 생활하고 있다는 거니까. 나로서는 이제 돌아갈 수 없는 세계라고나 할까?"

곤노 선생님은 말을 마치고는 맥주잔을 쥔 채 어딘가 먼 곳을 바라본다. 가게 안에 흐르는 흘러간 옛 노래가 아카오의 마음을 휘젓는다.

"곤노 선생님, 통지표 만드는 일만으로도 바쁘실 텐데 오늘 이렇게 시간을 내주셔서 정말 감사합니다."

가볍게 고개를 숙이는 아카오에게 인생 선배인 곤노 선생님은 상냥한 미소를 띠며 말했다.

"떠나는 날에 코지가 마음속으로 이 사람들과 만나서 정말 좋았다고 생각할 수 있다면 좋지 않겠나?"

아카오는 입을 굳게 다물었다. 아이를 멀리 떠나보내는 슬픔을 어떻게 견뎌야 할지 알 것 같았다. 곤노 선생님에게 다시 한 수 배운 것이다.

"주목! 지금부터 4교시 도덕 수업을 시작한다. 잘해 보자!"

"예!"

고헤이의 대답에 맞춰 스물여덟 명 모두 하나가 되어 대답했다. 아카오는 평소보다 조금 목소리를 높여 이야기하기 시작했다.

"오늘 수업에서는 이 숫자에 대해 알아보기로 하자."

시라이시는 칠판에 커다랗게 숫자를 써 나갔다.

$$\frac{28}{68\text{억}}$$

"68억분의 28?"

신고가 고개를 갸웃거리며 말한다.

"그렇지. 4학년 때 분수를 공부했으니까 이게 무슨 뜻인지는 알겠지? 자, 여기에 쓰인 68억과 28은 어떤 의미가 있을까?"

아카오의 질문에 아이들은 서로서로 쳐다보며 속삭인다. 그리고 감이 빠른 요스케가 알겠다며 역시 가장 먼저 손을 든다.

"그래, 요스케."

"28은 우리 반 학생수잖아요? 28명이라는 뜻 아닌가요?"

"정답! 잘 맞혔어. 자, 그럼 이 68억은 무슨 숫자일까?"

요스케가 한일자로 입을 굳게 다물었을 때, 다음으로 손을 든 아이는 안경을 낀 기미히코였다.

"68억은 세계 인구수라고 생각합니다. 세계 인구는 지금도 급격히 늘고 있어서 정확한 숫자를 알기는 어렵다고 하지만, 대략 68억 명으로 알고 있습니다."

"우와, 대단해."

"정말 똑소리답다!"

교실 안 여기저기에서 탄성이 터졌다.

"네 말이 맞았다. 68억은 세계 인구수를 가리킨다."

"흐음, 그렇다면… 세계 인구분의 5학년 3반? 그게 무슨 뜻일까?"

요스케가 "가면 갈수록 모르겠네." 하며 팔짱을 끼고 생각에 잠겼다. 다른 아이들도 모두 생각을 하느라 고개를 갸웃갸웃했다. 그 모습을 보고 아카오가 조금씩 귀띔을 해 주었다.

"먼저, 5학년 3반에는 28명이 있다."

아카오의 말에 따라 시라이시가 칠판에 조그마한 원을 그리고, 그 안에 3반이라고 써 넣었다. 아카오가 말을 이었다.

"그런데 우리 초등학교에는 너희들을 포함해 84명의 5학년 학생이 있지. 84명 모두 반이 바뀌어 가며 우연히 3개의 반으로 나뉘었고."

시라이시는 '3반' 바깥에 아까보다 조금 큰 원을 그린 다음 '5학년'이라고 써넣었다.

"5학년뿐만이 아니야. 초등학교 전체는 몇 명이나 되는지 아는 사람?"

아카오의 질문에 아야노가 재빨리 계산에 나선다.

"500명쯤?"

"그래, 지금 우리 학교에는 500명 이상의 친구들이 다니고 있어."

먼저 그린 원 바깥쪽에 이번에는 '마쓰우라니시 초등학교'라고 쓰인 원이 그려졌다. 원은 이미 세 겹이 되어 있었지만, 아카오는 질문을 계속했다.

"그럼 마쓰우라 시에는 사람들이 얼마나 살고 있을까?"

"아, 그거 3학년 때 배웠는데……."

"음, 10만 명 정도?"

"아니야, 20만 명쯤 될 걸?"

교코가 거의 정답에 가까운 숫자를 말했다.

"그래. 마쓰우라 시에는 약 20만이나 되는 사람이 살고 있어. 자, 그렇다면 도쿄 도에는?"

"1,300만 명!"

"일본에는?"

"1억 3천만 명!"

질문이 거듭될수록 아이들이 대답하는 속도도 점점 빨라진다. 그동안 시라이시가 그린 원은 더더욱 늘어나 이제 여섯 겹이 되어 있다.

"자, 마지막으로 전 세계를 보자. 여기에 68억이나 되는 사람들이 살고 있다."

그 말에 맞춰 시라이시가 분필 가루가 날릴 만큼 힘차게 마지막 원을 그려 넣었다. 아이들은 그 기세에 압도되었는지 말없이 여러 겹으로 이루어진 원을 바라볼 뿐이었다.

아카오가 눈짓을 하자 시라이시는 재빨리 교탁 밑에 준비해 두었던 지구의를 꺼냈다.

"지금 알아본 대로 여기 지구에 68억 명의 사람들이 살고 있다. 그 가운데서 일본은 어디일까?"

"아, 저기요!"

요스케가 유라시아 대륙에 기대듯 떠 있는 가늘고 긴 섬나라 일본을 재빨리 찾아냈다.

"후유, 정말 작다."

신고가 자기도 모르게 푸념 섞인 목소리로 말했다.

"그래, 놀랄 정도로 작아. 게다가 그 작은 일본 속의 도쿄, 도쿄 속의 마쓰우라 시, 마쓰우라 시의 마쓰우라니시 초등학교니까, 정말 지구의에서 보자면 바늘 끝 같다고 할까?"

아카오의 말에 아이들이 고개를 끄덕인다.

"세계는 넓고, 그 세계에는 68억이나 되는 사람들이 살고 있다. 이 68억이라는 수를 보자. 억이라는 글자를 쓰지 말고 숫자로만 써 보면……."

6,800,000,000

시라이시가 쓴 숫자를 보고 아이들이 놀라서 소리친다.

"우와아, 굉장해!"

"0이 도대체 몇 개야?"

크게 입을 벌리며 칠판을 바라보는 아이들에게 아카오는 거듭 물어보았다.

"너희들은 이 가운데 겨우 스물여덟 명이다. 전 세계에 68억이라는 사람들이 있는데, 너희는 우연히 일본인으로 태어났고, 우연히 마쓰우라 시에서 자라고, 우연히 올해 열한 살이 되어 5학년이 되었고, 우연히 3반이 되었지. 그렇게 수많은 우연이 겹쳐 여기 5학년 3반 교실에서 만나게 된 거야."

"아하, 그래서 68억분의 28이구나. 이제 알겠네!"

신고가 눈을 반짝이며 외쳤다.

"수학적으로 생각해도 우리는 기적적인 확률로 만났다고 할 수 있겠네요."

기미히코가 탄성을 올린다.

"선생님, 운명인 거죠."

요스케의 말에 아카오가 고개를 끄덕였다.

"운명… 요스케가 좋은 말을 했구나. 이렇게 생각해 보면, 5학년 3반은 기적적인 확률로 만난 친구들이라는 걸 알 수 있겠지? 요스케의 말대로 분명 운명일 거야. 스물여덟 명이 모두 모여 비로소 5학년 3반이 된 거니까. 그렇다면 누구 한 사람이라도 없으면 5학년 3반이 아니라고 생각할 수 있겠지?"

아카오는 시간이 지날수록 자신이 흥분하고 있음을 느꼈다. 코

지는 마지막 줄에 가만히 앉아 담임선생님의 말을 귀담아 듣고
있었다.

"선생님, 잠깐만요……."

4교시 수업이 끝나자 코지가 아카오의 휠체어 옆으로 다가왔다.

"왜, 코지?"

"저, 잠깐만요. 선생님, 복도까지 괜찮으세요?"

법석을 떨며 급식 준비를 하는 아이들을 헤치고, 두 사람은 교
실 밖으로 나왔다. 코지는 아이들이 없는 복도로 나가서도 좀처
럼 말을 꺼내지 못한 채 우물쭈물했다.

"우하하하!"

분위기 메이커인 신고가 또 무슨 우스갯소리를 한 것일까? 교
실 안에서 커다란 웃음소리가 들려왔다. 두 사람은 슬쩍 교실 쪽
으로 눈길을 돌렸다. 왁자지껄한 아이들 소리에 마음을 가다듬은
코지가 고개를 들어 아카오의 눈을 똑바로 바라보았다.

"선생님, 저, 애들한테 말할게요."

아카오는 다정하게 미소 지으며 몇 번이나 고개를 끄덕여 주
었다.

"잘 생각했다. 나도 그게 좋을 것 같아. 그런데 어떻게 그런 마
음을 먹게 되었니?"

코지는 부끄러워하면서 대답했다.

"저… 사실은 두려웠어요."

"두려웠다고?"

"예. 애들은 저만 보면 뚱띠, 뚱띠 하면서도 잘 놀아 주었잖아요. 그런데 왠지 제가 전학을 간다고 해도 슬퍼하지 않을 것 같다는 생각이 들었어요. 그냥 '그래서?' 하고 별일 아니라는 듯 모르는 체할 것 같았거든요."

"그럴 리가 있겠니? 아이들이 너를 얼마나 좋아하는데!"

코지는 불안한 얼굴로 고개를 저었다.

"만약 요스케가 전학을 간다고 하면, 그건 5학년 3반 아이들한테 엄청난 뉴스가 될 거예요. 모두 함께 슬퍼할 거고요. 그런데 저 같은 애는 없어져도 모두 그냥 그런가 보다 할 거예요. 그런 생각이 들었어요."

"코지……."

아카오는 눈을 질끈 감았다. 문득 예전 일이 떠올랐기 때문이다.

아카오가 중학교 1학년 때, '숲속학교'로 탐방 가는 버스 안에서 벌어진 일이다. 서른여덟 명 가운데 한 명이 결석을 했다. 감기 때문에 결석한 그 아이는 평소 말수가 적어 존재감이 별로 없는 가사이였다.

"후유, 친한 애들이 아니라 그 녀석이 결석이어서 다행이야."

아카오는 평소 가까이 지내는 아이들 가운데 결석한 사람이 없는 게 다행이라는 뜻으로 가볍게 한 말이었다. 그런데 그 말을 듣고 불같이 화를 낸 사람은 바로 시라이시였다.

"그래, 넌 좋겠다. 언제나 우리 반의 중심이니까. 만약 네가 결석했다면 모두 걱정해 주었겠지. 하지만 다른 사람의 기분을 조금이라도 생각해 봤어? 오늘 결석한 가사이가 어떤 기분으로 집에 있을지 생각해 봤냐고? 잘나지 않았어도, 별 볼일 없어 보여도 우리 반 친구 가운데 한 사람이야. 모두가 있어야만 비로소 1학년 B반인 거라고!"

결국 숲속학교에서 지내는 사흘 동안 시라이시는 아카오에게 한마디도 하지 않았다.

"저 같은 애는 없어져도 우리 반에 아무 영향도 없을 거예요."

지금 막 코지가 드러낸 불안감은 15년 전의 가사이나 옛날부터 결코 특출하지 않았던 시라이시가 경험한 공통적인 느낌일 것이다. 아니, 결코 코지뿐만이 아니다. 5학년 3반에도 코지와 같은 불안을 느끼는 아이들이 적지 않을 것이다. 그것은 어렸을 때부터 학급의 중심이었던 아카오로서는 상상하기 어려운 감정이기도 했다.

사람 없는 복도에서 코지가 다시 입을 열었다.

"선생님, 그런데 아까 도덕 수업을 듣고 역시 말해야 한다고 생각하게 되었어요. 3반 아이들 모두와 기적적인 확률로 만났으니까요. 아무 말도 안 하고 있다가 전학을 가는 건 왠지 친구들을 배신하는 것 같아요."

아카오는 다시 고개를 끄덕였다.

"그럼 오늘 집에 가기 전에 말하도록 할까?"

"예, 그렇게 할게요. 사실 좀 두렵긴 하지만요."

그때 문이 열리며 교코가 얼굴을 내밀었다.

"선생님, 급식 준비 다 됐는데요."

"그래, 알았다. 금방 갈게."

아카오는 코지를 돌아보며 다정하게 미소 지었다.

"오늘은 오랜만에 추가 배식 맛을 보는 거니?"

"헤헤헤, 어떻게 될까요?"

빨간 가방과 검은 가방이 책상 위에 쭉 정돈되어 있고, 칠판 왼쪽 끝에는 다음 날 시간표가 색색의 자석으로 표시되어 있다. 아이들은 열심히 시간표를 베낀다.

"또 다른 내용은 없습니까?"

남들 앞에서 말하는 것을 잘 못하는 고헤이가 부끄러운 기색으로 몸을 꼬며 서둘러 말했다.

"없는 것 같으니 선생님 말씀을 듣겠습니다."

고헤이는 말을 할 때 급하게 하는데다가 입을 별로 벌리지 않는다. 그래서 아무래도 말투가 무뚝뚝하게 느껴지는 것이 고헤이의 특징이었다.

"오늘은 특별한 일이 있어. 선생님 대신 말을 할 사람이 있거든."

아카오의 말에 아이들이 서로 얼굴을 마주 보았다. 요스케는 검지손가락으로 아이들을 가리키며 "너? 아니면 너?" 하고 수선을 피웠다. 아카오는 그것을 개의치 않고 맨 뒷자리에 앉은 코지를 불렀다. 천천히 일어나 책상과 책상 사이를 옹색한 걸음걸이로 빠져나오는 코지를 보고 아이들은 저마다 깜짝 놀랐다.

"에, 또, 저……."

굳은 얼굴로 칠판 앞에 선 코지는 무심코 아카오를 바라보며 도움을 바라는 눈길을 보낸다. 그러나 아카오는 아무 말 하지 않고 고개만 끄덕거린다. 용기를 내서 스스로 말을 꺼내는 수밖에 없다. 이윽고 마음을 정했는지 코지가 눈을 꼭 감고는 평소와 달리 매우 빠르게 말하기 시작했다.

"제가 3학기부터 시즈오카 현의 하마마츠라는 곳으로 전학을 가게 되었습니다. 지금까지 여러분과 아주 잘 지냈습니다. 모두 고맙습니다."

말을 마치고 코지는 커다란 몸을 90도로 꺾으며 인사를 했다.

반 아이들은 너무 갑작스러운 발표에 큰 충격을 받았다. 그리고 얼마 후면 3반을 떠나게 될 친구에게 무슨 말을 해야 할지 몰라 멍하니 앉아 있었다.

"뭐라고?"

조금 뒤에 화난 목소리가 터져 나왔다. 그때까지도 코지는 반 친구들의 반응이 두려워 몸을 구부린 채 마룻바닥만 보고 있었다. 그러다 큰 소리에 놀라 고개를 들었다. 얼굴이 빨개져 입술을 내밀고 있는 요스케의 모습이 보였다.

"어떻게 그럴 수 있어? 도대체 3학기 때 학급 대항 축구는 어떡하라고? 뚱띠가 없으면 골키퍼는 누가 하냐고? 설날에는 히카와 신사에 함께 가기로 했잖아? 고헤이하고 신고, 나, 너 이렇게 넷이서. 그렇게 약속까지 했잖아. 너, 지금 한 말 거짓말이지?"

"요스케!"

아카오가 날카롭게 쳐다보자 요스케는 "그래도, 그래도……." 하고 울먹이며 책상 위에 엎드리고 말았다. 또 다른 쪽에서도 울음소리가 들려왔다.

"아까 수업에서 선생님이 말씀하셨잖아. 스물여덟 명 모두가 있어야 5학년 3반이라고! 뚱띠가 없으면 이제 3반은 없는 거야. 이젠 끝장이라고!"

고헤이는 사납게 대드는 말투 속에 코지의 전학을 받아들이지 못하는 속마음을 간절히 드러내고 있었다.

"너희들 모두 정말 인정이 없구나."

담임선생님의 뜻밖의 말에 책상에 엎드려 있던 요스케가 슬며시 고개를 들었다. 벽에 기대어 있던 고헤이는 담임선생님을 쏘아보며 다음 말을 기다렸다. 그때까지 교실 한쪽에 있던 아카오는 휠체어를 칠판 앞으로 옮겨 코지 옆으로 다가갔다. 그러고는 아이들에게 말했다.

"이사 간다고 이젠 친구가 아니라는 건가? 요스케, 친구란 늘 함께 있어야만 하는 거야? 고헤이, 같은 교실에서 수업을 받지 않으면 친구라고도 부를 수 없는 건가?"

요스케는 다시 책상 위로 턱을 올리고는 입을 오므렸다. 고헤이는 벽에 기댄 채 가만히 고개를 숙였다. 아카오는 상관하지 않고 말을 이었다.

"선생님도 코지가 전학 가는 걸 바라지 않아. 아니, 가장 전학 가고 싶지 않은 사람은 분명 코지일 거야. 하지만 아버지의 일 때문이니 어떻게 해 볼 도리가 없어. 울어도, 아무리 화가 나도 코지는 2학기가 끝나면 하마마츠로 이사를 가야 하지. 그렇다면 웃으면서 코지를 보내 줘야 하지 않겠니?"

"찬성! 웃으면서 보내 주는 게 5학년 3반답다고 봅니다!"

교코가 손가락으로 눈가를 훔치며 말했다.

"왠지 헤어진다는 말은 쓰고 싶지 않아. 우린 떨어져 있어도 친구니까!"

사야카도 일부러 밝은 목소리로 말했다.

"모두 고마워. 정말 고마……."

코지가 굵은 눈물을 뚝뚝 흘리며 몇 번이나 허리를 숙였다. 그때까지 책상에 엎드려 있던 요스케가 이윽고 허리를 펴고 말했다.

"어쩔 수 없잖아. 자, 크리스마스 축제를 대신할 이름을 함께 생각해 보자. 어제 선생님이 말씀하셨듯이 크리스마스 축제라는 말은 쓸 수 없으니 다른 이름을 생각해 보자."

신고가 불쑥 제안했다.

"뚱띠가 전학을 가게 됐으니까 '이별식'이라고 하면 어떨까?"

"에이, 헤어짐이나 이별 같은 단어는 쓰지 말자고 방금 사야카가 말했잖아."

"참, 그렇지?"

요스케의 핀잔에 신고가 창피한지 혀를 내밀었다.

"출정식이라고 하면 어떨까?"

"출정식? 그게 뭔데?"

기미히코의 제안에 고헤이가 고개를 갸웃거리며 물었다.

"올림픽 같은 데 나갈 때 쓰는 말이잖아. 큰 대회를 치르러 나가는 선수들에게 잘하고 오라고 전송해 주는 이벤트라고나 할까?"

"아, 그거 텔레비전에서 본 적 있는 것 같아."

"그거 좋은걸."

"좋아! 그럼 24일은 뚱띠를 위한 출정식으로 하자!"

아카오는 아이들이 의견을 내놓을 때마다 고개를 끄덕여 주었다. 그리고 아직 눈물을 흘리고 있는 코지에게 작은 목소리로 격려의 말을 건넸다.

"잘했다, 코지."

역 앞 상점가에는 '크리스마스 세일'이라고 크게 써 붙여 놓았다. 편의점이나 과자 가게 앞에서는 산타클로스 복장을 한 판매원들이 소리를 질러 댄다. 오늘이 가기 전에 꼭 팔아야 할 케이크를 위해 열심이다.

"이제 크리스마스도 끝나 가네. 왠지 올해는 후딱 지나가 버린 것 같아."

시라이시가 추위로 곱아드는 두 손에 입김을 불며 말했다.

"어, 저기 요스케 아닌가? 어이, 요스케!"

아카오는 상점가 대로를 바쁘게 헤쳐 나가는 붉은색 점퍼 차림의 요스케를 큰 소리로 불러 세웠다.

"어? 선생님!"

바로 조금 전 "새해 복 많이 받으세요!" 인사하고 헤어진 담임선생님을 역 앞에서 다시 만나자 요스케는 눈을 동그랗게 떴다.

"요스케, 어딜 그렇게 급히 가니?"

"뻔하잖아요. 뚱띠한테 가는 길이죠. 선생님은요?"

"나도 마찬가지지."

아카오 옆에 있던 시라이시가 요스케를 향해 가볍게 눈을 찡긋하고는 엄지손가락을 치켜세웠다.

"그런데 선생님, 늦지 않았나요?"

"글쎄, 코지가 종업식 끝내고 돌아와 곧장 출발한다고 했는데… 어쨌든 서두르자."

"예."

상점가를 빠져나가자 단층 가옥과 맨션이 늘어선 지역으로 접어든다. 집집마다 베란다나 벽면에 색색의 꼬마전구가 잔뜩 붙어 있다. 앞으로 몇 시간 뒤면 꼬마전구들마다 불이 들어오겠지만, 크리스마스가 지나고 얼마 안 있어 곧 깊숙한 곳에 보관될 것이다. 그렇게 생각하니 왠지 그 풍경이 슬퍼 보이기도 한다.

"아, 고헤이가 와 있어요. 신고하고 기미히코도 있고요. 아이들이 여럿 와 있네요!"

코지가 사는 맨션 앞에 서 있는 아이들을 발견하고는 요스케가 먼저 가 있겠다며 달려 나간다. 저쪽에 대형 트럭 두 대가 정차해 있는 게 보인다.

"다행히 늦지 않았군!"

아카오와 시라이시가 도착했을 때는 마침 코지가 맨션 입구로 내려오는 참이었다. 코지는 너무 놀라서 입을 다물지 못했다.

"아니, 모두 어떻게 된 거야?"

1시간 전 종업식을 마치고 교실에서 다들 시끌벅적하게 작별 인사를 나누었는데, 그 아이들이 여기에 다 모여 있다. 휠체어를 탄 담임선생님도 한쪽에서 웃고 있다.

그때 마치 코지가 그대로 커 버린 듯한 덩치 큰 남자가 계단으로 내려왔다. 코지의 아버지였다. 그는 갑작스러운 상황에 눈을 동그랗게 뜨고 있는 아들의 어깨에 부드럽게 손을 얹었다.

"가서 차를 빼 오마."

코지의 아버지는 그 말을 남기고 주차장 쪽으로 사라졌다. 그러자 코지 주위로 아이들이 몰려들었다. 신고가 슬쩍 손을 내밀었다. 그 작은 손 안에는 아이들에게 아주 인기가 많은 '철팽이'가 놓여 있었다.

"응? 이건 내가 오래전부터 갖고 싶어 했던 베이 블레이드네?"

"응, 뚱띠 너한테 주는 거야."

"헤⋯⋯."

코지가 말문이 막혀 있을 때, 이번에는 요스케가 앞으로 나섰다. 요스케는 등에 매고 있던 배낭을 내리더니 그 안에서 뭔가를 꺼냈다.

"이거 봐, 뚱띠."

요스케가 손에 들고 있는 것은 아르헨티나의 축구 선수 메시의 유니폼이었다.

"아니, 이걸 나한테 주려고?"

"뚱띠 너, 메시 팬이잖아? 너한텐 좀 작을지도 모르겠다."

"하지만 이건 네가 좋아하는 거잖아."

"그러니까 너한테 주려는 거지!"

"요스케……."

코지의 눈시울이 젖어 들었다. 코지는 촉감이 좋은 물빛 유니폼을 받아 들었다.

"미안해. 난 아무것도 없어."

고헤이가 어색하게 웃으며 손을 내밀었다. 코지는 고헤이에게도 고맙다고 인사하며 손을 꽉 쥐었다. 기미히코, 교코, 사야카……. 코지는 이날 모인 친구들과 하나하나 악수를 했다.

아카오와 시라이시는 코지와 마지막으로 인사를 나누었다.

"코지……."

시라이시는 코지의 두툼한 손바닥을 꽉 쥐었다. 열심히 잘하라고 하며 코지의 등을 두드렸다. 다음 순서는 아카오였다. 코지는 쑥 내민 담임선생님의 짧은 팔을 껴안듯이 잡고는 그 손에 두 번,

세 번 힘을 주었다.

빵, 빵.

주차장에서 나온 은색 미니밴이 트럭 뒤로 따라붙어 짧게 경적을 울렸다.

"아, 이젠 가야겠네요."

코지는 계단참에 놓아두었던 베이 블레이드와 유니폼을 집어 들고는 전송하러 온 친구들을 쭉 돌아보았다.

"모두 고마워."

싱긋 웃으며 고개 숙여 인사하고는 비어 있는 왼손을 크게 흔들었다.

"선생님, 이럴 때는 뭐라고 하면 좋을까요? '안녕!'이라고 인사하기는 싫어서요."

요스케가 옆에서 아카오의 얼굴을 슬쩍 보며 물었다.

"글쎄……."

아카오는 잠깐 생각하더니 크게 숨을 들이마시고는 큰 소리로 외쳤다.

"코지, 메리 크리스마스!"

코지는 빙그레 웃으며 똑같이 따라했다.

"메리 크리스마스!"

요스케, 고헤이, 교코와 그 자리에 있던 아이들이 모두 한목소리로 외쳤다.

"메리 크리스마스!"

"메리 크리스마스!"

조수석에 앉은 어머니가 어서 타라고 재촉하자 코지가 뒷자리에 올라탔다. 곧바로 창이 크게 열리고, 코지는 '호빵맨'처럼 둥그스름한 얼굴을 내밀고 소리쳤다.

"얘들아, 우리 모두 어제 출정식 때 불렀던 노래를 부르자!"

"그래, 좋아!"

교코가 코지의 말에 얼른 대답했다.

"아니, 여기서 미샤의 〈빌리브〉를 부르잔 말이야? 창피하잖아!"

고헤이는 그렇게 투덜거리면서도 다리를 어깨 넓이로 벌리고 노래할 준비를 했다.

"만약 네가 상처입고……."

요스케가 먼저 노래를 시작하자 교코가 그 뒤를 따랐다.

"어려움이 닥쳤을 때는……."

그 뒤로 하나 둘 목소리가 보태졌다.

"틀림없이 내가 곁에서 떠받칠 거야, 네 어깨를……."

코지의 어머니가 아카오와 시라이시에게 고개를 숙여 인사했다. 두 대의 트럭에 이어 미니밴이 천천히 움직이기 시작했다. 코지가 창문으로 얼굴을 내밀고 입술을 꽉 깨물며 손을 흔들었다.

"온 세계의 희망을 담고 이 지구가 돌아간다……."

아이들의 노래로 전송을 받으며 은색 미니밴이 차츰차츰 멀어져 갔다.

"지금이 미래의 문을 열 때 / 슬픔과 괴로움이 어느 날엔가 기쁨으로 바뀌리라 / 아이 빌리브 인 퓨처(I believe in future) 난 믿어……."

아이들이 1절을 다 부를 즈음 코지를 실은 자동차는 완전히 사라졌다.

"선생님, 이제는 울어도 되죠?"

요스케가 푹 잠긴 목소리로 묻자 아카오는 고개를 끄덕였다.

"자, 이젠 울어도 된대……."

요스케의 눈물이 뺨을 타고 흘러내렸다. 그러자 다른 아이들도 참았던 눈물을 한꺼번에 쏟아 냈다. 먼 길 떠나는 친구를 눈물로 배웅하는 아이들 뒤에서, 아카오는 힘든 일이 있을 때마다 주문처럼 외우는 응원가를 반복했다.

"코지, 괜찮아. 너라면 틀림없이 괜찮을 거야."

"1월은 간다, 2월은 달아난다, 3월은 사라진다. 이런 말을 들어 보신 적 있나요? 이것은 3학기가 순식간에 지나가는 것을 비유한 말입니다."

3학기 시업식 인사말을 하는 가운데 구로키 교장선생님이 언급한 내용이다. 정말 3학기가 시작되었나 싶더니 순식간에 한 달이 가고 말았다.

"저요, 저요, 저요!"

신고는 평소보다 높은 목소리로 자기를 시켜 달라고 아우성이었다. 이번 수업에서만 벌써 네 번째 손을 들고 있었다. 평소 떠들기를 좋아하긴 하지만, 신고는 수업 중에 손을 들고 발표하는 것은 별로 좋아하지 않는 아이였다. 그런데 이번 주 들어서는 사람이 변한 것처럼 적극적인 모습을 보였다. 점심시간에 축구를 할 때도 그랬다. 평소에는 득점 기회가 와도 양보하는 마음으로 요스케나 고헤이에게 곧잘 공을 넘겨주었다. 그런데 요 며칠 동안에는 "야, 이리 줘!" 하고 패스를 요구하고 오로지 자기가 슛을 넣는 데만 집중했다.

"요즘 신고가 아주 좋아졌는데!"

아카오는 점심시간에 한자 시험지를 채점하다가 고개를 갸웃했다. 평소에는 50점 정도밖에 받지 못하던 신고가 80점을 맞았다. 최근 들어 신고가 눈에 띄게 열심히 공부하는 것 같아 아카오는 자기도 모르게 탄성을 터뜨렸다. 그런데 책상을 빙 둘러서 담임선생님을 바라보던 여자아이들이 깔깔거린다.

"선생님, 정말 모르세요?"

"응? 아니, 얘가 공부를 열심히 하는 데 무슨 이유가 있어?"

아카오가 전혀 짐작도 못하는 표정으로 묻자, 아이들은 참지 못하고 웃음보를 터뜨렸다.

"선생님, 다음 주에 무슨 이벤트가 있는지 잊어버리셨어요?"

"이벤트? 입춘은 이미 지났고… 아, 밸런타인데이?"

"맞아요!"

신고가 변신한 이유를 이제 알 것 같았다. 어쩌면 마음속에 좋아하는 여자아이가 있는지도 모른다. 남자아이들보다 성장이 빠른 또래 여자아이들의 눈에는 그 노력이란 게 쓸데없는 발버둥으로 보일지도 모른다. 하지만 아카오의 눈에는 그런 신고의 모습이 더할 나위 없이 사랑스러웠다.

　"어휴, 추워."

　아오야기 학년 부장이 프린트물이 잔뜩 담긴 플라스틱 상자를 품고 교무실로 들어왔다. 교무실은 온도가 좀 높다 싶을 만큼 난방이 잘되지만, 교실에서 교무실까지 얼어붙은 복도를 지나와야 한다. 그래 봤자 몇 분 정도의 거리지만 뼛속까지 시리기에는 충분했다. 아오야기 선생님은 소매 안으로 오므린 손가락을 입으로 불어 가며 아카오에게 말을 걸었다.

　"난 이때가 정말 싫어요. 밸런타인데이를 맞는다고 애들이 온통 들떠서요. 아카오 선생님 반은 괜찮아요?"

　"웬걸요, 저희도 마찬가지죠. 남자아이들은 초콜릿을 받고 싶어서 수업 때 열심히 손을 들기도 하고요."

　아오야기 선생님은 싱긋 웃었다.

　"글쎄요, 요새 우리 일본은 도모초코 시대니까요. 남자아이들의 그런 노력이 통할는지는 잘 모르겠군요."

"도모초코요? 그게 뭔데요?"

"아니, 아카오 선생님, 그걸 모르세요? 도모초코란 여자아이가 여자아이한테 주는, 그러니까 친구들끼리 주고받는 초콜릿을 말해요."

"친구들끼리요? 듣고 보니 남자아이들이 좀 서글프겠는데요."

"글쎄요, 어쨌든 요 몇 년은 그래요. 남자한테 초콜릿을 준다는 게 기분 나쁘다, 뭐 그런 걸까요?"

"기분 나쁘다……."

아카오는 열심히 손을 들던 신고의 모습이 떠올라 씁쓸했다.

"그래도 정말 좋아하는 남자아이가 있으면 초콜릿을 몰래 집에까지 갖다 주기도 하지만요."

"아니, 집으로 말입니까? 학교에서 건네주지 않고요?"

"학교에는 초콜릿을 가져오는 게 금지되어 있잖아요."

"예? 초콜릿 금지요?"

생각지도 못한 이야기에 아카오가 목소리를 높이며 반응하자 오히려 아오야기 선생님이 놀란 표정을 지었다.

"그래요. 여기는 학교예요. 그러니까 공부와 관계없는 건 가져올 수 없게 되어 있죠. 조금 이상한 논리일 수 있겠지만요."

"아, 물론 그렇겠지만, 밸런타인데이만은 특별한 날로 여겨서 옛날부터 그냥 모른 체한 게 아닌가요?"

아오야기 선생님은 가볍게 한숨을 내쉬고는 아카오에게 그 의미를 설명했다.

"옛날에는 그랬죠. 좀 느슨하게 대했어요. 하지만 반 아이들 가운데 어떤 애는 초콜릿을 잔뜩 받는데 어떤 애는 하나도 받지 못하면요? 초콜릿을 못 받은 아이는 기분이 어떻겠어요?"

"슬프든지 비참하든지⋯⋯."

"그러니까 그런 아이가 생기지 않게 학교 안에서는 금지하는 거죠. 그래도 정 하고 싶다면 방과 후에 자유롭게 하라고요."

"아, 그런가요⋯⋯."

아카오는 입을 굳게 다물고는 다시 컴퓨터 화면으로 눈길을 돌렸다.

2학기를 마치고 야마베 코지가 전학간 뒤, 교실에는 스물일곱 개의 책상이 놓였다. 다른 반에서는 감기로 결석한 아이들이 많았지만, 3반은 오늘도 모두 출석했다. '공기가 건조하면 감기에 걸리기 쉽다.'는 생각에서 좀처럼 난로를 켜지 않는 아카오의 방침이 좋은 효과를 가져온 것 같았다.

종례 시간, 아카오가 이야기를 하려고 칠판 앞으로 나와 섰다. 그런데 교코 등 여자아이들은 그것을 미처 깨닫지 못하고 방과 후 누구네 집에서 초콜릿을 만들 것인지 수다를 떨고 있었다.

"여보세요, 아가씨들. 여기 좀 보세요!"

아카오가 장난스러운 미소를 지으며 한마디 하자, 아이들이 놀라서 자기 자리로 돌아갔다.

"너희들이 더 잘 알겠지만, 내일은 밸런타인데이다. 지난해에도 그랬으니 알고 있겠지? 당연히 학교에는 공부와 관계없는 걸 가져올 수 없어. 그러니까 만약 학교로 초콜릿을 가져오는 사람이 있으면 선생님이 화낼 거다!"

아이들은 아카오의 이야기를 그저 그러려니 하며 듣고 있었다. 그런데 아카오가 '하지만' 하고 뭔가 있는 것처럼 말하자, 아이들의 표정이 바뀌며 기대에 찬 눈길이 쏟아졌다.

"아니, 도대체 뭣 하는 거야! 이런 걸 학교에 가져와도 된다고 생각하는 거야?"

아이들의 기대감에 찬물을 끼얹으며 갑작스레 내뱉는 아카오의 험악스러운 말투에 아이들이 놀라 부르르 떨었다. 그 모습을 보고는 아카오가 싱긋 웃으며 평소 말투로 돌아왔다.

"후훗, 다른 때라면 이렇게 화를 냈겠지만, 내일 밸런타인데이에만은 다른 방법으로 화를 낼 거야."

후유 하고 가슴을 쓸어내린 아이들은 도대체 내일은 어떻게 화를 낸다는 것인지 흥미진진한 얼굴로 지켜보고 있었다.

"어~ 어~ 어? 안 된다고 했잖아!"

기분이 얼떨떨할 만큼 간사한 아카오의 목소리가 교실에 울려 퍼졌다. 아이들 사이에서 커다란 웃음이 터져 나왔다.

"우하하, 이게 뭐야? 화를 내시는 게 아니잖아!"

"그러니까 가져와도 된다는 거지?"

교실 여기저기에서 왁자지껄 떠드는 소리가 뒤섞인다. 아카오가 다시 장난스럽게 웃으며 말했다.

"그러니까 나는 분명히 가져오면 안 된다고 했다. '그러면 선생님이 화낸다!'고 지금 분명히 말했어."

"아하, 알았어요! 알았어요!"

요스케가 손뼉을 치며 맞받아쳤다. 아카오는 아이들을 둘러보고는 정색을 하고 말했다.

"하지만 지금처럼 특별한 방법으로 화내는 건 선생님만 그러는 거야. 다른 반에는 다른 규칙이 있어. 너희들, 그 점은 잘 알겠지?"

그것은 '밸런타인데이 특별 규칙'이 어디까지나 5학년 3반에만 적용된다는 이야기였다. 이를테면 1반과 2반에게 엉뚱한 피해가 가지 않도록 주의하라고 아카오는 당부를 거듭했다.

"잘 알겠습니다!"

요스케의 목소리에 아이들도 빙긋빙긋 웃으며 동의했다.

"모두 안녕!"

하루 일과가 끝났다. 평소에는 담임선생님에게 혼날 때까지 가방을 둘러메고 수다를 떨던 여자아이들이 금세 밖으로 흩어졌다.

"선생님, 고맙습니다!"

"선생님께도 드릴게요. 저희도 인정이 있잖아요!"

아카오는 복도에서 자기 곁을 스쳐 사라지는 교코 등 무리에게 미소 띤 얼굴로 대꾸했다.

"그러니까 가져오면 안 된다고 했다!"

그날 아침에는 교실에서 화목한 분위기가 느껴졌다. 여자아이들이 손에 든 종이봉투에는 저마다 정성껏 포장한 초콜릿이 들어 있었다. 아이들은 친구끼리 초콜릿을 교환하고는 서로 맛있다고 칭찬해 주기 바빴다. 그것은 속으로는 어떨지 몰라도 마치 처음부터 그렇게 하기로 되어 있는 '응원가 교환식' 같았다.

물론 이 이상한 '응원가 교환식'에 모든 여자아이들이 참여한 것은 아니다. 이 들뜬 이벤트에 전혀 관심을 보이지 않는 아야노 같은 아이도 있다. 반대로 그런 무리에 끼고 싶지만 그럴 수 없어 그저 멀리서 부러움의 눈길을 보내는 아이도 있다. 학교에 초콜릿을 가져오지 못하게 하는 것은 분명 이런 일로 마음 상할 아이들에 대한 배려일 것이다.

그러나 아이들은 성장한다. 언젠가는 어른의 눈이 미치지 않는 곳에서 인간관계를 맺어야 할 때가 온다. 엉켜 버린 인간관계를 조정해 줄 담임선생님이라는 편리한 존재가 그때는 없다. 그것을 생각해야 한다. 괴로움 속에 굴러 떨어지지 않게 하려고 아이들이 걸어가는 길에 있는 걸림돌을 모두 제거해 버리는 교육 방식을 취해서는 절대 안 된다. 질투, 갈등, 안타까움 등의 감정을 겪게 하지 않은 채 아이들을 사회로 내보내는 것이 오히려 무책임한 게 아닐까. 아카오는 그렇게 느꼈기 때문에 학교 방침을 거스르면서까지 초콜릿이라는 불씨를 학교로 가져오게 한 것이다.

"저, 이것은 담임선생님, 그리고 이건 시라이시 선생님요."

"와, 고마워…가 아니라, 이거 학교에 가져오면 안 된다고 했잖니!"

"아하하! 저희한테도 나중에 뭘 주실지 기다릴게요!"

아카오와 시라이시에게도 예쁜 리본이 달린 초콜릿 상자가 돌아왔다. 그런데 여자아이가 남자아이에게 초콜릿을 선물하는 모습은 전혀 찾아볼 수 없었다.

"남자한테 초콜릿을 준다는 게 기분 나쁘다, 뭐 그런 걸까요?"

아카오는 교무실에서 들은 아오야기 선생님의 말이 여자아이들의 본심이 아니기만을 바라고 있었다.

"망했다! 지우개, 지우개를 놓고 왔어."

밸런타인데이에 맞춰 보기 좋고 먹기도 좋은 에클레어(안에는 크림을 넣고 위에 초콜릿을 씌운 길쭉한 케이크)가 디저트로 나온 급식에 한창 소란을 떨고 난 뒤였다. 신고는 실습실에 지우개를 놓고 온 것을 깨닫고는 혼자 북관으로 향했다. 공예실, 가정실 같은 교실이 있는 북관 3층은 수업이 있을 때는 아이들 소리로 떠들썩하지만, 쉬는 시간에는 사람이 없어서 정말 조용하다. 햇빛이 잘 들지 않는 편이어서 5학년 교실이 있는 남관보다 더 눅눅하고, 특히 밤에는 담 겨루기에나 어울릴 법한 으스스한 분위기가 만들어진다.

이윽고 복도 쪽 벽에 별자리 포스터가 붙어 있는 실습실에 도착한 신고는 발걸음을 멈추었다. 아무도 없을 줄 알았던 실습실에서 목소리가 새어 나왔던 것이다. 문 가운데 달린 유리창으로 살짝 안을 들여다보니, 거기에 요스케가 있었다. 요스케 앞에 서서 이야기하는 사람은 꽁지머리를 한 여자아이였다. 손에는 하트 무늬가 여러 개 그려진 종이봉투를 들고 있다. 신고는 눈을 크게 뜨고 여자아이의 옆모습을 확인하고는 발걸음을 죽여 교실로 돌아왔다.

"선생님, 큰일 났어요! 빨리 교실로 와 보세요!"
다음 날 수업 시작 전 어수선한 교무실로 숨이 턱에 차서 달려

온 아이는 쓰카다 시오리였다. 시오리는 교코, 사야카와 잘 몰려 다니는 아이다. 조금 있으면 교사 조회가 시작되지만, 시오리가 어찌나 당황스러운 표정을 짓던지 아카오는 서둘러 교무실을 나와 엘리베이터에 올라탔다. 3반 문을 여니 교코가 칠판 앞에서 엉엉 울고 있고, 사야카가 교코의 어깨를 감싼 채 소리소리 지르고 있었다.

"그러니까 누가 한 짓이냐고! 우리 반 아이일 거 아냐!"

교코와 사야카가 등지고 있는 칠판에는 남자와 여자가 하트 무 늬가 있는 우산을 함께 쓰고 가는 그림이 그려져 있었다. 이름은 이미 지워져 있지만, 분명 교코의 이름이 쓰여 있었을 것이다.

"선생님, 아침에 와 보니까 칠판에 요스케하고 교코의 이름이 적혀 있었어요. 누가 한 짓인지는 모르지만요. 그걸 보고 교코가 울음을 터뜨렸어요."

옆에 있던 시오리가 바로 몇 분 전 거기에 적혀 있던 것이 반에 서 가장 인기 있는 교코의 이름이었다는 것을 알려 주었다.

"알았다! 모두 제자리로 가. 교코하고 사야카도."

아이들이 아카오의 지시에 따라 천천히 움직인다. 교코도 사야 카와 시오리의 부축을 받아 가며 자기 자리로 가 앉았다. 교코는 두 팔로 얼굴을 감싼 채 책상에 엎드렸다. 반 아이들이 모두 자리 에 앉은 것을 확인한 뒤, 아카오가 가라앉은 목소리로 말했다.

"이것을 쓴 사람은 그렇게 나쁜 뜻이 아니었을지 몰라. 하지만 칠판에 이름이 적힌 사람은 마음이 아플 수도 있어. 그리고 반 친구들도 대부분 좋은 기분은 아닐 거야. 누구든 자기가 저지른 장난에 스스로 책임을 지기 바란다. 칠판 앞으로 나와서 잘못했다고 사과해."

대부분의 아이들이 누가 그랬는지 몰라 눈치를 보고 있었지만, 단 한 사람 신고만은 겁먹은 눈으로 담임선생님을 올려다보았다. 아카오는 그것을 눈치채고 신고가 어떻게 나오는지 살펴보았다.

"잘못했어요."

흥분하면 가볍게 행동하기도 하지만, 자기 잘못이라고 생각되면 그 자리에서 사과한다. 그것이 신고의 매력이기도 하다. 기어들어가는 목소리로 자기가 한 일을 인정하는 신고에게 아이들의 눈길이 모두 모아졌다.

"왜 그런 짓을 했니?"

아카오가 부드럽게 물었다.

"어제 실습실에서……."

신고는 점심시간에 교코가 요스케에게 초콜릿 주는 것을 보고는 장난을 치고 싶었다고 솔직히 고백했다.

"뭐야, 그게!"

또 한 사람의 피해자인 요스케가 기분 나쁜 얼굴로 화를 냈다.

아카오는 요스케를 눈으로 말리고, 부드럽지만 힘이 담긴 목소리로 3반 아이들에게 당부했다.

"어떤 친구가 누구에게 초콜릿을 주는 걸 보게 되면, 아마 좀 긴장하게 될 거야. 장난치고 싶은 마음도 생기고, 다른 친구들한테 얘기하고 싶기도 하겠지. 그 마음 잘 안다. 하지만 선생님은 이렇게 생각해. 사람이 사람을 좋아한다는 건 이 세상에서 가장 멋진 일이 아닐까? 생각해 봐. 너희들의 아버지와 어머니도 서로 좋아하셨으니까 결혼하셨겠지? 그래서 너희들이 태어난 거고. 만약 좋아한다는 마음이 없었다면 너희는 이 세상에 태어나지 못했을 거야."

이제 교코도 얼굴을 들고 멍하니 듣고 있다. 칠판에 낙서를 한 신고는 지금까지 본 적 없는 묘한 표정을 지은 채 아카오를 바라보았다.

"신고, 알겠니? 누구를 좋아하는 감정이 없었다면 너도 이 세상에 없었을 거야."

말없이 담임선생님의 말에 고개를 끄덕이던 신고의 뒤에서 갑자기 무뚝뚝한 목소리가 들려왔다.

"하지만 선생님, 신고의 감정도 생각해 줘야 하지 않을까요? 음… 선생님도 눈앞에서 자기가 좋아하는 여자애가 다른 남자애한테 초콜릿을 주는 걸 봤다면 참기 어려웠을 걸요?"

고헤이는 교코를 좋아하는 마음 때문에 그런 장난을 친 친구를 감싸 줄 생각이었다. 하지만 결국 모든 아이들의 눈길을 받게 된 신고는 귀밑까지 빨개져 고헤이를 째려보았다. 생각지도 못한 형태로 고백을 받은 교코도, 아카오도 그저 놀란 얼굴로 '낙서쟁이 왕자님'을 바라보고 있었다.

"그래? 그랬구나, 신고……."

뭔가 적절한 말을 해 줘야 할 것 같아 아카오는 열심히 생각해 보았다. 하지만 좋아하는 아이에게 차인 초등학교 5학년 아이에게 해 줄 말은 아쉽게도 떠오르지 않았다. 그때였다.

"기분 나빠!"

교실 뒤쪽에서 따지는 말투로 입을 연 아이는 사야카였다.

"이런 일 때문에 시달리게 될 교코의 기분을 생각해 봐!"

신고는 입술을 꽉 깨물고 바닥만 쳐다보았다.

"맞아. 교코는 좋아하는 사람이 있으니 방해하지 말아야지."

사야카의 뒤를 이어 말을 꺼낸 아이는 오늘 사건을 교무실에까지 알린 시오리였다.

"그건 말이 안 돼. 교코한테 좋아하는 사람이 있는 것처럼 신고한테도 좋아하는 사람이 있을 수 있어. 조금도 이상한 게 아니야."

아카오가 다른 때와는 달리 강한 말투로 말했지만, 교실은 사야카와 시오리의 주장을 따르는 여자아이들의 웅성거림으로 가득 찼다.

"잘났어."

"뻐드렁니 주제에!"

어디선가 들려온 말에 신고가 움찔했다.

커다랗게 툭 튀어나온 앞니. 그전까지는 별로 신경 쓰지 않았는데, 4학년 때 처음으로 좋아하는 여자애가 생기자 갑자기 걸림돌로 생각되기 시작했다. 신고는 거울을 볼 때마다 한숨이 나왔다. 손가락으로 눌러 가며 안으로 밀어 보려 한 적도 있지만, 단단한 뻐드렁니 두 개는 꿈쩍도 하지 않았다.

"그래, 나도 내 이가 기분 나빠!"

목소리가 생각보다 크게 나오는 바람에 신고 자신도 놀랐다. 3반에서 가장 예쁜 아이와 뻐드렁니 수다쟁이. 둘이 결코 어울리지 않는 한 쌍이라는 것을 신고도 잘 알고 있다. 그에 비하면 요스케는……

교실 안이 갑자기 조용해졌다. 자연스레 아이들의 눈길이 어깨를 들썩이는 여린 몸집의 아이에게 모아졌다.

"그래, 난 쓸모없는 인간이니까……"

교코에게 인정을 받고 싶어서 정말 많이 노력해 왔다. 한자 시험에서 100점을 맞으려고 그렇게 열심히 공부했지만 80점밖에 맞지 못했다. 교코에게 멋진 슛을 보여 주고 싶었지만, 요스케와 고헤이처럼 멋진 슛을 날릴 수 없었다.

"나는 잘하는 게 없어……."

잘하는 것이 없어, 잘하는 것이 없어…….

아카오는 그 말을 머릿속에서 지우려 애썼다. 그래서 신고를 여러 면으로 생각해 보았지만, 자신감을 회복시켜 줄 말을 도저히 찾을 수 없었다. 눈앞에서 꾸르륵꾸르륵 소리를 내며 늪 속으로 가라앉는 신고를 구해 주지 못한 채, 아카오는 수업 시작을 알리는 종소리를 듣고 있었다.

다음 날도, 그다음 날도 신고는 학교에 나오지 않았다. 창문으로 비쳐 들어오는 따사로운 햇살을 따라 창가로 모여든 여자아이들도 자연스레 신고의 책상으로 눈길을 보냈다.

"쟤 어떻게 된 거야? 이렇게 학교에 안 나오면, 그게 교코의 탓이라는 거야?"

"결석해서 애들의 동정심을 사려고 그러는 거 아냐?"

사야카도 시오리도 입으로는 독한 말을 했지만 마음까지 그런 건 아니었다. 그저 교코의 마음을 다독거리기 위해 하는 말일 뿐이었다.

"여자한테 차였다고 학교에 안 나온다니, 걔 바보 아냐?"

사야카가 맥 빠지게 중얼거리는 소리를 들으며 교코는 멍하니 창밖을 바라보았다. 거기에는 공 하나를 두고 달리는 요스케 등 남자아이들의 모습이 보였다.

"야, 여기야!"

패스를 받자 휙 몸을 돌리며 재빨리 오른발을 돌려 뺀다. 달려오던 고헤이의 발보다 약간 먼저 요스케의 발끝에서 튀어 나간 공은 골문 오른쪽 구석으로 날아 들어간다.

"우와!"

요스케는 다른 때와 마찬가지로 골을 넣는 동시에 두 손을 높이 쳐들며 돌아보았다. 그런데 거기에 환한 얼굴로 달려드는 신고의 모습은 없었다.

"이제 그만하자!"

요스케는 별로 기뻐하지도 않고, 갑자기 등을 보이며 걷기 시작했다.

"요스케, 왜 벌써 그만 둬? 아직도 5분이나 남았는데."

"그냥, 시시해. 선생님도 축구하러 안 나오시고."

"맞아, 그건 그래."

고헤이도 잰걸음으로 요스케의 뒤를 따라 교실 쪽으로 걷기 시작했다.

"어휴."

요스케가 하늘을 보며 한숨을 내뱉었다.

"이게 뭐야. 그 자식이 없으니까 하나도 재미없어."

교사답지 않게 활동적인 재킷을 입은 곤노 선생님이 상점가로 향하다가 아카오 쪽을 돌아보았다.

"어때, 오늘은 좀 추우니까 꼬치구이 말고 찌개로 할까?"

"아, 좋죠! 어디 좋은 데 있나요?"

지금까지 몇 번이나 크고 작은 사건이 있을 때 곤노 선생님에게 상담을 하곤 했다. 그러면서도 아카오는 스스로 해결책을 찾아가는 강인함을 보였다. 그런데 이번에는 어쩐 일인지 전과는 영 달랐다. 며칠 전부터 시든 꽃처럼 교무실에 틀어박혀 있는 아카오의 모습에 곤노 선생님은 걱정스러워했다.

"아니, 도대체 어떻게 된 거야?"

내장탕의 주인공이라 할 내장이 보이지 않을 만큼 가득 덮인 양배추를 냄비 속으로 밀어 넣으며 곤노 선생님은 아카오에게 매실주를 내밀었다. 아카오는 얼음이 담긴 매실주 잔을 기울이면서 천천히 입을 열었다.

"제가 그 녀석한테 상처를 입히고 말았어요. 돌이킬 수 없을지도 모르는……."

아카오는 몇 번씩이나 한숨을 쉬어 가며 밸런타인데이에 있었던 일과 그다음 날부터 학교에 안 나오고 있는 신고에 대한 이야기를 털어놓았다.

"음… 그러니까 그런 거군. 아카오 신노스케 선생님은 자기가 생각한 것만큼 아이들을 알지 못하고 있었다, 바로 그거지!"

지금 가장 듣고 싶지 않은 말이 날카롭게 아카오의 가슴에 꽂혔다. 그런데 그것은 요 며칠 동안 아카오가 가장 아프게 느꼈던 점이기도 했다.

"정말 그 말씀 그대로입니다."

사람은 저마다 개성이 있고 저마다 장점을 드러내는 분야가 있다. 아카오는 지난 1년 동안 그런 생각으로 3반 아이들을 보살펴 왔다. 그러나 "저는 쓸모가 없는 놈이에요."라는 신고의 말을 듣는 순간 곧바로 되돌려줄 말을 찾지 못했다. 아니, 신고뿐만이 아니다. "네 장점은 이거란다." 라고 명쾌하게 답해 줄 수 있는 아이들이 스물일곱 명 가운데 몇 명이나 될까?

"모든 사람에게는 장점이 있다."

입으로는 그렇게 듣기 좋은 말을 하면서도 실은 한 사람 한 사람의 개성을 전혀 파악하지 못하고 있었던 것이다.

"학기를 마치면서 마지막으로 좋은 공부를 하는 것 같은데?"

곤노 선생님이 친근한 표정으로 미소를 지었다.

"알고 있다고 생각했는데 사실은 전혀 아니었다는 거지. 진심으로 알려고 하지 않으면 아이들에 대해 무엇 하나 알 수 없어. 1년이 끝나 갈 무렵에 그 점에 눈뜬 것만 해도 엄청난 거야."

조금 전까지 넘칠 것 같던 양배추 더미는 열기에 누그러졌는지 냄비 속에 착 가라앉았다.

"맞아요, 선생님 말씀대로일지도 몰라요. 하지만 저한테는 앞으로 계속될 일이어도 저와 아이들과의 관계는 이제 한 달밖에 남지 않았어요. 4월부터는 다른 선생님이 그 반을 맡게 될지도 모르니까요. 그 생각을 하니 억울하기도 하고 미안하기도 하고……."

매실주 잔에서 균형을 잘 잡고 있던 얼음 두 조각도 시간이 지나자 녹기 시작해 마침내 꼬르륵 소리를 내며 매실주 속으로 가라앉았다. 아카오는 다시 잔을 기울여 알맞은 농도의 매실주를 입안에 털어 넣었다.

"그런데 신고의 집에는 가 봤나?"

곤노 선생님은 가라앉은 아카오의 기분을 조금이라도 적극적으로 바꾸어 함께 해결책을 찾아보려 했다. 그런데 아카오는 눈을 내리깔고 고개를 저었다.

"지금 가 봤자 별 의미가 없다고 생각해요. 신고한테 해 줄 말을 아직 찾지 못했으니까요."

3반 교실에서는 학급 회의가 열리고 있었다. 아직도 신고의 자리는 텅 비어 있다.

"오늘의 의제는 다음 달에 만들 문집의 주제에 대한 것입니다. 의견 있으면 발표해 주세요."

사회를 맡은 아야노의 말에 아이들은 서로 얼굴을 보며 웅성거렸다. 그때 처음 손을 든 사람은 요스케였다.

"좀 평범하긴 하지만 '5학년 3반의 추억'이라고 하면 좋지 않을까요? 그렇게 하면 소풍이나 운동회 같은 추억을 자유롭게 쓸 수 있을 텐데요."

여기저기에서 박수가 터졌다. 다음으로 손을 든 사람은 기미히코였다.

"제 생각에는 '나와 우리가 잘하는 것'이 어떨까 싶습니다. 선생님은 언제나 뭔가에서 1등이 되라고 하셨어요. 각자가 자신의 장점에 대해 써 보는 거죠."

그 의견에는 여기저기서 투정을 했다.

"그건 너무 어려워!"

"그래, 똑소리 년 좋겠다. 공부가 장점이라고 쓰면 될 거 아냐?"

"자기에 대해서는 잘 모르잖아. 다른 친구 얘기라면 쓸 수 있을지 몰라도……."

마지막에 나온 의견을 말한 사람이 사야카였을까? 그 말을 듣자마자 아카오는 기대고 있던 휠체어에서 튀어나오듯 몸을 일으키며 매우 반가워했다.

"사야카, 지금 뭐라고 했지?"

"아, 그러니까요, 자기가 잘하는 게 뭔지는 잘 몰라도 친구에 대해서라면 쓸 수 있을 것 같아요."

"바로 그거야!"

아카오는 휠체어를 교실 가운데로 밀어 사회를 보던 아야노 옆으로 갔다.

"얘들아, 미안! 내 말 좀 들어줄래? 학급 회의를 하는 중이고 아직 결론도 내지 못했는데 내가 나서서 미안하다. 하지만 지금 꼭 해야 할 일이 생겨서 말이야, 학급 회의를 내일 하면 어떨까?"

아카오의 제안에 아야노가 "모두 어떻습니까?" 하고 물었다.

"괜찮습니다."

"선생님 말씀이니까요."

아이들의 반응에 가슴을 쓸어내린 아카오는 시라이시에게 말해 책장 위 파일에서 3반 명부를 꺼내 왔다. 세로에는 아이들의 이름이 차례대로 적혀 있고, 가로에는 1행씩 평가를 적어 넣는 공간이 만들어져 있다. 이것은 통지표를 작성할 때 참고하기 위해 아카오가 운동회나 소풍 등의 행사 때마다 아이들이 얼마나 노력했는지 적어 두려고 만든 것이었다.

"이게 뭐지? 아, 명부구나."

"이걸 어떡하면 되는 거지?"

시라이시가 서둘러 복사해 온 명부를 받은 아이들은 의아해하며 종이를 들여다보았다. 명부가 스물여섯 명 모두에게 전달되자 아카오가 입을 열었다.

"지금부터 거기에 친구들이 잘하는 것, 곧 장점을 써넣기 바란다. 길게 쓰지 않아도 돼. 단 한 줄이라도 좋으니까, '이 아이는 이걸 참 잘합니다.' 하고 선생님에게 가르쳐 주기 바란다."

명부를 왜 나누어 주었는지 이해한 아이들이 한마디씩 했다.

"와, 재밌겠다!"

"우리 반 애들 모두에 대해 쓸 수 있을까?"

이윽고 교실이 조용해졌다. 아이들이 연필로 글씨를 쓸 때 나는 사각사각 소리와 전동 휠체어 움직이는 소리만 교실에 가득 퍼졌다.

아카오는 아이들이 쓰는 내용을 살펴보았다. 기미히코의 똑똑함, 고헤이의 뛰어난 운동신경처럼 누구든 알 만한 내용도 있었지만, 거기에는 아카오가 알지 못하는 아이들의 매력이 많이 담겨 있었다.

'그래? 저 애한테 그런 좋은 점이 있었구나. 하, 저 애한테는 그런 면이…….'

아이들이 적은 내용을 볼 때마다 아카오는 큰 발견을 한 것만 같아 놀라웠다.

'그걸 모르고 있었던 사람은 담임인 나뿐이었는지도 모른다.'

물론 신고에 대해서도 아이들의 따뜻한 평가가 담겨 있었다.

"3반의 대단한 떠버리, 그야말로 딱따구리 같다!"

"우리들의 분위기 메이커."

아이들이 써 놓은 내용을 보고 아카오도 고개를 끄덕였다. 그러면서 '나는 왜 이런 말을 한 번도 해 주지 못했을까?' 하고 반성도 해 보았다. 아카오는 자신의 능력이 얼마나 부족한지를 깊이 깨달았다.

그날 방과 후에 아카오는 시라이시와 함께 신고의 집을 방문했다. 오래되었다는 것을 단박에 알려주는 누르스름한 벽과 군청색 지붕이 눈에 들어왔다. 아라키라고 쓰인 문패 옆의 초인종을 누르자, 인터폰으로 귀에 익은 목소리가 들려왔다. 학부모 교사 연합회(PTA)에서 학급 대표를 맡은 어머니였다.

'전에도 이런 적이 있었지.'

아카오는 실내화 사건으로 아야노가 학교에 나오지 않았던 일을 떠올렸다. 그때로부터 거의 1년이 지났다. 그동안 5학년 3반에는 여러 가지 사건이 있었다. 돌아보면 쓸데없는 일은 하나도 없었다. 모두가 아이들의 성장과 관련된 일이었다고 가슴을 펴고 말할 수 있었다.

거실로 안내되어 소파에 앉자, 신고의 어머니는 잠깐만 기다리라고 하고는 조용히 부엌 쪽으로 사라졌다. 아이가 불안한 상태일 때 어떤 부모는 그 아이와 함께 불안해하고, 어떤 부모는 아무리 거센 바람이 불어도 꿈쩍하지 않는다. 신고의 어머니는 꿈쩍도 하지 않는 사람이었다.

"별로 드릴 게 없네요."

어머니가 들고 온 쟁반에는 찻잔 세 개와 오렌지 주스가 담긴 컵 하나, 그리고 포장지로 싼 마들렌 과자가 놓여 있었다.

"신고, 간식 먹자!"

그러자 뜻밖에도 금방 문이 열리고, 신고가 얼굴을 쏙 내밀었다.

"아, 선생님 오셨어요?"

신고는 거북한 표정으로 거실까지 나와서 카펫 위에 앉았다.

"엄마, 이거 먹어도 돼요?"

생각보다 건강한 모습에 아카오는 안심했다. 어쩌면 신고 자신도 찜찜한 채로 학교에 나오기가 어려워 뭔가 계기를 찾고 있었는지도 모른다.

"신고, 애들이 다 네 걱정을 하고 있어."

욕심껏 입에 넣은 마들렌 과자가 갑자기 목에 걸리기라도 했는지 신고가 캑캑거리며 기침을 했다. 자연히 오렌지 주스로 손을 뻗어 벌컥벌컥 마셨다.

"하아, 하아… 그럴 리가요. 그러니까… 저 같은 앤 기분 나빠 하잖아요!"

신고는 평소에는 별로 볼 수 없던 어두운 표정으로 지금 막 들이켠 오렌지 주스를 바라보고 있었다.

"저, 학교에 안 가는 동안 계속 생각했거든요. 그런데 아직 찾지 못했어요."

"뭘?"

"제가 잘하는 거요."

그 말에 아카오와 시라이시는 얼굴을 마주 보고 웃으며 고개를 끄덕였다.

"글쎄. 신고, 잠깐 바깥으로 나가 보겠니?"

"예? 바깥으로요? 왜요?"

"그렇게 하자. 괜찮아."

시라이시가 신고의 손을 잡고 현관까지 데리고 가서 신발을 신겼다. 그리고 문을 열었을 때, 거기에는 낯익은 친구들의 얼굴이 있었다. 신고는 얼떨떨한 얼굴로 입을 열었다.

"모두……."

처음 말을 꺼낸 사람은 요스케였다.

"바보! 언제까지 집에 틀어박혀 있을 거야? 네가 없으니까 축구를 해도 재미가 없잖아!"

"요스케……."

요스케 옆에 서 있던 고헤이가 쑥스러워하며 말을 이었다.

"너 말이야, 스스로 쓸모가 없다고 이야기하는데, 베이 블레이드를 네가 얼마나 잘하냐? 난 너한테 늘 깨지는걸."

그다음에 입을 연 사람은 맨 오른쪽에 있던 사야카였다.

"나도 다 들었어. 2학기 종업식 날, 내 동생이 학교에서 가져올 짐이 너무 많아 힘들었을 때 네가 집 앞에까지 가져다 줬다는 거. 그전까지만 해도 그냥 말만 잘하는 떠버리라고 생각했는데, 넌 정말 좋은 애야."

"헤헤헤."

신고가 쑥스러워하며 머리를 긁적거렸다.

"나는……."

교코가 입을 열자 신고의 얼굴이 갑자기 굳었다.

"나는 5학년 3반이 좋아. 늘 웃음소리가 끊이지 않아 즐겁잖아. 그런데 요 며칠 지내면서 분명히 알게 됐어. 우리 반에 웃음꽃이 피었던 것은 신고가 있었기 때문이라고. 우리 모두를 즐겁게 해 줬고, 행복하게 해 줬어. 그런 재능이 너한테는 분명히 있다고 생각해."

"교코……."

울어야 좋을까 웃어야 좋을까, 신고는 알 수가 없었다.

"신고가 얼마나 장점이 많은 아이인지 반 친구들이 몽땅 알려 주었구나."

갑자기 들려온 소리에 신고가 뒤를 돌아보니 담임선생님이 싱글거리고 있었다.

"내일은 꼭 학교에 나와라."

"기다리고 있을게."

친근하게 소리치는 아이들에게 신고는 크게 손을 흔들었다.

오랜만에 스물일곱 명이 모두 모인 5학년 3반, 2교시 수업은 도덕이었다. 시라이시가 아이들에게 나눠 준 종이에는 시 한 편이 적혀 있었다.

"나와 작은 새와 방울? 참 이상한 제목이네."

요스케가 무심결에 자신의 느낌을 솔직히 말했다.

"이것은 가네코 미스즈라는 시인이 쓴 시야. 먼저 다 함께 소리 내서 읽어 보자!"

아카오의 신호에 따라 아이들이 운을 맞춰 시를 읽었다.

나 두 팔을 펼쳐도
조금도 하늘을 날 수 없지만
하늘 나는 작은 새는 나처럼

땅 위를 빨리 달리지 못해.

내 몸은 문질러도
아름다운 소리 나지 않지만
저기 우는 저 방울은 나처럼
수많은 노래를 알지 못해.

방울과 작은 새, 그리고 나
모두 다르니까 모두가 좋아.

아이들이 마지막까지 다 읽자, 아카오는 곧장 다음 단계로 나
아갔다.

"자, 이번에는 모두 소리를 내지 말고 읽어 보자. 다 읽고 난 다
음에 시인이 이 시에서 가장 말하고 싶어 하는 내용이라고 생각
하는 부분에 줄을 그어 보자."

돌아보니 아이들은 거의 같은 부분에 표시를 하고 있다.

"그렇지. 선생님도 마지막 줄 '모두 다르니까 모두가 좋아.'가
시인이 가장 하고 싶었던 말이라고 생각해. 자, 시인은 '무엇이'
달라도 좋다고 말하고 있을까?"

아카오의 질문에 신고가 "얼굴이요!" 하고 대답했다.

"그건 당연한 거 아냐?"

요스케가 끼어들었다.

신고와 요스케의 주거니 받거니가 되살아나자, 오랜만에 분위기가 뜨거워졌다. 한바탕 웃음살이 퍼질 즈음 교코가 다시 손을 들었다.

"모두가… 잘하는 것?"

"그렇지. 분명 모두가 잘하는 것, 곧 장점이 사람마다 다르지. 하지만 그뿐일까? 이 시를 다시 한 번 잘 읽고, 시인이 전하려 하는 것을 생각해 보자."

조금 시간이 흐른 뒤, 분석력이 뛰어난 기미히코가 손을 들었다.

"잘하지 못하는 것, 단점?"

기미히코가 말하는 대로 이 시를 찬찬히 읽어 보면 드러나는 것이 있다. 하늘을 날 수 없다, 땅 위를 빨리 달릴 수 없다, 아름다운 소리를 낼 수 없다, 수많은 노래를 알지 못한다는 내용이 나온다. 모두 할 수 없는 것만 늘어놓았음을 알 수 있다.

"모든 사람에게는 제각기 잘하는 것과 잘하지 못하는 것, 곧 장점과 단점이 있게 마련이다. 그것은 당연한 거야. 그러니까 그것을 이유로 친구를 시샘하거나 스스로에게 실망할 필요는 없어. 누구에게나 자기 나름대로 좋은 게 있는 법이니까."

"선생님, 그걸 개성이라고 하는 거죠?"

요스케의 말에 아카오가 고개를 끄덕였다.

"오늘은 모두 자기의 개성에 대해 생각해 보자. 종이를 뒤집어 보렴."

그 시가 담긴 종이의 뒷면에는 빈칸이 있는 한 문장이 적혀 있었다.

나는 (　　　　)만 (　　　　)다.

그 문장을 보고 어떤 아이들은 고개를 끄덕거렸고, 어떤 아이들은 고개를 갸웃거렸다. 아카오의 설명이 이어졌다.

"첫 번째의 (　　　)에는 자기가 할 수 없는 것, 곧 단점을 적어 넣어. 그리고 두 번째 (　　　)에는……."

"자기가 잘하는 것, 즉 장점이요!"

다음 말을 기다리지 못하고 대신 대답하는 신고에게 애정이 담긴 눈길을 보내며 아카오가 천천히 고개를 끄덕였다.

"그래, 맞아! 그러면 거기에 각자의 개성이 드러나게 될 거야."

아카오는 머뭇거리다가 연필을 고쳐 쥐고 빈칸을 채우고 있는 아이들 사이를 천천히 돌아다녔다.

"나는 (공부는 싫어하지)만 (축구는 아주 좋아한)다."

고헤이다운 직선적 답변에 슬며시 웃음이 나온다.

"나는 (수영은 못하지)만 (연습은 열심이)다."

잘하진 못하지만 뭔가에 집중해 노력하는 것도 장점 중의 하나라고 생각하는 기미히코, 과연 어울리는 답이다.

다른 아이들도 저마다 고민하고 또는 부끄러워하며 자기 자신과 마주 보려고 노력한다는 것을 잘 알 수 있었다.

아카오의 휠체어가 신고가 앉은 자리로 향한다. 왠지 바라보기가 꺼려지기도 한다. 그러나 분명 신고 나름대로 어떤 느낌을 받았을 것이라 믿으며 아카오는 신고의 어깨 너머로 살짝 살펴보았다.

"나는 (여자애들한테 인기는 없지)만 (모두를 행복하게 해 주는 힘이 있)다."

아카오는 눈을 감고 어제의 장면을 떠올렸다.

"우리 모두를 즐겁게 해 줬고, 행복하게 해 줬어. 그런 재능이 너한테는 분명히 있다고 생각해."

그때 문 앞에서 교코가 해 준 말에서 신고는 이미 자신의 재능을 발견했는지도 모른다. 선생님의 수업이 아니라 아이들의 관계속에서 더 많은 배움과 깨우침이 이루어진다는 것에 아카오는 살짝 질투를 느꼈다. 하지만 그 속에서 기쁨도 배어 나온다는 것을 알았다.

"자, 시간이 다 됐다. 맨 뒷줄에서 종이를 걷어 가지고 오렴."

곧 스물일곱 명의 빛나는 개성이 담긴 종이가 교탁 위에 모아졌다. 마침 3교시를 마치는 종이 울렸다.

"야, 쉬는 시간이다!"

"신고, 축구하러 가자!"

친구들이 재촉하자 신고는 자리에서 튀어 오르듯 일어났다.

"선생님도 같이 해요. 빨리요, 빨리!"

"좋아, 나도 가지!"

오렌지색 축구공을 손에 들고 교실을 뛰쳐나가는 아이들을 쫓아 아카오의 휠체어가 복도를 달리기 시작했다.

5학년 3반에는 언제나처럼 웃음꽃이 피어났다.

에필로그

"선생님, 1년 동안 정말정말 고마웠습니다."

조금 전 체육관에서 막 끝난 수료식에서 5학년 3반 대표로 교장선생님에게 수료증을 받아 든 기미히코가 아카오를 향해 오른손을 내밀었다. 아카오가 내민 짧은 팔을 꼭 잡은 뒤 똑소리 기미히코는 입술을 깨물며 교실을 떠났다.

"선생님, 또 뵙겠습니다."

"6학년으로 올라가서 다른 반 담임을 맡으셔도 저희랑 가끔 축구 하셔야 해요."

요스케와 고헤이가 교실 문 어름에서 손을 흔들었다.

"하하하, 1년 동안 애썼다!"

휠체어 위에서 빙그레 웃으며 아카오도 손을 흔들었다.

"선생님, 정말 고마웠습니다."

사야카, 시오리와 짝을 지어 찾아온 교코의 눈가에는 눈물이 맺혀 있었다.

"선생님, 6학년 때도 꼭 저희 3반 담임선생님으로 와 주세요."

"저도 다시 선생님 반이 되고 싶어요."

"글쎄, 그건 교장선생님이 결정하실 일이니까 뭐라고 못하겠구나. 그렇게 되면 좋겠다만……."

아카오는 수줍은 미소를 띠며 세 사람을 전송했다. 게시물도 모두 떼어 냈다. 아이들의 짐은 아무것도 남아 있지 않았다. 왠지 색이 바랜 듯한 교실에 아카오와 시라이시 두 사람만이 남았다.

"끝난 건가?"

"끝난 거지."

두 사람은 굳게 악수를 나누고 텅 빈 교실을 휘 둘러보았다. 많은 일이 있었다. 기쁨과 슬픔, 좌절과 성장……. 이 교실을 무대 삼아 아이들은 많은 일을 겪었고, 오늘 아카오의 품을 떠나 새로운 둥지를 틀러 갔다.

"저기……."

"응, 왜?"

시라이시는 친구 아카오를 돌아보았다.

"고마웠어."

"갑자기 무슨 말이야?"

생각지도 못한 아카오의 말에 시라이시의 얼굴에 웃음이 번진다.

"글쎄, 갑자기 그런 생각이 들었어. 나 같은 몸으로 초등학교에서 교사 노릇을 한다는 게 보통 일이 아니잖아. 하지만 해냈어. 1년 동안 5학년 3반을 이렇게 무사히 이끌고 왔잖아. 네가 있어서 할 수 있었던 거야."

"아니야. 난 정말 아무것도 한 게 없어. 네가 진심으로 아이들에게 다가섰고, 아이들이 거기에 따랐던 거지. 정말 그뿐이야."

그런데도 아카오는 다시 "고마워!" 하고 말한 뒤, 고개를 들어 교실을 쭉 둘러보고는 시라이시에게 말했다.

"먼저 갈래? 난 좀 더 있다 갈 테니까."

"그럴까? 알았어."

시라이시가 떠나고 마침내 혼자 남은 교실에서 아카오는 수료식 전날에야 완성된 5학년 3반 학급 문집을 펼쳐 들었다. 학급 문집의 제목은 '색연필'이었다. 학급 회의에서 아이들이 '5학년 3반에는 색연필처럼 색색의 개성 넘치는 친구들이 모여 있으므로'라는 이유로 결정한 제목이다.

'미래의 꿈'이라는 주제로 쓴 스물일곱 명의 글 속에는 학급 문집의 제목대로 색색의 개성과 미래를 향한 희망이 넘쳐나고 있었다.

저는 아버지처럼 훌륭한 학자가 되려고 합니다. 그러려면 더욱 더 열심히 공부를 해야겠지만, 저는 공부나 독서를 싫어하지 않으니 틀림없이 해낼 것입니다. 지금은 별명이 '똑소리'지만, 어른이 되면 교수가 될 수 있도록 열심히 노력하겠습니다.

- 구도 기미히코

저는 괴로움을 겪는 사람을 도와주는 것을 좋아합니다. 소풍 날, 제가 다쳐서 어려움을 겪고 있을 때 모두가 도와주어 정말 기뻤기 때문입니다. 그래서 저는 부상이나 병으로 괴로움을 겪는 사람을 돌봐주는 친절한 간호사가 되고 싶습니다.

- 구리하라 사야카

저는 스무 살이 되면 우리 5학년 3반의 반 모임을 열고 싶습니다. 모두 어떤 일을 하고 있을까요? 아직 대학에 다니는 학생일까요? 애인은 생겼을까요? 제가 뒤에서 다 준비할 테니 모두 꼭 참석하기 바랍니다. 스무 살이 된 친구들과 꼭 만나보고 싶으니까요. 그때는 뚱띠도 참석하겠죠? 아카오 선생님도, 시라이시 선생님도 꼭 참석하셔야 해요.

- 사와무라 요스케

저는 양과자 만드는 걸 좋아하니까 맛있는 케이크 가게에서 일하고 싶습니다. 아, 어쩌면 헤어 디자이너나 네일아티스트가 더 좋을지도 모르겠네요. 아름답게 꾸며 드린 손님들이 기뻐한다면 저도 무척 기쁠 것이기 때문입니다. 그런데 좋아하는 사람과 결혼해서 좋은 엄마가 되는 것이 역시 최고의 꿈이 아닐까요?

- 안도 교코

지금까지 꿈이라고 할 만한 걸 생각해 본 적이 없지만, 모두가 '신고는 가까이 있는 사람들을 기분 좋게 만든다'는 말을 해주어서 얼마나 기뻤는지 몰라. 그래서 나는 코미디언이 되고 싶어. 먼저 연기 학교에 들어가 열심히 연습을 한 뒤에 모든 일본 사람을 웃겨 보고 싶어.

- 아라키 신고

제 꿈은 아버지, 어머니, 언니, 저 이렇게 네 식구가 언제까지나 오순도순 사는 것이랍니다. 그러려면 열심히 공부를 한 뒤 돈을 많이 버는 일을 하고 싶습니다. 그런 다음에는 책 읽기를 워낙 좋아하니까 소설을 써 보고 싶다는 생각도 가끔 합니다. 하지만 너무 큰 꿈일까요?

- 나카니시 아야노

전에는 축구 선수가 되고 싶어 했지만, 이제는 학교 선생님도 좋지 않을까 생각하게 되었습니다. 저는 머리도 좋지 않고 공부도 썩 좋아하지는 않지만, 우리 담임선생님처럼 된다면 얼마나 멋질까 상상해 봅니다. 그러면 저도 아이들한테 말해주고 싶어요. '절대 포기하지 마! 넘버원을 목표로 하는 거야.' 하고 말입니다.

– 가와구치 고헤이

아카오는 울고 웃으며 스물일곱 명이 써낸 미래의 꿈을 다 읽었다. 스물일곱 아이들의 스물일곱 가지 '색연필'을 소중하게 가방에 넣은 뒤, 아카오는 휠체어를 움직였다. 휠체어가 활짝 열린 문앞까지 오자 고개를 돌려 다시 교실을 바라보았다. 그리고 아무도 없는 교실을 향해 깊이 고개를 숙였다.

고개를 들자 아카오의 눈이 추억 어린 칠판에 머물렀다. 거기에는 「나와 작은 새와 방울」이라는 시를 공부할 때, 그것을 바탕으로 아이들이 남긴 글귀가 커다랗게 쓰여 있었다.

아카오 선생님에게는 팔다리가 없지만,
우리에게는 최고의 선생님입니다.

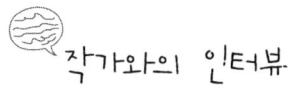
작가와의 인터뷰

※『괜찮아 3반』 작가 오토다케 히로타다와의 서면 인터뷰 전문입니다.

1. 생애 첫 장편소설을 쓰신 것에 대한 감상을 듣고 싶습니다. 소
   설을 집필하시면서, 어려웠던 점이나 즐거웠던 점이 있었다면
   어떤 것일까요?

지금까지 집필해온 논픽션이나 그림책과는 달리, '소설 쓰기'라는 새
로운 도전에 대해서는 다소 불안감이 있었어요. 하지만 아이들과의
추억과 그리고 무엇보다도 전하고 싶은 메시지가 저를 움직이게 만
들었고, 마지막까지 써내려 갈 수 있었습니다.

これまで執筆してきたノンフィクションや繪本の制作と違って, 小說を書くと
いう新たなチャレンジは, 多少なりとも不安がありました。ですが, 子どもたち
との思い出と, そして何より傳えたいメッセージに突き動かされ, 最後まで書き
きることができました。

2. 『괜찮아 3반』을 읽어보면, 오토다케 선생님의 경험이 반영되어
   있는 것은 아닐까 하는 생각이 듭니다. 주인공인 아카오 선생님

과 오토다케 선생님은 몇 퍼센트 정도 닮아있다고 말할 수 있을까요? 아카오 선생님의 캐릭터는 독자들에게도 대단히 매력적으로 느껴진다고 생각합니다만, 작가가 생각하는 아카오 선생님의 최대 매력 포인트는 무엇일까요?

주인공인 아카오 신노스케는 바로 제 분신입니다. 100퍼센트라고 말해도 좋지 않을까요? 아, 그래도 저는 결혼했지만, 아카오 선생은 독신이네요(웃음).

아카오 선생의 매력은 역시 아이들 앞에서 무방비로 자신을 내보이면서 있는 그대로의 자신으로 승부하는 부분이죠. 괴로워하거나, 실패도 하지만, 있는 그대로의 자신으로 아이들과 마주하는 모습이 공감을 불러일으키는 것일지도 모릅니다.

主人公の赤尾愼之介は、まさしく僕の分身。100％と言ってもいいんではないでしょうか。あ、でも僕は結婚しているけど、赤尾先生は獨身ですね(笑)。

赤尾先生の魅力は、やはり子どもたちの前で無防備に自分をさらけ出し、ありのままの自分で勝負しているところ。惱んだり、失敗もするけど、等身大の自分で子どもたちと向き合っていく姿が、共感を呼ぶのかもしれません。

3. 아카오 선생님과 5학년 3반의 학생들을 포함해서 마쓰우라니시 초등학교의 선생님들까지 많은 인물이 등장하는데요, 이 모든

전원은 아니지만, 몇몇은 실제 교사와 학생들 중에 모델이 있습니다. 곤노선생의 모델이 된 분은, 제가 가장 많은 도움을 받았던 선생님입니다. 사실 이 소설에는 숨겨진 장치들이 있는데요. 아카오(赤尾), 시라이시(白石), 곤노(紺野), 아오야기(青柳) 등 모든 교사 이름에 색깔이 들어가 있어요. 이것은 아이들의 개성을 인정해 주기 위해서는, 일단 교사 자신이 저마다의 색깔로 존재하지 않으면 안 된다고 생각했기 때문입니다.

全員ではありませんが、なかには教師・生徒ともにモデルが存在する登場人物はいます。

紺野(コンノ)先生のモデルになっているのは、僕がいちばんお世話になっていた先生です。

じつは、この小説には隠し味があって、「赤」尾、「白」石、「紺」野、「青」柳など、すべての教師の名前に「色」がついているんです。それは、子どもたちの個性を認めてあげるには、まずは教師自身が色とりどりの存在でなければならないと考えたからです。

4. 아카오 선생님의 친구이자 보조교사로 등장하는 시라이시 선생

님을 보면서 몇 번이고 '너무도 좋은 친구다'라고 생각했는데요, 선생님에게도 시라이시 선생님과 같은 좋은 친구가 있나요? 계신다면, 그런 친구와 사귀고 친해지는 비결이 있을 것 같은데요?

아카오 선생과 시라이시 선생의 관계와는 또 다른 것일지 모르지만, 저도 많은 친구들에게 둘러싸여 있습니다. 저의 경우는 일단 첫 대면 때부터 "저는 이런 사람입니다"라며 마음을 열어버립니다. 그래서 나를 마음에 들어 하는 사람은 그 뒤에도 친하게 지내게 되고, 조금 대하기 어려웠던 사람들은 멀어져 가더라구요. 저는 이렇게 친구들을 사귄답니다.

赤尾先生と白石先生のような關係とはまた違うかもしれませんが、僕もたくさんの友人に惠まれています。僕の場合は、まず初對面のときから、「僕はこういう人間です」と心を開いてしまう。それで氣に入ってくれた人は、その後も親しく付き合ってくれるでしょうし、苦手だなと思った人は離れていく。そんなスタンスで、人付き合いをしています。

5. 아카오 선생님을 통해서 독자들에게 전하고 싶은 오토다케 선생님의 교육철학과 신념을 한 문장으로 표현해주실 수 있나요?

자아존중감을 키우는 것. 아이들이 "자신이 사랑받고 있고, 소중하게 다뤄진다"는 느낌을 받으면서 컸으면 좋겠습니다.

自己肯定感を育むこと。子どもたちには、「自分は愛されている, 大切にされている」という實感を持ちながら育っていってほしい。

6. 『괜찮아 3반』을 읽으면, 실제 초등학교 선생님으로서 오토다케 선생님의 경험을 많은 독자들이 알고 싶어 할 것 같은데요. 초등학교 선생님으로서 행복했던 일과 힘들었던 일 한 가지씩만 들려주세요.

퇴직하는 날이 여름 방학 중이었어요. 원래는 학교에 아무도 오지 않았어야 하는데, 아이들이 학교에 모여 부모님들과 함께 교문까지 저를 바래다주었습니다. 그때의 행복감이란 평생 잊지 못할 겁니다. 힘들었던 일이라면 조직의 생각과 자신의 가치관 사이에서 고민에 빠졌을 때였습니다. 그 전까지는 자유로운 활동을 해왔던 터라 이 같은 경험에 매우 당혹스러웠던 적이 많았습니다.

退職の日, 春休み中のため學校には來ていないはずの子どもたちがこっそり校庭に集まって, 保護者の方々とともに校門まで見送ってくれたこと。あのときの幸福感は, いつまでも忘れることがないでしょう。

つらかったのは, 組織の考えと自分の價値觀との板挟みに悩んだこと。それまではフリーランスとして活動してきたから, 初めての經驗にすごく戸惑うことも多

かったですね。

7. 『괜찮아 3반』에 등장하는 3반 학생들 모두가 귀엽고 사랑스러운데, 그 중에도 가장 애착이 느껴지는 학생은 누구인가요? 그리고 실제로 스기나미 제4초등학교 선생님으로서 가장 인상에 남는 사랑스러운 제자는 어떤 학생인지도 듣고 싶습니다.

시시한 답변일지 모르겠지만, 어느 아이든지 다 애착이 있습니다. 소설에는 그려내지 못했던 개성이 풍부한 아이들. 그 한 명 한 명이 저에게 있어서 보물입니다.

つまらない答えかもしれませんが、どの子にもそれぞれ愛着があります。小説には描くことができなかった個性豊かな子どもたち。その一人ひとりが、僕にとっての寶物です。

8. 일본과 한국의 교육환경은 닮은 부분이 있습니다. 분명 한국 독자들은 『괜찮아 3반』을 읽고 감동하고 고개를 끄덕거릴 것이라고 생각합니다만, 한국의 초등학생과 초등학교 선생님들께 한마디 부탁드립니다.

제가 12년 전에 출판했던 『오체불만족』에서부터 한결같이 전해온 메시지는 "모두가 달라서, 모두가 좋다"였습니다. 『괜찮아 3반』이 이 메시지에 대해 더욱 깊게 생각할 수 있는 계기가 되었으면 좋겠다는 생각입니다. 그리고 언젠가 한국의 초등학교에도 방문할 기회가 있기를 바랍니다.

僕が12年前に出版した『五體不滿足』から一貫して傳えている「みんなちがって、みんないい」というメッセージ。この『だいじょうぶ3組』が、より深くこのテーマについて考えていただくきっかけになればうれしく思います。そして、いつか韓國の小學校にも訪問する機會が訪れることを願っています。

9. 오토다케 선생님은 앞으로도 소설을 쓸 예정이십니까? 혹시 앞으로 구상하고 있는 작품은 있으신지요? 『괜찮아 3반』과 같은 어른과 아이가 함께 읽을 수 있는 동화를 쓸 계획이 있으신지도 궁금합니다.

초등학교 교사를 3년간 해온 가운데, 가장 가슴에 남는 것은 졸업생을 내지 못했던 것입니다. 꼭 『괜찮아 3반』의 속편을 써서 5학년 3반을 담임한 아카오 선생에게 꼭 1년간 같은 반을 맡도록 하고 싶습니다. 소설 속에서나마 아이들을 졸업시키고 싶습니다.

小學校教師を3年間してきたなかで、いちばんの心殘りは、卒業生を出せなかったこと。ぜひ、『だいじょうぶ3組』の續編を書いて、5年3組を担任していた赤尾

先生にはもう一年同じクラスを受け持ってもらって，彼らを卒業させてあげたいですね。

> 10. 『오체불만족』이 한국에서 출판된 이래 한국인들에게 오토다케 선생님은 대단한 유명인입니다. (초등학교나 중학교 교과서에 『오체불만족』이 소개될 정도입니다.) 한국의 독자들이 오토다케 선생님의 근황을 알고 싶어할 텐데, 좋은 뉴스(근황 등)가 있다면 말씀해 주세요.

2010년 7월에 차남이 태어났습니다. 두 아이의 아버지가 된 것이죠. 요즘은 휴일에 공원에서 아이들과 공놀이를 하거나, 그림책을 읽어주면서 신참 아빠로서 열심히 노력하는 중입니다!

2010年7月に次男が誕生し，2児の父となりました。休みの日には，公園でボール遊びをしたり，絵本を読んだり。新米パパとして奮闘しています！

지은이 **오토다케 히로타다** 乙武洋匡

1976년 4월 6일 일본 도쿄에서 태어났다. 와세다 대
학 재학 중에 출판한 『오체 불만족』이 많은 사람들의
공감을 불러일으켰다. 졸업 후에는 스포츠 라이터로
활약했다. 그 뒤 2005년 4월부터 도쿄도 신주쿠 구교
육위원회 비상근 직원, 2007년 4월부터 2010년 3월
까지 도쿄 스기나미 구립 스기나미 제4 초등학교에서
교단에 섰다.
주요 저서로 『월드컵 전사 × 오토다케 히로타다 필드
인터뷰』 『65: 히노하라 시게아키와의 대담집』 『그래
서 나는 학교에 간다』 『왜 나만 이렇게 사각형인 거
지?』 『작고 작은 삐삐』 『내가 정말 좋아하는 도라에몽』
『Flowers』 등이 있다.

http://twitter.com/h_ototake

* 표지 일러스트 : 長崎訓子
* 표지 사진 : 山田和幸, 森清

새우와 고래가 함께 숨쉬는 바다

괜찮아 3반

지은이 | 오토다케 히로타다
옮긴이 | 전경빈

펴낸이 | 전형배
펴낸곳 | 도서출판 창해
출판등록 | 제9-281호(1993년 11월 17일)

1판 1쇄 발행 | 2011년 1월 10일
1판 2쇄 발행 | 2011년 1월 20일

주소 | 121-846 서울시 마포구 성산1동 226-4(창해빌딩 2층)
전화 | 070-7165-7500(代) / 02-333-5678
팩시밀리 | (02) 322-3333
홈페이지 | www.changhae.net
E- mail | chpco@chol.com
＊CHPCO는 Changhae Publishing Co.를 뜻합니다.

ISBN 978-89-7919-979-6 03830

값 · 11,200원

© CHANGHAE, 2011, Printed in Korea

이 도서의 국립중앙도서관 출판시도서목록(CIP)은 e-CIP 홈페이지
(http://www.nl.go.kr/ecip)에서 이용하실 수 있습니다.
(CIP제어번호 :2010004744)